Medan vi lever, Låt oss leva

[Dum Vivimus, Vivamus]

Min farmors farmor
Johanna Petersdotter

* 1834 16-maj

† 1889 15-augusti

**Ingen minns de släkten som gått,
och framtida släkten skall glömmas
av dem som följer efter**

Ur Predikaren

Ulf Parkell

Medan vi lever, låt oss leva

Omslagsbild, Ulf Parkell 2020

Förlag: BoD – Books on Demand, Stockholm, Sverige

Tryck: BoD – Books on Demand, Norderstedt, Tyskland

ISBN: 978-91-8007-020-1

Kapitel 1

Johanna

mars 1843

Johanna skulle snart fylla nio, och på ett barns vis
trodde hon att livet som låg framför henne var hennes liv,
ett liv som hon skulle kunna leva som hon själv ville.

Det var fortfarande mycket snö på marken och på taket
låg den nästan en fot djup. Solen lyste från en klarblå
marshimmel och solstrålarna värmde så där lite lagom,
man blev varken för varm eller för kall. Framför
torpstugan på gårdsplanen stod storvagnen fullastad med
möbler, husgeråd och två stora koffertar.
Hon gick med långsamma steg mot vagnen med en stor
låda i famnen. Lådan var på gränsen till för tung för
henne, men trots att hon var både andfådd och svettig
kämpade hon vidare, mest för att göra far stolt. Han stod
vid vagnen och surrade fast lasten med ett styvt ostyrigt
grått hamparep. Han tittade upp och såg sin äldsta dotter
komma stapplande med en stor låda. Han log med hela
ansiktet och i ögonen syntes den speciella glimt som bara
finns hos en stolt far. Johanna var glad över far och
besvarade hans leende.

Johanna var spänd och sådär julotålig på att de skulle
flytta. Hon var helt säker på att de alla skulle få det
mycket bättre och att hennes mor skulle bli både friskare
och snällare.

Johanna visste precis hur det såg ut i stugan dit de skulle flytta, hon hade varit där några gånger tidigare tillsammans med far.

Martha hennes lillasyster var bara ett år yngre än hon var, men de var inte alls lika varandra, varken till sätt eller utseende. När man såg dem tillsammans kunde det vara svårt att tro att de ens var syskon. Johanna med sitt lockiga och ostyriga rödbruna hår som hon sällan orkade dölja under schaletten, utan oftast lät svalla fritt. Hon hade pigga gröna ögon i ett runt fräknigt ansikte. Martha hade mörkare hår, ett ganska smalt ansikte och spädare kropp än systern. Hon var reserverad och hade en frånvarande blick i sina bruna ögon. Det var tydligt för alla att Johanna var fars flicka medan Martha var lik sin mor. Småflickorna, Catharina och Maja-Lisa var bara två och fem år gamla, men man kunde redan se att lilla Maja-Lisa påminde om storasyster Johanna med samma pigga och spralliga ögon.

Mor Christina kom ut på trappan till stugan och fast än hon var kort så var hon tvungen att böja på huvudet för att komma ut genom den låga dörren. Hennes ansikte var blekt och stramt vilket förstärktes av den mörka klänningen och den mörka schaletten. Med stor möda, vaggande steg och händerna på den otympliga magen tog hon sig nerför de två trappstegen till gårdsplanen. Väldigt snart skulle familjen utökas med ytterligare ett barn. Johanna som precis lämpat över den stora lådan till sin far, tog ett steg åt sidan och gick tyst in i stugan igen för att leta efter ytterligare något som hon kunde bära ut och packa på vagnen. Hon såg i ögonvrån att far släppte repet och gick sin hustru tillmötes. Han såg nu mer bekymrad än glad ut.

"Du får knipa igen åtminstone tills imorgon när vi har flyttat in." Peter log tillgjort och klappade Christina på magen, hon teg och mötte inte ens hans blick och inget leende till svar kom över hennes läppar.

Någon timme senare när vagnen var färdiglastad och hästen förspänd, lyfte Johannas far Peter upp henne på kuskbocken och hoppade själv upp och satte sig jämte henne. Mor stod kvar på gårdsplanen med sin stora mage och pustade medan Martha stod jämte och höll henne i handen, lilla Maja-Lisa höll hårt i hennes andra hand.

"Jag hämtar er så fort jag och Johanna burit in allt i nya huset." Han vände sig mot Johanna och log. "Du är den som kan hjälpa mig bäst, din mor får vi vara rädda om och dina syskon är för små"

Han klatschade till med tömmarna och hästen började gå i sakta mak. Det gick tungt att dra vagnen i snön som på vissa ställen var djup och tung av det varma vädret. På ställen där snön försvunnit var det blött och gyttjigt. Johanna kunde vägen och visste att det skulle ta lång tid att ta sig den dryga halvmilen till deras nya hem. Det nya huset var inte mycket större än där de bodde nu, men det var mera mark hade far sagt, det var på ½ mantal. Johanna hade ingen aning om detta var mycket eller lite men hon tyckte bättre om det nya stället, kanske smittad av sin fars sprudlande glädje över förändringen.

Efter en kort stund kom de ut på en lite större landsväg där snön var borta och det gick lättare för hästen att få upp en behaglig fart. Vägen slingrade sig fram och det var ömsom skog och ömsom snötäckta ängar och åkrar på sidorna. De passerade flera gårdar och på de flesta ställen var det barn och ibland vuxna som vinkade på dem och ropade någon glad hälsning. När de kom in i Urshult svängde de höger och lämnade nästan direkt det lilla samhället. De var snart ute på landsvägen igen, den hade nu blivit ännu lite bredare, så bred att det lätt gick att möta ett ekipage med häst och vagn.

"Detta är vägen till Tingsryd och därifrån går den ned till Ronneby och havet och sedan vidare till Karlskrona"

Peter hade vänt sig mot Johanna och som vanligt när de var ensamma så pratade han med henne som om hon redan var vuxen. Johanna nickade till svar, då hon hade fullt upp med att se sig omkring. Det var alltid spännande att få vara på väg någonstans.

Peter tittade på sin dotter, han var stolt över henne, han var stolt över sig själv som uppfostrat henne. Hon var verbal, social och väldigt framåt. Problemet var att de flesta i deras omgivning hade en nästan diametral uppfattning. Johanna ansågs åtminstone bakom deras rygg, vara framfusig, påstridig, till och med egensinnig vilket inte var några klädsamma egenskaper, speciellt inte på en flicka.

Peter var den som misslyckats så katastrofalt med att tukta sin dotter, man hade hört honom prata om dumheter så som att flickor var minst lika duktiga som pojkar, möjligen förutom när det kom till ren muskelstyrka, men snart skulle det säkert uppfinnas maskiner som gjorde att behovet av muskelarbete minskade. De hade skakat åt hans tokiga uttalanden. Vid några tillfällen retade de honom med att det var förklarligt att han försvarade kvinnfolk, och uppfostrade sina döttrar som jämlika, han hade ju inte på fyra försök lyckats göra en enda pojk.

Resan från Buskaboda till Sjöalycke genom Urshult tog nästan en timma. Peter hoppade vigt ner från kuskbocken, och ställde sig beredd att ta emot sin dotter. Det nya huset, var inte helt olikt deras förra. Ett rött hus med vitmålade fönster. Mitt på långsidan låg en farstubro och på var sida ett fönster. Huset hade två stora fönster på varje gavel, och ett mindre högt upp, som indikerade att det fanns någon typ av vindsutrymme. Peter ägnade inte huset så stort intresse utan gick med raska steg i motsatt riktning, ner mot en liten sjö som låg knappa hundra meter bort. Johanna följde honom småspringande och efter ungefär halva sträckan mitt ute på en äng stannade han och tog Johannas hand.

"Här skall jag bygga ett nytt, ett stort hus till oss, ett finare hus än något annat du sett idag, ja kanske förutom prästgården förstås"

De stod där båda hand i hand och målade upp var sin bild av det nya huset för sitt inre. De gick tillbaka upp till vagnen och efter en timma hade de båda med förenade krafter burit in allt till stugan. Stugan luktade ren och nyskurad, den hade ett kök med en stor murad eldstad och en inbyggd bakugn, en storstuga och två små sovrum. Hon och hennes syskon skulle få ett eget rum medan mor och far sov i det andra rummet. Ingen skulle behöva sova i köket eller storstugan som de gjort tidigare.

Johanna kände sig lite olustig av att snart bli lämnad ensam när far skulle åka tillbaka för att hämta mor och syskonen. Hon räknade ut att det skulle ta minst två timmar för honom att åka hela vägen fram och tillbaka. Han skulle också ta med sig deras ko och de andra husdjuren på tillbakavägen och det skulle sinka dem.

Han vinkade adjö och Johanna gick in och stängde dörren efter sig. Hon började flytta runt de lådor som hon orkade bära och ställde så mycket tillrätta som hon kunde och vågade. Hon visste att mor kunde bli arg om något inte blev precis så som hon ville ha det.

Johanna hade ett komplicerat förhållande till sin mor. Hennes mor var ofta sträng och strikt men hon kunde emellanåt vara både glad, kärleksfull och rolig. Johanna tyckte det var svårt att veta om man skulle tycka om eller tycka illa om henne. Samtidigt visste hon att detta var förbjudna tankar, man kan helt enkelt inte tycka illa om sin egen mor, men ändå. Allt var så mycket enklare med far.

Johanna blev förvånad när hon hörde ljud ute på gårdsplanen, hade det verkligen redan gått två timmar. Hon sprang ut för att möta far och resten av familjen. Scenen var tumultartad när vagnen rullade in på gården. Hästen var andfådd och hade fradga kring munnen. På kuskbocken satt far och jämte honom satt mor som var blek med anletsdrag av smärta. Ytterligare en kvinna satt på kuskbocken, hon var äldre och Johanna kände inte igen henne. På flaket satt syskonen bland kättar med grisen, lammen och hönsen. Deras ko verkade inte vara med.

Först blev hon orolig att mor var sjuk men förstod ganska snart att det nu var dags för henne att föda. Johanna kom inte riktigt ihåg hur det var när Maja-Lisa föddes för två år sedan, hon hade då bara varit sju år. Hon såg förmodligen väldigt undrande och orolig ut så hennes far försökte lugna henne.

"Du skall få ett nytt syskon när som helst, så jag tog med mig hjälp till din mor. Det blir en speciell inflyttningsgåva vill jag säga"

Far slet med svetten rinnande i pannan för att få deras säng på plats, eld i spisen och slutligen baxade han in sin fru i ett av sovrummen. Kvinnan som var barnmorska från Urshult gick lugnt efter. Kvällen gick och Johanna såg till att djuren kom in i ladugården. Hon gav sina syskon något att äta och såg sedan till att de kom i säng.

De fick sova på de bolstrar som hon släpat in i deras sovrum. Själv varken kunde eller ville hon sova med tanke på att mor höll på att föda ett syskon till henne och allt det nya som hänt idag. Maja-Lisa gnydde lite i sömnen och började vakna till, så Johanna gick och lade sig jämte henne, en kort stund senare sov de båda systrarna i varandras armar.

Johanna vaknade till av att mor skrek, hon höll hårt i Maja-Lisa för att hon inte skulle vakna och hon tyckte väldigt synd om sin mor som måste ha väldigt ont. Hon hörde sin far och den andra kvinnan prata med varandra, ett nytt skrik från mor tystade deras samtal, mor skrek ytterligare en gång och nu ännu högre. Johanna var klarvaken men det verkade som om hennes syskon fortfarande sov. Hon visste inte vad klockan var, men det var alldeles mörkt ute och bara ett svagt ljus sipprade in under dörren från storstugan. Plötsligt hördes det späda barnskrik och hon förstod att nu var de fem barn i familjen. Johanna undrade om hon denna gång fått en lillebror, hon hoppades verkligen att det skulle vara en pojke, far var ju så ensam med bara en massa flickor omkring sig.

Hon hörde de vuxna pratade och hennes mor lät arg på rösten. Var det inte lite konstigt att hon var arg nu när barnet var ute och det onda borde tagit slut, men tröttheten och en känsla av att inte störa gjorde att hon somnade, utan att ha tagit sig upp för att ta reda på om hon fått en bror eller ytterligare en syster.

På morgonen vaknade Johanna av att Maja-Lisa hade börjat gråta. När hon kom på var hon var och vad som hänt dagen innan, rusade hon upp och ut i storstugan. Far satt på en stol och såg ganska ledsen ut. Hade det inte gått bra, hon fick en stor klump i magen när hon sakta gick fram mot honom. Maja-Lisa hade slutat gråta då Martha tagit hand om henne, och nu stod alla syskonen i dörröppningen och tittade på Johanna och far. Peter sken upp och gav Johanna ett litet leende när hon kom fram till honom, hon kröp upp i hans famn.

"Det har gått bra och ni har fått en lillasyster. Vi skall nog döpa henne till Helena. Hon och mor sover nu. Mor mår inte så bra, hon är mest ledsen, men barnmorskan sa att det inte är så ovanligt. Om hon får vila så går det över, vi får alla hjälpa till att ta hand om henne och om lilla Helena."

Kapitel 2

Johanna

Våren 1843

Dagarna blev allt längre och all snö var sedan några veckor borta. Björkarna började bli lila i färgen och bäckarna var fulla med vatten. Johanna hade haft fulla dagar sedan Helena fötts, hon hade fått bli vuxen över en natt och nu var det hon som tog hand om sina syskon förutom Martha som fick klara sig själv. Far hade fullt upp med vårbruket och att få ordning i hus och ladugård. Mor hade nästan inte gått upp ur sängen en enda gång sedan förlossningen. De första dagarna hade Johanna smugit sig in till henne när det var dags för lilla Helena att få mat från bröstet. Men efter bara några dagar hade mor blivit så konstig att hon inte vågade ge henne Helena, inte ens för en kort minut. Far var bekymrad och doktorn hade flera gånger varit på besök. Johanna hörde honom nämna ord som sinnessvag, förvirrad, instabil och nedstämd. En vecka efter förlossningen kom far och satte sig jämte henne ute i köket, lilla Helena sov i hennes famn och han smekte över det lilla huvudet med sin stora grova handflata, han såg bekymrad och väldigt sorgsen ut.

"Vi måste se till så att hon får mat i sig." Johanna förstod direkt att det var Helena han syftade på och inte mor.

"Jag har gjort ett dihorn, och mjölkat kon, hon kalvade ju nyligen, så mjölken är fet och nyttig. Kan den få en kalv att växa och bli stor så kan väl den hjälpa det här lilla krypet," Han strök åter med sin hand över Helenas huvud. "Vi måste värma mjölken, den borde bli kroppsvarm åtminstone."

Johanna hällde mjölken i en kittel som hon ställde i utkanten av eldstaden, så att den bara skulle bli ljummen. Far visade upp det kohorn han hade gjort iordning, det var avsågat längst ner på den smala delen och där satt en rosa spene fastsurrad. Johanna kom på sig själv med att fundera på var far fått spenen ifrån, de hade ju inte slaktat nyligen. När de skulle ta mjölken kokade den nästan. Far svor för sig själv, gick hastigt ut men kom tillbaka nästan direkt med en spann med vatten. De kylde mjölken tills den var fingervarm, hällde den i hornet och tryckte försiktigt in spenen i munnen på lilla Helena, hon vaknade till och började suga och smacka. Johanna tittade på sin far, som för första gången på länge log mot henne.

Veckorna gick och Johanna hade fått in rutinen, med att mjölka deras ko, värma mjölken, och sedan med hjälp av dihornet mata lilla Helena. Det verkade fungera, för hon verkade må bra och hade nog fått lite mera hull. Deras ko hade faktiskt bara tre spenar, men både kon och hennes kalv verkade finna sig i sitt öde. Johanna visste inte riktigt varför, men hon hade fortsatt att värma mjölken på samma sätt som första gången, låta den nästa koka och sedan kyla den till rätt temperatur. En dag när Helena sov och Johanna höll på med att städa i köket fick hon höra ett ljud precis bakom sig. När hon vände sig om fick hon se sin mor komma hasande helt likblek och med uppspärrade ögon. Johanna blev så rädd att hon tappade kastrullen i golvet. Helena vaknade till av oväsendet och började skrika. När mor fick syn på det lilla byltet som låg nedbäddad i kökssoffan blev hennes ögon ännu mörkare och Johanna tog utan att tänka sig för några steg framåt så att hon hamnade mellan sin mor och Helena. Hon var mindre och spädare än sin mor, men hennes beslutsamhet, verkade fungera som sköld. Mor slutade hasa framåt och blev för en kort stund villrådig, blicken flackade och Johanna fick ett obeskrivligt dåligt samvete när hon såg hur sjuk mor var. Det kändes inte som mor kände igen henne, hon visste nog inte ens var hon befann sig. Plötsligt fick hon tillbaka den mörka blicken i ögonen, och hasade framåt. Precis när Johanna tänkte stoppa henne fysiskt kom far in genom ytterdörren, han gick fram till sin fru tog ett kraftigt tag om axlarna och ledde henne tillbaka in i sovrummet.

Alla förhoppningar att allt skulle bli bättre efter flytten hade gått i kras, hon fick slita hårt där hemma och det som oroade henne mest av allt var att hon inte kunde börja i skolan så länge som det fortsatte så här. Hon kunde bara läsa lite och hade svårt med att förstå de svåra texterna i tidningen. Far kunde inte heller läsa så bra men det lilla han kunde hade han lärt ut till henne och till Martha.

Förra året innan flytten hade far berättat för dem att man bestämt uppe i Stockholm att alla barn skulle få gå i folkskola i sex år och lära sig både läsa, skriva och räkna. Det hade startats en folkskola inne i Urshult där alla barn fick gå tre dagar i veckan. Far och mor hade bestämt att både Johanna och Martha skulle börja när det hade kommit till nya huset. Nu hade Martha fått börja, men Johanna som var äldst behövdes på gården så länge som mor var sjuk. Martha lärde sig mer för varje dag och Johanna började känna en stor avundsjuka mot sin syster som fick gå i skolan och inte behövde hjälpa till hemma.

Johanna som förut alltid varit glad och positiv hade nu blivit sur och inbunden. Hon hade hela tiden en klump i magen och började tycka illa om sin mor som bara låg där i sängen och stirrade rakt upp i taket istället för att sköta sin familj och låta henne gå i skolan. Far hade också blivet tystare och såg sorgsen ut nästan hela tiden. Av den glädje som funnits hos honom dagen då de körde första lasset till nya huset fanns nu inget kvar. Även om Johanna tyckte om sin nya lillasyster Helena så var hon i alla fall ingen lyckad inflyttningspresent.

Johanna ville inget hellre än att lära sig läsa och desto bättre Martha kunde läsa desto mer förtvivlad blev hon. Nästan varje dag när Martha kom hem från skolan, tvingade hon henne att berätta i detalj vad hon lärt sig och sedan fick hon berätta och lära Johanna allt hon lärt sig. Ofta ville, eller kunde inte Martha lära ut så som Johanna krävde. Det slutade ofta med att de båda systrarna råkade i fullt slagsmål med varandra och far fick då rycka in och skilja dem åt. Det enda positiva under denna tid var att Johanna slapp bli agad, trots att hon flera gånger pucklat på sin syster ganska rejält. Mor var för frånvarande för att orka med detta, och far skulle nog aldrig ta sig för det.

En dag i maj, bara dagar efter att Johanna fyllt nio, kom far hem från Urshult och för ovanlighetens skull var han sprudlande glad. Johanna förstod direkt att något bra hänt honom under dagen och hans glädje smittade av sig direkt och gjorde även Johanna på gott humör för första gången på länge.

"Jag har pratat med klockaren, han bor inte så långt härifrån och han har lovat att komma hit två kvällar varje vecka och lära dig läsa. Sedan har jag tänkt och tycker att när Martha till hösten blivit lite äldre får hon ta ett större ansvar så att du kan få gå tillskolan så mycket som möjligt. Vi får hoppas att mor blir frisk snart så att ni kan gå båda två, men om du nöjer dig med klockaren fram till sommaren så skall du se att det löser sig till hösten."

Det var vanligt att de flesta barn lärde sig läsa någon gång mellan sju och tio års ålder. I en del socknar var det klockaren som läste med barnen och i vissa socknar fanns det särskilda skolmästare. Dessa skolmästare var inte sällan avdankade soldater eftersom det i deras utbildning ingick en grundlig undervisning i konsten att skriva och räkna. Ibland hände det också att en bondson som fått chansen att läsa till präst inte klarade ut det eller att pengarna tog slut och då istället kunde bli skolmästare. Den stora förändringen med folkskolereformen 1842 var att barnen också fick lära sig att skriva och räkna, men det fanns inget krav att barnen skulle gå i skolan.

Sommaren och hösten 1843

Sommaren hade kommit och livet blev lättare att leva för hela familjen i Sjöalycke. Lilla Helena var nu nästan fyra månader och växte på bra, uppfödd på komjölk. Johanna hade lärt sig läsa lite bättre med hjälp av klockaren, hon hade förstått att han inte hjälpte henne gratis och att far fått arbeta med diverse göromål hemma hos honom för att betala av skulden, han hade också slitit hårt med vårbruket på nya åkrar men nu var det lugna tider innan slåttern skulle bärgas i början på juli. Det enda mörka molnet på deras himmel var att mor fortfarande var konstig, och låg hon mest i sängen och stirrade rakt upp i taket. Vid några tillfällen hade hon kommit upp ur sängen och tagit hand om Helena när far var med, men hon var nedstämd och trött och kunde plötsligt och utan förvarning eller anledning bli väldigt arg. Hon ville mest

19

vara för sig själv inne på sitt rum, och far hade sedan länge valt att flytta ut och sov i kökssoffan.

När Helena sov eller när det var Marthas tur att passa henne tog Johanna och hennes far långa promenader, ofta runt Trehörnasjön. Han pratade ofta med glöd och inlevelse om det nya huset som han snart skulle börja bygga, just nu var det för mycket att göra men till vintern skulle han arbeta i skogen för att få virke och sedan till våren skulle själva bygget starta. De gick ofta ut på slåttervallen där huset skulle ligga, de stod bara där och tittade och drömde. Far hade satt ut fyra störar som markerade husets hörn, hon tyckte att det kändes jättestort och drömde om att få flytta in men det som gladde henne mest var fars stora engagemang så fort huset kom på tal.

När de inte pratade om huset, kunde far ofta komma in på hur livet skulle bli för henne när hon blev stor. Johanna tyckte om dessa stunder då bara de två pratade med varandra som två vuxna. Hon kunde nu läsa bättre än far och det var oftast hon som läste tidningen och sedan berättade för honom om alla nyheter som hänt i världen. Uppfinningar och att utvecklingen gick framåt fascinerade honom. Ibland kunde han bli upphetsad och låta nästan arg när det kom in på alla bakåtsträvare som fanns. Prästerna vill att allt skall vara som det varit och det fanns många som inte trodde att kvinnor dög något till. Allt det som Fredrika Bremer skrivit om, skulle motarbetas främst för att undvika förändring, och låta dem som idag hade makt behålla makten.

Peter tillhörde de som tyckte att i stort sett all förändring var av godo och att man måste se möjligheter i allt och försöka utvecklas. Varför skulle inte Johanna kunna bli något stort, kanske doktor eller varför inte uppfinnare. Alla dessa samtal de två emellan gjorde att Johanna fick en världsbild och en syn på sina egna möjligheter i livet som kanske inte var helt sann, men hon kände sig både glad och stark efter dessa pratstunder.

En söndag strax efter midsommar var Peter, Johanna och Martha på väg hem från kyrkan, mor hade sakta blivit piggare men orkade inte ta sig ut så hon var hemma med de tre minsta barnen, far hade för säkerhets skull låtit farmor Kjerstin komma på besök och övervaka mor. Utan någon direkt anledning blev han upphetsad och började agitera för sina båda döttrar, de förstod att han måste ha suttit och grubblat på något, tills han helt plötsligt fick sitt utbrott. Det visade sig att det var syndabekännelsen som de läst i kyrkan, som var ursprunget till hans tankar.

"Jag fattig syndig människa " Sa han och försökte härma prästens förfinade språk. "Jag är varken syndig eller fattig. Inte är jag då rik men jag är rakt inte en fattiglapp och jag kan inte komma på några synder jag gjort. Medan vi lever en stund här på jorden, låt mig då förbövelen få leva."

Han vände sig mot flickorna som satt jämte honom på kuskbocken. Martha såg lite besvärad ut över hans domderande men Johanna kände igen hans engagemang och tänkte länge på vad han sagt. Båda var tysta och lät honom fortsätta sin utläggning.

"Det verkar som om prästerna och kyrkan gör allt för att krångla till vårt liv, tycker ni inte." Återigen vände han sig mot sina döttrar återigen satt de tysta och bara lyssnade. "Jag vill att ni skall bli starka kvinnor när ni blir stora, och inte lyssna på för mycket trams från kyrkans män. De vill bara kuva er för att själva kunna sitta kvar på sina höga hästar. Bakåtsträvare det är vad de är."

Sommaren gick vidare, vädret var fortsatt bra och skörden verkade kunna bli riktigt god. Mor Christina blev piggare för var dag även om hon var svag och för det mesta satt inne för sig själv. Johanna tyckte på sätt och vis att det var bra. Innan hon fick Helena så hade hon varit väldigt sträng främst mot henne. Hon förstod att det berodde på att hon var äldst och oftast var det hon som gjorde saker man inte skulle göra, åtminstone inte om man var flicka. Hon tänkte på alla de gånger då hon efter mors barska tillrättavisningar fått smaka riset. Björkriset hängde alltid på en spik på väggen för att avskräcka från diverse olämpligheter. Hennes mor var inte en storväxt kvinna men hade oanade krafter vid dessa tillfällen och det hände att Johanna fick en så rejäl omgång att det var svårt att sitta på flera dagar. Hennes systrar blev inte lottlösa även om det var hon som oftast blev bestraffad. Men efter flytten hade hennes mor varit så apatisk att hon inte fått känna på björkriset en enda gång.

Kapitel 3

Johanna

1844

Johanna som fått gå i skolan ett halvår och läste lite bättre, satt nu med tidningen och läste högt för sin far att Kung Karl XIV Johan hade dött och ett hans son Oscar nu var kung över Sverige.

"Jaha det blir väl bra med det, Kung Karl har ju inte skapat en massa krig och elände trotts att han var en fransk militär som de tog hit för att bli kung. Man får väl hoppas att hans son inte skall hitta på något dumt och förstöra"

Mor Christina tittade upp från sitt handarbete och såg på Peter som nyss uttalat sig om den nya kungen. De var inga rojalister som satt där i en torpstuga i södra Småland, så Christina nöjde sig med att nicka.

Vintern närmade sig sitt slut och Peter hade varken fått tid eller råd att påbörja arbetet med det nya huset. Christina var nu fullt frisk förutom hostan som ansatte henne då och då. Det hände till och med att hon kunde skratta eller åtminstone le vid vissa glada tillfällen. De märktes även på hennes stränga sida att hon var frisk och vid några tillfällen hade Johanna fått känna på björkriset, vilket då också var invigt på deras nya gård. Varje gång det hände och far var hemma gjorde han ganska fruktlösa och tafatta övertalningsförsök av mor men med föga framgång. Johanna förstod att han verkligen inte ville att hon skulle agas men att han var för rädd eller feg för att säga ifrån. Efteråt när hon låg i sängen var hon arg på far som inte vågade säga ifrån. Ibland hade Johanna en känsla av att Martha blev glad de gånger bara hon fått stryk och Martha själv sluppit undan.

"Vill du veta en hemlighet" sa Martha en gång när det var på väg hem från skolan strax innan sommarlovet. "Självklart svarade Johanna"

Även om de var systrar, gick i samma klass och det bara skilde ett år på dem så var de långt ifrån bästa vänner. Martha var alltid tyst och inbunden, sa inte mycket. Johanna var däremot hennes motsatts. I skolan var det trots att Johanna var både duktig och hade lätt för att prata med såväl jämnåriga som med äldre, Martha som alla tyckte var den duktiga och lydiga flickan. Johanna upplevde ofta att hon blev orättvist bemött och hade räknat ut att om hon varit pojke skulle hennes sätt passat mycket bättre.

"Jag vet att vi skall få ett syskon till." "Hur vet du det." "Jag hörde hur mor och far pratade om det en kväll när jag inte kunde sova. barnet kommer en månad efter jul trodde mor."

Sommaren gick och det blev höst. Både Johanna och Martha började i folkskolan och kände sig stora. Nu syntes det på mor att de snart skulle få ett syskon till. När det närmade sig jul fick alla ledigt från skolan för att kunna hjälpa till med allt där hemma. I Sjöalycke blev det extra mycket att göra då mor inte hade samma ork som vanligt och en stor mage som oftast var i vägen.

Det var mycket att ordna med, det skulle slaktas och tvättas, det skulle stöpas ljus och ordnas med storbak. De bakade mjukt bröd, pepparkakor småbröd som kringlor av vetedeg. Inför julen skulle man också bära in halm för att täcka golvet. När de båda systrarna hjälptes åt med detta infann sig julstämningen. Det var en underbar känsla att förvandla det kalla golvet till en mjuk matta av halm som man kunde ligga på och leka i. På kvällarna satt de ofta och gjorde små figurer av halmen.

När Johanna vaknade och kom ihåg att det var julaftonsmorgon hoppade hon direkt upp ur sängen utan att ligga kvar i värmen en stund och mysa. Storstugan var redan upplyst av flera stearinljus och en stor ljuskrona stod mitt på bordet. I ljuskronan hängde flera julkarameller som hon visste att de skulle få smaka på längre fram på dagen. Mor och far satt redan i köket och drack kaffe och småpratade, det verkade som om julefriden gjort dem gott. Hon såg att far såg lycklig ut där han satt tillsammans med mor. Christina var i åttonde månaden och satt på köksstolen och drack sitt kaffe samtidigt som hon lugnt klappade sig på den stora runda magen.

När Johanna kom in i köket blev båda föräldrarna glada och önskade henne en god jul.

Längre fram på förmiddagen var det dags att förbereda det stora julbadet. Far bar in den stora badtunnan från ladugården och det stod redan en stor kastrull med vatten på värmning över elden. De äldsta flickorna fick hjälpa till att hämta både vatten och ved. När badvattnet var varmt nog kommenderade far Johanna och Martha att hoppa i. I de flesta familjer var det regel att de vuxna skulle bada först och sedan barnen. Men Peter tyckte att detta var barnens stora nöje och han skulle tvaga sig själv när deras plaskande var över. Först var det Johanna och Martha som fick krypa ner i baljan. Det var underbart med det varma vattnet och hela stämningen i köket där det pratades och skrattades som aldrig förr.

När de två äldsta tvagat sig färdigt var det dags för Catharina och Maja-Lisa, de hade nu blivit 6 och 3 år gamla. Lilla Helena var bara ett år men hon fick också vara med på ett hörn med hjälp av Johanna som höll i henne och sedan försökte tvåla in den mycket motsträviga lillasystern.

När slutligen alla barnen badat och mor hade tvättat sig grundligt med vatten i en stor hink, återstod det tunga arbetet med att tömma baljan på vatten och bära ut den igen samt att röja upp i köket. Alla hjälptes åt. Efteråt gick både Johanna och Martha ut på gårdsplanen för att se på när far gick ner till sjön och utan större tvekan hoppade i en nysågad vak. Han hade sågat upp vaken på ett ställe där han visste att vattnet bara skulle nå honom upp till midja. Han stod en bra stund i det kalla vattnet och tvålade in sig. Sedan doppade han sig frustande innan han vigt svingade sig upp ur vaken.

Klockan fyra på eftermiddagen samlades alla i storstugan för att äta merafton. Det fanns pannkakor med sylt och kaffe och smörgås på bordet och alla åt med god aptit.

Efter maten gick Peter och Johanna ut för att pyssla om djuren, de skulle ju också få lite julstämning. De hade nu två kor, en oxe, fyra får, två grisar, de hade nyligen haft tre, en häst och några hönor. Djuren fick både vardagsbröd och småskuret samt havre och dubbel ranson hö.

Efter att djuren fått sitt så gick de båda in och hämtade sina vinterrockar, tjockaste mössor och vantar. Sedan spände de hästen för släden. Han var lite ovillig att lämna det varma stallet och sin dubbla ranson med havre men insåg att han inte hade så mycket att säga till om. Peter och Johanna for iväg med släden på snöiga småvägar bort till Buskaboda för att hämta Farfar Nils som var 74 år och ganska sjuklig till kroppen men helt fullt klar i huvudet och Farmor Kerstin som bara var 64 år och frisk som en nötkärna. Det var redan mörkt ute och de hade satt facklor på släde för att kunna se vägen. Det var dryga halvmilen att köra men släden gick lätt på snön och hästen längtade tillbaka till stallet och den dubbla ransonen. När det hämtat gammelfolket vände det åter hemåt och var tillbaka vid sjutiden.

I stugan höll mor och Martha på att förbereda maten, det var nu det skulle ätas. När det satte sig runt det stora bordet, Peter Christina, de fem döttrarna samt Peters mor och far så var den fina broderade linneduken pålagd och det var uppdukat med kastruller och karotter där maten låg i överflöd. Det fanns smörgåsflott samt många sorters korvar och svinfötter, fårlår, isterband, pressylta och rullsylta. Det fanns också brynt vitkål vilken var fin som en gröt, lutfisk och senapssås och även bovetegröt med gräddmjölk. Peter och hans far och mor drack öl och snaps medan Christina och flickorna fick svagdricka. När det kändes som de ätit hela långa dagen kom Mor Christina in med bakverk och kakor.

Efter maten lekte man lekar och sjöng psalmer. Johanna var så lycklig med sitt liv, hennes far och hon stod varandra så nära. Hon fick gå i skolan och nu på julafton var till och med mor glad och snäll. Alla barnen fick vara uppe till de somnade på golvet i den mjuka halmen. Tidigt på morgonen dagen därpå bar det av till julottan i kyrkan i Urshult.

Januari 1845

Julen var över och nyår hade passerat och livet i Sjöalycke gick vidare. Johanna och Martha gick till skolan, medan mor var hemma med det små. Det var mycket att göra för far som arbetade i skogen åt andra bönder som daglönare för att kunna försörja sin familj som inom kort skulle utökas igen.

Johanna låg kvar en extra lång stund i sängvärmen, det var söndag så ingen skola att passa, ute yrde snön omkring och det ven och pep från otäta fönster och dörrar. Inne i stugan började ett dunkelt gryningsljus sakta sprida sig. Det kändes rätt så bra, hon kände att Martha också vaknat, där de låg tätt ihop i den trånga sängen. Det stökades i köket, så mor var säkert uppe, och troligen var far ute hos djuren. Det hörde inte till vanligheterna, att de fick ligga och lata sig så här på morgonen, inte ens fast det var söndag, men den glada stämningen som infann sig i julas, fanns fortfarande kvar nu i slutet av januari.

Utifrån köket hördes plötsligt ljudet av porslin som tappats rakt ned på ett golv av brädor, ljudet blandades med mor Christinas kraftiga stönande. Johanna for ur sängen och flängde in i köket på nolltid, mor satt på en stol, med benen brett isär och tittade på en trasig tallrik som låg på golvet framför henne. Hon var blek och det hade kommit några svett pärlor på hennes panna. Johanna gick fram och lade armen om henne.

"Hur är det mor, skall jag hjälpa dig i säng, börjar det bli dags"

Martha kom in i köket och ställde sig en bit bort, lite skyggt och avvaktande. Johanna hade precis tänkt skicka ut systern för att hämta far, när ytterdörren slog upp med ett brak, och far stövlade in med snö yrande omkring sig, under den korta tid ytterdörren var öppen hann det blåsa in åtskilligt med snö och den kalla luften spred sig ända in i köket. Han tittade på Christina som satt på köksstolen och Johanna som fortfarande höll armen om hennes axlar.

"Är det dags, skall jag få hit hjälp." Christina nickade matt, utan att höja blicken.

Peter vände på klacken och slet på nytt upp dörren, och effekten var den samma som nyss, snö yrde in och en vindpust blåste ut ett av ljusen som stod på köksbordet, dörren for igen och det blev lugnt och tyst. Johanna funderade på om det verkligen var möjligt att hämta någon i det här ovädret. En klump av oro och rädsla växte i hennes mage, tänk om far inte kunde få någon hjälp, eller tänk om far inte ens klarade sig själv därute i blåsten och kylan. Plötsligt fick Christina en kraftig värk igen och skrek högt och kramade Johannas hand så hårt att det gjorde ont. Hon tystnade och andades ut djupt. Johanna torkade hennes panna med en trasa och försökte hitta något uppmuntrande att säga, men kunde inte komma på något bra utan förblev tyst. Utan att fråga fick hon mor på fötter, Martha kom snabbt till undsättning och de båda flickorna, stöttade och ledde sin mor mot sovrummet. De lyckades få ner henne halvsittande i sängen. Martha satte sig på sängkanten nere vid fotändan, hon såg lika tankfull och outgrundlig ut som vanligt. Plötsligt skrek Christina på nytt och klämde åter om Johannas hand.

"Ni får nog se till och hjälpa mig. Barnet lär inte vänta på någon barnmorska eller annan hjälp. Se till att ta hit några handdukar. Martha och du Johanna ni får hjälpa till att dra ut den lilla."

Johanna blev livrädd men samlade sig direkt och flyttade sig till sängändan och lyfte utan att fråga bort täcket och lyfte upp sin mors nattsärk som hon hade på sig. När hon tittade rakt in i sin mors sköte såg hon att det var öppet och att något var på väg ut. Johanna visste ungefär hur barn blev till och hur de kom till världen. Hon hade hjälpt far när deras tacka fått lamm förra våren. Christina hasade upp ytterligare i halvsittande och drog upp benen. Martha kom in med handdukar som hon gav till Johanna. Christina började krysta för fullt och grep efter Marthas hand. Johanna såg nu tydligt att det var ett huvud som var på väg ut och hon grep försiktigt om det och drog sakta samtidigt som Christina krystade på för fullt. Det var kladdigt och halt men när mer av barnet kommit ut kunde Johanna ta ett nytt bättre tag och plötsligt gled barnet ut lätt, vatten och blod följde med. Johanna hade sett på när far fick hjälpa tackan och ruska om lammen när det kom ut så att det skulle börja andas. Hon gjorde på samma sätt och höll det lilla barnet i benen och skakade lätt. Plötsligt gav den lilla varelsen till ett skrik och Johanna tog upp den i famnen utan att tänka på att hon smutsade ner sina kläder med blod och slem.

"Vad gör jag nu frågade hon med darr på stämman", "Du kan ge mig barnet nu, lägg det här på bröstet." Christina sträckte ut sina händer och tog den lilla som hon höll upp en kort stund innan hon lade ner det på sitt bröst och svepte över en bit av täcket. "Det gjorde du bra Johanna." "Blev det en pojke" frågade Martha som hela tiden stått tyst. Hon verkade inte skärrad utan var sitt lugna jag. "Jag vet inte sa Johanna, jag såg nog aldrig det." "Det blev en liten flicka svarade deras mamma och hon skall heta Eva."

Nu blev det en orolig väntan på far, Johanna hade efter mors instruktioner knutit om och klippt navelsträngen på lilla Eva, och även hjälpt mor att få ut efterbörden. De båda flickorna hade bytt lakan och städat upp, och sedan även hunnit ta hand om sina syskon. Ute blåste och ven snöstormen fortfarande, och nu hade även mor börjat bli orolig för far. Först fram på kvällen, när alla var helt utom sig, for dörren upp, och far kom infarande i ett snömoln för tredje gången på samma dag, han var ensam och såg mycket orolig och olycklig ut. Men innan han hunnit öppna munnen hängde Johanna om hans hals.

"Jag har fått en lillasyster till. Det var jag som hjälpte mor, jag var jätteduktig"

Han log ett brett leende och satte ner henne på golvet.

Kapitel 4

Peter

1847

Peter stod på ängen där han under så lång tid planerat att bygga sitt nya hus, men av det hade det blivet intet. De hade nu bott 4 år i Sjöalycke och barnaskaran bara växte och blev äldre, i år skulle hans lilla Johanna fylla 13 år, Martha skulle bli 12, Catharina 9, Maja-Lisa 6, Helena 4 och Eva 2, själv skulle han bli 34 och Christina 33. Han kände att åren rann ifrån honom och inget blev riktigt så som han hade drömt om i sin ungdom. Var tiden tog vägen och varför blev det inte som man drömde om, eller vad var det egentligen han hade drömt om, hade han haft några drömmar över huvud taget. Han funderade och försökte tänka tillbaka på den tiden då han träffat sin Christina. Det hade nu gått femton år sedan de träffades och blev ett par. De första åren hade de varit kära och lyckliga, Christina hade varit lika sprallig och lekfull som alla de andra jäntorna. Han mindes tillbaka den gången de träffades för första gången på riktigt och de båda varit på väg att fylla de tjugo. Det var den vanliga lördagsdansen nere vid sjön. Han hade sett Christina vid flera tillfällen tidigare utan att ta någon större notis om henne. Det fanns många andra och grannare kvinnfolk att låta blicken vila på och bjuda upp när modet infunnit sig efter några supar. Men denna dag så såg han plötsligt något hos henne, leendet och hennes ögon, något var förändrat.

Utan att ha stärkt sitt självförtroende med flaskan gick han direkt fram till henne och bjöd upp, de dansade i gruset så att dammet yrde om dem. När de var helt slutkörda satte de sig i dikeskanten bland alla nyutslagna vitsippor och höll ömt om varandra. Då hade han varit lycklig. Bara ett år senare gifte de sig, han tog över torpet efter sina föräldrar. Det var steniga marker och han fick slita hårt, men Christina hjälpte till så gott hon kunde och de redde sig ganska bra. Christina blev snart gravid och 1834 födde hon deras dotter som de tidigt enats om att döpa till Johanna. Från första gången han fick hålla henne i sina händer bara några timmar gammal så kunde han inte se henne utan att det värkte i hjärtat. Det var en bra, men också en orolig värk. Han ville av hela sitt hjärta att hon skulle vara lycklig och att allt skulle gå bra för henne. Varje gång hon ramlat och skrubbat sina knän eller små händer hade det gjort ont i honom. För varje år som gick blev hon äldre och olyckorna som kunde drabba henne blev värre ju äldre hon blev.

Men vad hade han egentligen haft för planer på den tiden. Träffa någon, få en gård men marker och djur, få barn arbeta hårt för att kunna försörja sin familj. Var det detta han drömt om eller var det bara så det var. Han kunde inte minnas någon dröm, det var inget han funderade på utan livet var bara som det var. Visst var han glad över sina barn, han älskade verkligen dem och gladdes åt varje framsteg de gjorde och någonstans hoppades han att de skulle bli bättre på att formulera sina drömmar och mål än han varit. Om man inte ens kunde definiera sina drömmar hur skulle man då kunna uppfylla dem. Hade han egentligen velat bli något annat, flyttat ned till Karlskrona i unga år, kanske gått till sjöss och sett sig om i världen. Skulle han ha emigrerat till Nordamerika som så många andra hade gjort. Det var inget man pratade om när han var ung. Men i början av 1840-talet var det många han kände eller hörde talas om som tog mod till sig, sålde allt de ägde för att bege sig ut i det okända. Han hade tänkt tanken många gånger, fast då hade han redan tre barn och lilla Maja-Lisa var på väg. Det fanns många orättvisor som gjorde honom upprörd. Skulle han ha gjort något för att de skulle bli bättre. Han var ofta arg på prästerna som försökte inskränka människors liv och propagera för att man inte skulle försöka få det bättre utan bara fortsätta och lida i det tysta och tänka på Jesus. Skulle han blivit präst, politiker eller någon som gjorde att man kunde påverka världen. Han kände sig vemodig när han började gå tillbaka upp mot huset. Visst hade han det ganska bra. Han slet förvisso hårt med sina djur och marker men det gick ingen nöd på familjen, det hade aldrig eller i alla fall mycket sällan varit tomt på faten och de behövt gå till sängs hungriga. Ingen av hans barn hade dött i unga år vilket var vanligt bland grannar och bekanta. Hans fru var kanske inte så som hon varit när de var unga, det var så alvarligt nu. Men om han rannsakade sig själv så hade även han blivit alvarlig och förståndig. Det hade nog att göra med att vara vuxen, han ville nog egentligen inte vara vuxen.

När han kom in tog han av sig ytterkläderna och hängde prydligt upp rocken på en krok i farstun, han sparkade av sig sina stövlar men lät dem ligga där de hamnade.

Det var inte så ofta som Peter drack starkt, han var ganska måttlig och det berodde inte på förmaningar från kyrka eller någon nykterhetsrörelse utan mer på att han var noga med att kunna utföra ett gott dagsverke utan att behöva känna av baksmällan. Men nu skulle han allt ha sig en kaffekask och kanske till och med några supar.

Inne i stugan var det ganska lugnt, De två största töserna var troligen ute med vänner någonstans och de andra barnen var för tillfället ovanligt tysta och lugna. Christina satt inne i storstugan och broderade på något, vad visste han inte. Hon tittade upp och log mot honom. Han fick dåligt samvete för sina tidigare tankar om att Christina nu var så mycket tråkigare och alvarligare än när de träffades.

Det verkade som om hennes humör gick i perioder, ibland var hon både sorgsen, alvarlig, tystlåten och trött, vilka följdes av perioder då hon nästan var sitt unga jag, precis som när hon var tjugo, sprallig, flörtig och helt enkelt glad. Han hade alltid lika svårt att förstå dessa svängningar. De mörka perioderna kunde vara ett helt halvår ibland och under dessa månader var det helt tomt på kärlek, ömhet och kramar från hennes sida. Men nu var hon inne i en ljus period och de hade fått till det flera gånger den senaste månaden, det var inte helt omöjligt att hon till och med var gravid igen. Senaste de låg med varandra hade han förstått att hon var öm och ville undvika att han kramade hennes bröst. Efter sex graviditeter och lika många döttrar hade även han som man snappat upp och lärt sig en del om hur kvinnor fungerade.

Han hade haft helt rätt den hösten närmare bestämt den första oktober födde Christina deras sjunde barn och denna gång blev det en son. Peter hade inte haft några större funderingar på vilket kön hans barn hade, men efter sex döttrar så hade han börjat fundera på hur det kunde komma sig att han inte lyckades göra några söner. Men nu stod han där med ytterligare en liten parvel i famnen och denna gång en son som de för länge sedan bestämt skulle heta Nils-Johan. Nils efter hans far och Johan mindes han inte var de fått ifrån. Hösten gick och vintern kom och Nils-Johan växte till sig.

I slutet av året kunde man läsa i tidningen att en Lars Johan Hierta i Sveriges riksdag lagt en motion att man skulle avskaffa det som kallades husaga, det att mannen i familjen hade rätt att tukta både sina barn och sin fru. Peter tyckte att det hela var en självklarhet, att detta borde avskaffas, vad hade han för rätt att uppfostra sin hustru, hon var en självständig individ precis som han själv. En annan intressant artikel handlade om att en läkare hade upptäckt att dödligheten i barnsängsfeber minskar om den som bistår vid förlossningen tvättar händerna först. Peter tyckte att allt som förde utvecklingen framåt och gjorde livet lättare för vanligt folk var intressant.

1848

En dag när Peter var nere i Urshult passade han på att slinka in på värdshuset för att ta sig något värmande och stärkande. Det slutade med först en kaffekask och sedan några pilsner. Det var mycket folk i lokalen och alla verkade prata om den stora nyheten som av tidningarna döpts till Marsoroligheterna.

Peter tillsammans med en handfull av de andra gästerna på värdshuset blev lite mer exalterade än de andra och hamnade efter en stunds allmänt diskuterande vid samma bord. En av männen, smeden, kunde informera de övriga om ännu en nyhet som skulle komma att påverka arbetarna och de fattigas situation. Nyligen hade en skrift publicerats i London av den internationella organisationen kommunisternas Förbund. Den var skriven av Karl Marx och Fredrich Engels och kallades för det Kommunistiska manifestet. Detta var en början till en helt ny utveckling av arbetarrörelsen och dess ideologi, orerade smeden.

När Peter slutligen kom hem den kvällen hade han många tankar som snurrade runt i huvudet. Han tyckte själv att han alltid varit öppensinnad och nymodig vad det gällde både tekniska innovationer i samhället och även de politiska förändringar som sakta men säkert minskade klyftorna i landet och överbyggde orättvisor mellan män och kvinnor. Men detta med kommunismen som smeden pratat så inlevelse fullt om, det var något annat det. Kunde det verkligen fungera att alla var jämlika och arbetade tillsammans utan att någon skulle tjäna mer eller gynnas av det. Han var inte helt nykter, men tyckte ändå att tankeresonemanget var logiskt och sunt.

Dagen efter var Peter tillbaka i vardagen med hårt kroppsarbete på gården, vilket inte avslutades för än sent på kvällen efter att han också arbetat för en granne som daglönare. Allt detta slit dag ut och dag in, för att kunna få ihop tillräckligt med mat och pengar för att kunna försörja sin familj. Tankarna om kommunismen kunde han inte släppa och den närmaste tiden gjorde han sig ovanligt ofta ärenden till Urshult för att få möjligheten att ta en öl och samtala med smeden och de andra som verkade dela hans intresse för denna nya ideologi.

Kapitel 5

Johanna

1849

Det hade blivit försommar och Johanna hade nyligen firat
sin femtonde födelsedag och nu slutat skolan. Hon hade
lärt sig både läsa, skriva och räkna bättre än de flesta av
sina klasskamrater. Hennes syster Martha hade under
hela skoltiden varit duktig och lydig, näst intill en
mönsterelev, men Johanna hade ett större engagemang
och en betydligt större vilja att lära sig. Johanna hade
utvecklats till en vuxen flicka, som ofta läste tidningens
alla nyheter och artiklar och som gärna pratade om vad
som hänt i världen med far. Peter hade ända sedan förra
året varit helt uppslukad av det där med kommunismen
och han och Johanna pratade ofta politik på nästan
samma sätt som han och smeden brukade göra.

Tillsammans hade Peter och Johanna byggt upp fantasier
om att hon skulle läsa vidare och fortsätta att utbilda sig.
Det var förvisso väldigt ovanligt att flickor utbildade sig
vidare men de hade båda läst i tidningen att det förekom.
Vid ett tillfälle när det pratade om detta vid
middagsbordet hade mor Christina blivit förvånansvärt
arg och skällt på Peter att han lurade i flickan sådana
dumheter. Johanna hade börjat argumentera mot sin
mor och det hela slutade med att Johanna rusade ut ur
stugan. Johanna skämdes över vad hon sagt till mor men

samtidigt kunde hon inte släppa tankarna som hennes far fått in henne på.

Johanna tyckte trots fars alla svavelosande monologer rörande kyrkan och prästernas tillkortakommanden och dumheter att konfirmationsläsning var rolig och intressant. Konfirmationen innebar steget in i vuxenvärlden och hon skulle säkert få något fint från sina föräldrar. Efter konfirmationen skulle mycket förändra sig. Man kunde ta ett arbete och mantalsskatt skulle betalas, många torparbarn var tvungna att lämna hemmet för att försörja sig själva. Johanna visste om fattiga barn som fått lämna hemmet långt innan de var 15 år. De arbetade för bara mat och logi och om de hade tur och en snäll matmor, så kunde de få en eller annan klädtrasa. På de gårdar där de arbetade blev de kallade för gossen respektive flickan. Det var först när man fyllt 15 år som man kunde ta ett riktigt arbete och bli dräng eller piga och ha en lön enligt bestämmelser i lagen. Johanna visste också att om föräldrarna bara hade minsta möjlighet så såg de till att barnen stannade hemma åtminstone något år eller två.

Efter konfirmationen var man vuxen och det syntes även på hur man fick klä sig. Innan konfirmationen bar pojkarna kortbyxor och flickornas kjolar slutade strax nedanför knäet. Efteråt fick pojkarna bära långbyxor och flickornas kjolar blev hellånga och de fick sätta upp håret. Ibland kunde flickorna fortsätta ha lite kortare kjolar till vardags och håret sattes bara upp i flätor

På själva konfirmationsdagen och efterföljande nattvard hade pojkarna en cheviotkostym med långbyxor och flickorna klänningar med lång ärm och högt i halsen. Både pojkarnas och flickornas högtidskläder var naturligtvis svarta

Efter Johannas konfirmation blev livet inte speciellt förändrat. Hon fick bo kvar hemma och ta ett ännu större ansvar för att hjälpa sin mor och far med gården och alla familjebestyr. Varken hon eller far pratade mer om att hon skulle bli något annat eller läsa vidare.

1850-1851

I januari 1850 födde Christina ytterligare en son som döptes till Andreas. Peter och Christina hade nu bara några år kvar till de fyrtio och de hade nu 8 barn, sex döttrar och två söner.

När även vintern 1850 till 1851 passerat utan att timmer till det nya huset tagits ned, blev Peter grubblande och tystlåten. Det gick inte längre att bo kvar i deras lilla stuga. Åtta barn och två vuxna som fick samsas om ett kök, en storstuga och två sovrum. Visst fanns det de som hade det trängre det visste Peter men han ville göra så mycket mer för sin familj. Han ansåg själv att han alltid varit flitig och inte ägnat sig åt spriten, utan bara arbetat på deras gård och även hjälpt andra i byn med diverse grovarbete för att tjäna mer till försörjning och att spara till det nya huset, men eftersom familjen hela tiden växte var det svårt att få det att räcka till. Till vintern skulle han börja avverka skog och se till att få timret sågat, så att han kunde börja bygga huset nästa vår. Detta var ett löfte han gav sig själv och ett löfte som han nu måste hålla.

Kapitel 6

Johanna

1852

Det hade nu gått 9 år sedan de flyttat till Sjöalycke och
Johanna var en vuxen kvinna. Hon var söt med ett runt
ansikte och vackra ögon, hon hade ett långt lockigt
rödbrunt hår som för det mesta såg ostyrigt och lite
rufsigt ut. Efter skolan hade hon blivit kvar hemma. Våren hade
avlösts av sommaren som sedan blivit höst och sedan
vinter, jul och snart smälte snön och det var vår igen, och
när björkarna blev gröna och häggen började blomma då
fyllde hon år. Hon hade fyllt femton det året hon slutade
skolan, sedan blev det sexton, sjutton och nu inom kort
skulle hon fylla arton.

Hon hade fått ytterligare en bror den 29 februari närmare
bestämt. Det var ett litet smålustigt datum då det bara
fanns var fjärde år, då det var skottår. Skulle han fylla ett
år om fyra år eller skulle han fylla fyra år. Efter
förlossningen hade mor blivit sjuk på samma sätt som
när Helena föddes, då de var helt nyinflyttade. Skillnaden
var att då hade hon varit nio år och ville inget annat än
att börja skolan. Nu var hon vuxen och kunde ta hand
om sin lillebror som döpts till Carl-Magnus. Hon hade
lärt sig hantera sina känslor för sin mor. För några år
sedan medförde mors mörka perioder alltid en klump i
magen och ett sätt att vara som innebar att hon var

41

tvungen att göra våld på sina egna känslor för att blidka henne. Nu var det lättare men det dåliga samvetet över att hon inte brydde sig tillräckligt fanns alltid där. Det kom ibland över henne hur hon var mot mor och då kände hon sig sorgsen över att det blivit som det blivit, ibland kunde hon känna sig sorgsen för att hon kände så lite. Hon kunde klandra sig själv för att vara kall och okänslig, men samtidigt vara stolt över att vara stark och självständig. Hennes lilla syster Martha tog ett betydligt större ansvar för mor än vad hon gjorde. Johanna tyckte det var skönt att slippa men samtidigt skönt att någon gjorde det. Ibland var hon orolig vad det skulle bli av Martha den dag då mor inte fanns i livet längre, ju längre tiden gick desto mer beroende blev mor av Martha men även Martha av mor. Det var i varje fall vad Johanna trodde.

Äntligen hade arbetet med att bygga det nya huset tagit fart. Johanna gick ofta över gårdsplanen med kaffe, bröd och ibland pilsner till far och karlarna som arbetade med nya huset. De hade byggt grunden och höll nu som bäst på med att sätta upp väggarna. Hon visste att far jobbade hårt för att få på taket innan höstregnen satte in. Det var far och några av deras grannar som arbetade mest, men det fanns även murare som var anlitade och kom ända ifrån Älmeboda som låg bortanför Tingsryd.

Det var två murare och den yngre av dem hette Johannes, det hade Johanna tagit reda på. Han var troligen ganska många år äldre än hon var, men det gick inte att förbise att varje gång som Johanna kom ut till bygget och Johannes var där, så möttes deras blickar och Johanna erfor att det var något nytt hon kände, något hon inte känt tidigare.

När det gällde de hemligaste känslorna så visste inte Johanna så mycket. Hon förstod naturligtvis hur barn blev till och allt om havandeskap och födslar. Det var ju inte svårare än att titta på fåren och vad baggen gjorde med tackan, vilket var samma sak för grisarna och korna. Däremot visste hon väldigt lite om själva känslorna. Hon visste inte om hon var unik i världen men det är klart att när hon kom i puberteten så hade hon börjat fundera på det och i viss mån även undersöka hur hon själv såg ut där nere. Hon hade fått lära vid konfirmationen att det där med onani var farligt för kroppen och utvecklingen. Om man lekte med sig själv för att få njutning så skulle man sluta växa och kroppens organ skulle inte utvecklas. Dessutom påstods det att man kunde bli galen. Att prata med mor om detta var uteslutet och att prata med far var minst lika uteslutet. Även om hon och far pratade om det mesta så var detta ändå långt bortom den gränsen och dessutom kunde inte far veta något om hur en kvinna fungerade.

Johanna hade utifrån det far lärt henne om kyrkan och att det mesta av kyrkans förbud till största delen var till för att hålla fattigt folk på mattan och kuva dem, börjat ifrågasätta många av de regler som borgarna skapat och som kyrkan indoktrinerade fattigt folk att följa. Johannas far hade alltid sagt att om det nu fanns en gud som skapat oss människor med våra fel och brister men även med våra sinnen så varför skulle han då inte låta oss använda dem. Det som människor tyckte om att göra och som gjorde att man blev glad, kunde väl inte vara fel. Utifrån detta resonemang hade Johanna börjat forma sin egna tes när det gällde sexualitet och kvinnor. Hon visste att kvinnor kunde njuta av att vara ihop med en man, och om det nu var så, var det inget fel i det och inget som man skulle skuldbelägga. Att smeka sig själv till njutning var enligt moralböckerna skadligt och inom kyrkan var detta något som var djupt syndigt. I bibeln hade hon läst att "När Onans äldre bror Er dog, uppmanade Juda Onan att göra sin svågerplikt mot Ers änka, Tamar, och skaffa avkomma åt den döde brodern. Onan insåg dock att barnet inte skulle räknas som hans, och var gång han låg med sin brors hustru lät han sin säd spillas på marken, för detta blev han dödad av Gud". Det fanns även skrifter som gav råd i detta ämne. Det stod att läsa att vissa maträtter kunde dämpa onanilusten och att ungdomar skulle vara ute i naturen så mycket att de skulle vara för trötta för att kunna onanera på kvällen. När det gällde flickor var det tydligen inget stort problem då de knappas hade någon sexlust, det var tydligen bara galna flickor som onanerade. Johanna trodde på sin tes och var inte alls orolig för att bli galen eller att hennes organ skulle påverkas på något sätt. Det som var svårt var att hon inte hade en enda människa i hela världen som hon kunde prata med om dessa frågor.

Varje dag hon gick till byggarbetsplatsen så var det alltid någon ny del som var färdig eller som man höll på med. Far var alltid lika glad när hon kom, och ville alltid berätta om hur det skulle bli.

"Det blir ett tvåvåningshus och här kommer man in." Peter klev in i en öppning mitt på husets långsida. "Sedan blir här ett stort kök med en kökskammare innanför och här blir det en murstock med spis och bakugn. Här skall salen eller finrummet ligga och här bakom blir det en kammare för mig och mor."

Han kliv vidare längre in i huset och balanserade på kraftiga plankor som var utlagda på reglarna. Johanna gick vigt efter och slängde en extra lång blick in mot det som skulle bli kök, Johannes stod där med en murslev i handen, han log på ett alldeles speciellt sätt emot henne.

"Här bakom förstugan blir också en kammare. Den kanske är något för dig och eventuellt Martha. Då slipper ni springa i trappan när ni kommer hem från friarstråt. På andra våning blir det en stor hall och fyra sovkammare, så vi skall nog få plats."

Johanna lämnade korgen med kaffe och bröd och gick ut i solskenet. Hon vände sig om för att försöka få ytterligare en skymt av Johannes. När hon gick upp mot deras gamla stuga funderade hon på om far inte blivit lite tokig. Hur skulle de kunna bo i ett så stort och fint hus.

Året gick och det nya huset var nu nästan färdigt. Under hösten hade bygget delvis stått stilla då Peter och de flesta andra arbetade med att bärga skörden. Murarna som inte hade någon gård att arbeta på var kvar och Johanna hade slutligen börjat prata med Johannes.

Han berättade att han var född 1825 i Vissefjärda. När han var tolv år hade hans föräldrar flyttat och han hade varit tvungen att bli fosterbarn och oavlönad dräng hos en familj i Moshultamåla nära Emmaboda. När han sen blev arton flyttade han från den familjen till Älmeboda där han blev murarlärling och kunde hyra sig ett rum. Det var nio år sedan och nu var han murare och på väg att bli murarmästare och planerade att arbeta på egen hand. Nu hade han hunnit att bli 27 år och det började bli hög tid att stadga sig och skaffa familj. Johanna räknade snabbt ut att han var nio år äldre än hon var, men det bekymrade henne inte så mycket. Fast när han hade pratat om det där med att bilda familj hade hon ändå blivit lite orolig, var det detta hon skulle göra nu redan vid arton eller start nitton års ålder. Hennes mor hade varit tjugo när hon föddes, det visste hon.

De hade börjat umgås allt oftare och när han en lördag den hösten bjöd henne med ner till byn för att dansa var hon inte sen att tacka ja. Det var inte första gången som hon var där, men det var första gången hon hade kavaljer med sig. När de kom gående på vägen arm i arm såg det ut som finaste fästfolk. Johannes hade en halva brännvin med sig som han tog ett par rejäla klunkar ur flera gånger under kvällen. Johanna hade smakat starkt några gånger vid jul, men det var inte vanligt att flickor drack.

Denna kväll kysstes de lidelsefullt och Johanna kände att det var Johannes hon ville ha, och leva med, hon var säker på att han tyckte om henne, men hon var inte helt säker på om en man hade samma typ av känslor som kvinnor hade. Han hade låtit sin grova hand trassla sig in under blusen och rört vid hennes bröst. Hon hade blivit väldigt upphetsad, men trots sin egna tes så var det vid detta det fick sluta. Hon skulle inte gå längre, inte nu i alla fall.

De hade fortsatt att träffas, men vid jul hade allt arbete för murarna vid fars nya hus varit klart, och Johannes skulle flytta vidare till något annat bygge. Johannes bodde fyra mil bort och när de skiljdes från varandra så lovade de att försöka träffas så mycket och så ofta det bara gick. Johanna hade känt sig förtvivlad och nedstämd.

Far försökte trösta så gott han kunde, men det gick inte så bra. Hennes mor var fortfarande djupt deprimerad, och låg oftast till sängs och stirrade i taket. Johanna skötte lille Carl-Magnus på heltid och nu iför julen tog hon på sig husmoderns alla bestyr med gott mod. Det var ett bra sätt att inte tänka för mycket på Johannes.

1853

Julen passerade och ett nytt år ringdes in. I slutet av januari var det äntligen dags att flytta in i det nya huset. Det innebar en massa arbete för hela familjen som nu bestod av far och mor och nio barn, sex flickor och tre pojkar.

Den våren var det många artiklar i tidningen som handlade om järnvägen i Sverige. Regeringen föreslog att staten skulle ansvara för, och finansiera utbyggnaden av järnvägsnätet genom så kallade stambanor. Man ville dra järnvägarna genom mindre attraktiva områden för att få fart på dessa delar av landet, och undvika kusterna i händelse av fientliga anfall. Västra stambanan drogs mellan Stockholm och Göteborg och den södra mellan Falköping och Malmö. Det stod också att läsa att Sveriges första lokomotiv, Förstlingen, byggdes på Munktells Mekaniska Verkstad i Eskilstuna. Peter var som vanligt väldigt entusiastisk över denna teknikutveckling.

Johanna blev minst lika entusiastisk när hon läste en artikel om en kvinna, Fredrika Bremer som grundat den första kvinnoföreningen i Stockholm, "Fruntimmersförening för barnavård". Själva namnet på föreningen lät lite tråkigt tyckte hon, men bara det att kvinnor nu hade egna föreningar var spännande. I artikeln stod att Fredrika Bremer varit i Amerika och studerat hur kvinnor hade det där, och att hon nyligen gett ut en bok om detta som hette "Hemmen i den nya världen"

Det stod också att läsa att det kommit en ny lag som innebär att vem som helst inte längre får bränna sitt eget brännvin. När Johanna läste detta blev far lite uppjagad över förbud och pålagor som drabbar de fattiga.

"Är det inte kyrkan som försöker begränsa vad vi får göra så är det staten." utbrast han.

De flesta av hennes jämnåriga vänner hade redan fäst sig vid någon lämplig pojke och var antingen fästfolk eller i något fall till och med gifta. Många andra hade flyttat bort för att få arbete som piga eller något annat enklare arbete. Johanna kände sig ensam och sorgsen. Hon kunde inte annat än tycka att hon haft en bra barndom, men nu kändes det plötsligt tomt och tungt och de mörka tankarna skrämde henne, hon hade aldrig känt så här tidigare. Mor hade ofta varit tungsint i långa perioder, höll hon på att bli som henne. Hon frös vid tanken och försökte genast gaska upp sig så gott det gick.

När våren kom, begav sig Johanna ner till byn så ofta hon kunde, och varje gång hon kom till dansen eller träffade sina vänner frågade hon efter Johannes, men ingen verkade veta vart han tagit vägen. Hon hade skrivit flera långa brev till honom, där hon bedyrade sin kärlek men det var också ett sätt skriva av sig många av sina känslor. Allt fortsatte på samma sätt under hela sommaren, hon skrev sina brev, hörde sig för i byn men utan svar eller annat livstecken från Johannes.

Framåt hösten blev hennes mor åter bättre, och hon och Johanna gick varandra på nerverna som aldrig förr. Det fanns inte plats för de båda. Johanna hade tagit sin roll som husmor på fullt allvar och med stort engagemang, mycket för att försöka skjuta bort sina tankar på Johannes och vad som skulle bli av hennes liv framöver. När nu mor åter var på benen och började styra och ställa, så kände Johanna sig bortskuffad från den enda roll som fyllde hennes liv med mening. Det var otaliga gånger som de båda skällde på varandra och det slutade nästan alltid med att Johanna gick ut och tog med sig sin lillebror som nu var ett och ett halvt år. Även om mor hade tillfrisknat och tog hand om hem och barn, så var det som om hon lät Johanna ta fullt ansvar för lille Carl-Magnus. Om detta var för att hon förstod att Johanna behövde något meningsfullt att göra, eller om det var för att hon helt enkelt inte brydde sig om sin minsting, kunde Johanna aldrig avgöra.

Det blev åter jul och nu skulle den för första gången firas i det nya huset. Det kändes inte som förr, och den riktiga julglädjen verkade inte infinna sig. Johanna och hennes mor var fortfarande oftast osams. Far var mest trött, satt i en stol och halvsov, han hade arbetat otroligt mycket hela året, men Johanna misstänkte att han ändå inte fick ihop tillräckligt med pengar för att det skulle räcka. Det faktum att mor åter var gravid, även om magen ännu inte hunnit bli så stor, gjorde det hela inte bättre.

Johanna hade bestämt sig för att försöka glömma Johannes och hade börjat träffa en pojk nere från Urshult som hette Olov. Han var jämgammal och de hade känt varandra sedan skolåren. De hade lyckats smyga upp på höskullen vid flera tillfällen och där kysst varandra. Johanna tyckte om Olov men innerst inne visste hon att de aldrig skulle bli det två. Hennes svårmod var kvar och frustrationen över hur hennes liv blivit. Hon och far pratade inte lika ofta längre, delvis beroende på att han jobbade både ofta och länge, och var borta från gården för att hjälpa andra, ibland flera dagar i sträck. Men de få gånger då de gick på tu man hand kändes det lika bra och varmt som förr. Hon var stolt över sin kloka far, och glad att fortfarande få vara hans favorit. Hon kände sig liten, och det hände till och med en gång att hon inte kunde hålla tillbaka tårarna, utan var tvungen att gråta ut i hans famn. Resultatet blev att Peter, utöver att arbeta alldeles för mycket, nu också var djupt oroad för sin äldsta dotter.

Johanna insåg att hon måste komma hemifrån på något sätt, men hon var så fäst vid sin bror Carl-Magnus, hon kände en genuin oro för hur mor skulle ta hand om honom, hittills verkade hon inte bry sig över huvud taget.

1854

Vintern fortsatte på samma sätt som hösten, Johanna fick svårare och svårare att känna glädje. När våren kom, födde Christina i slutet av april sitt tionde barn, en dotter som döptes till Mathilda. Christina verkade komma över förlossningen mycket bättre än den förra, men var avvaktande och nästan likgiltig mot sin nyfödda. Så vid tjugo års ålder hade Johanna två småsyskon som hon tog hand om. Förhållandet med Olov tog slut då han varit tvungen att flytta för att börja arbeta som dräng. Detta bekymrade henne inte mycket, hon insåg egentligen bara hur lite han betytt för henne och längtan efter Johannes gjorde sig nu mer påmind än tidigare.

Hon hade kommit på en idé, men visste inte om den skulle stöta på något motstånd från far eller mor. Deras gamla hus stod fortfarande kvar, och hade börjat förfalla, men skulle allt duga att bo i, åtminstone under den varmare årstiden. Far verkade inte ha några tankar på att försöka sälja det, kanske för att det låg väldigt nära det nya huset eller att det började bli ett överskott på torparstugor som en följd av utvandringen till Nordamerika. Hon bollade idén med sin far, som tyckte den var lysande, och när mor inte gjorde några invändningar, bliv det så att hon flyttade ut till deras gamla hus, bara femtio meter bort, men ändå något eget, sina småsyskon Carl-Magnus dryga två år och lilla Mathilda, flyttade i praktiken också med. Det gav henne glädje att kunna rå sig själv, även om hon inte tjänar några pengar, utan fortfarande måste bli försörjd.

Visserligen fungerade hon som barnflicka eller piga åt sina egna föräldrar, men det kändes inte helt bra, då hon visste att de egentligen inte hade råd att ha henne gående hemma.

Bara några veckor efter flytten stod Johanna i köket med lilla Carl-Magnus krypande på golvet och med Mathilda i famnen, när far kom instormande. Han lyfter upp sin lille son och kramade och klappade både sin stora och sin lilla dotter kärvänligt på huvudet.

"Jag har ett arbete till dig som du kan göra här hemma. Bara så att du kan tjäna lite pengar menar jag. Det måste väl kännas bra." Han gjorde en kort paus och innan Johanna hann svara, fortsatte han lika ivrigt som innan. "Jag träffade en kvinna nere i byn som syr upp kläder och sådant åt lite finare folk, sådana som inte orkar göra det själva. Hon har mycket att göra och behöver hjälp. Om du går ner till henne nu direkt så kommer hon att förklara vad du skall göra. Jag passar de små. Se så iväg med dig."

Innan Johanna visste ordet av, så var hon på väg ner till Urshult. Det var underbart försommarväder och hon gick med raska steg. När hon kom fram till torpet där kvinnan som far pratat om bodde, knackade hon på, neg artigt när den gamla damen öppnade. Den gamla damen presenterade sig som Elin, och bjöd in Johanna på kaffe i det lilla köket i den trånga torpstugan. Efter en stund flöt konversationen bättre och Johanna kände att hon verkligen tyckte om kvinnan. När de skiljdes åt, bar Johanna ett stort bylte med kläder på ryggen, och hade huvudet fullt av uppmaningar och anvisningar på vad hon skulle göra med de olika kläderna, de skulle fållas, lagas, sys upp, sys in och även knappar skall sys i.

Väl hemma kände Johanna sig otålig att börja med sitt uppdrag. Hon viste att hon var flink och läraktig även om just sömnad var något hon inte ägnat sig speciellt mycket åt, men hon var övertygad om att det skulle gå bra.

Hela sommaren och hösten gick Johanna fram och tillbaka med kläder som skulle lagas eller ordnas till, och kläder som hon gjort klara. Hon och Elin satt ofta länge och pratade varje gång det var leveransdag.

1855

Tiden flög iväg och det var fullt upp från tidig morgon till sena kväll. Far jobbade fortfarande mycket, men så fort han kom hem gick han över till Johannas, som de alla börjat kalla den gamla stugan. Ofta pratade de om allt möjligt och läste tidningen tillsammans.

Vid ett tillfälle när de var lite mer allvarsamma. erkände Peter att han varit tvungen att gå till banken för att belåna huset med 2300 riksdaler. Johanna tyckte att det kändes olustigt, och fick dåligt samvete. Hon var säkert del av skulden till fars dåliga ekonomi, men den senaste tiden hade hon klarat sig själv. Nu behövde hon ingen hjälp, och tog inte ens ut lön för att hon tog hand om de två minsta barnen. Far stack till henne lite mat till barnen allt som oftast, men det var väl inte mer än rätt. När han efter en stund lämnade henne så kändes det inte alls bra.

Kapitel 7

Johanna

1856

Johanna satt som vanligt vid stora bordet i storstugan och sydde. Elins behov av hennes tjänster var större än någonsin, och hon kände sig både flink och duktig med nål och tråd. Elin uppskattade hennes färdigheter, som uppmuntran hade hon gett Johanna ett vackert tyg för några veckor sedan. Johanna planerade att sy upp en klänning till sig själv, bara hon fick lite tid över. Tyget var ljusblått, och klänningen skulle garanterat väcka uppmärksamhet den dagen hon visade sig i den för första gången.

Carl-Magnus och lilla Mathilda låg båda och sov i sovkammaren, så just denna kväll kunde hon ägna en stund åt sin klänning. Ute var det vintermörkt, men snön lyste ändå upp något. När det knackade på dörren var Johanna övertygad om att det var far som gjort sig ett sent besök, så hon väntade på att han skulle öppna dörren och klampa in som han brukade. När det knackade ytterligare en gång blev hon lite fundersam, lade undan tyget och gick ut för att öppna. När dörren gled upp kunde hon inte låta bli att göra ett tjoande av pur förvåning. Utanför dörren i tjock vinterpäls och med pälsluvan långt neddragen för ögonen stod en man, som trots att bara en mycket liten del av ansiktet syntes var väldigt bekant.

"Johannes, är det du?" Mannen gick utan ett ord in i stugan och började ta av sig både rocken och pälsmössan.

"Var har du varit. Det är över tre år sedan du försvann, var har du varit?" Johanna hörde att hon lät både lite barsk och ledsen på rösten.

"Det finns mycket att berätta. Är mitt besök olämpligt? Jag har hört mig för, och vad de säger nere i byn så finns ingen fästman, inte just nu i alla fall."

Johanna bara skakade på huvudet så att hennes långa lockar for fram och tillbaka över ansiktet. Johannes log det där underbara leendet, som hon mindes så väl.

När hon sagt kom in, insåg hon att Johannes redan stod i hennes kök och han hade tagit av sig både rock och mössa. När de satte sig vid köksbordet tog han hennes hand i sin, den var kall men hon känner ändå en behaglig värme sprida sig från handen och ut i hela kroppen. Hon kände sig förvirrad. Samtidigt som hon var arg på honom för att han försvann för tre år sedan och inte besvarat hennes brev så är hon överlycklig att han är här.

Hon börjar berätta om sitt liv de tre senaste åren, hur hon beslutat att flytta till undantagsstugan och att hon nästan blivit som en mor för sina två småsyskon. Hon berättade om Elin och att hon arbetar flitigt här hemma med att laga och sy kläder.

"Men hur har du haft det och var har du varit." Hon ser att han rodnar och slår ned blicken. "Det är en ganska lång och komplicerad historia. Det började direkt efter att vi var klara med ert hus strax innan julen 1852. När jag väl kom hem till Älmeboda så blev jag och murarmästaren fruktansvärt osams, vilket slutade med att jag gav honom ett slag rätt på truten så att han stöp som en oxe. Jag blev rädd att jag slagit ihjäl honom, så utan att fundera speciellt mycket på vad jag skulle göra, tog jag helt enkelt mina viktigaste ägodelar och gav mig iväg. Det var inte rätt årstid att ge sig ut på luffen vill jag lova."

Han tystnade och tittade djupt in i hennes ögon som för att se om hon trodde på honom. Han kunde inte avläsa Johannas min, utan fortsatte sin berättelse.

"Hur som helst så lyckades jag i alla fall ta mig ner till Kalmar där jag firade julen ensam på ett värdshus. Jag hade inte något direkt mål och visste inte ens om jag var på rymmen och efterlyst för mord. Jag lyckades få några små jobb som murare i Kalmar och fick även tag på ett rum jag kunde hyra. Det var väldigt oroligt och flera gånger funderade jag på att gå till polisen och säga som det var. När det blev vår, fick jag höra rykten om murarmästaren i Älmeboda som blivit slagen rätt över truten av sin lärling, så illa att han tappade var enda tand i munnen. Nu visste jag i alla fall att han inte var död, men jag kunde ändå vara efterlyst för misshandel." Johanna reste sig och gick bort till spisen och la in två vedträd. "Du vill väl ha kaffe, kanske till och med en kask? Fortsätt berätta, jag lyssnar." "Jag skall säga dig att det var hemskt att känna sig efterlyst även om jag naturligtvis inte visste om min murarmästare hade anmält mitt knytnävsslag. Jag började bli rastlös och lite pengar hade jag kvar. Just den sommaren 53, öppnade man en helt ny båtlinje mellan Stockholm-Kalmar-Ystad-Lübeck i båda riktningarna. Så jag tog helt enkelt mitt pick och pack, köpte en enkel biljett och tog båten till Stockholm. Fartyget hette S/S Bore och var helt nybyggd, man sa att det var Sveriges största järnbyggda fartyg." "Den tror jag far skulle vilja ha åkt med," flikade Johanna in.

Johannes satt tyst en stund och beundrade den vackra kvinnan som höll på med kaffet borta vid spisen. Han hade innan han kom hit räknat ut att hon måste gå på sitt 22: a år, han själv kände att livet försvann utan att det blev någon riktig ordning på det. Han skulle snart fylla 31 och vad var han mer än en luffare som inte ens hade någonstans att bo.

"Jag blev kvar i Stockholm ända fram till förra sommaren. Jag fick jobb och hyrde ett rum. Tiden gick och en dag fick jag åter höra nyheter från Tingsryd och min gamla murarmästare. Nu var det så att han tydligen hade slarvat och tagit ner några stöttor till en mur långt innan cementen var hård, så det gick inte bättre än att han fick hela muren över sig och dog som en fluga. Jag visste förstås inte om han anmält mig och om den fortfarande gällde, men jag hade tröttnat på Stockholm och jag längtade efter dig."

Han gjorde en lång paus för att se om hans sista uttalande hade någon reaktion på henne. Hon kom över till bordet med två kaffekoppar, en kaffekanna och en flaska brännvin. Hon log lite, fast mer på ett spelat sätt än helt naturligt. Det kändes som om hon inte var den som föll för lite enkelt smicker. Hon hällde upp kaffet i de båda kopparna och till hans förvåning så hällde hon i en skvätt brännvin både till honom och till sig själv, innan hon satte ner flaskan på bordet och satte sig tillrätta på stolen mitt emot honom. Han tog en klunk kaffe och det smakade underbart. Hon var fortfarande tyst så han fortsatte sin berättelse.

"Ja så i somras tog jag samma fartyg igen fast denna gång ner till Kalmar. Jag vandrade mot Älmeboda även om jag inte trodde att jag skulle ha något rum kvar eller att de få möbler jag hade haft skulle finnas kvar. Mycket riktigt så fanns det inget där som var mitt, men det verkade inte heller som länsman var ute efter mig. Jag frågade runt lite och förstod att min murarmästare aldrig gjort sig besvär att gå till länsman. Han hade nog tänkt ta itu med mig på sitt sätt den dagen vi träffades. Nu blev det ju inte så eftersom han var väldigt död. Jag lyckades hitta ett rum i Tingsryd, tänkte att det var närmare till dig. Jag har arbetat hela hösten och vintern nere i Urshult där jag naturligtvis frågade alla jag mötte om dig och om du hade gift dig eller vad som hänt. Jag fick då reda på att du varken hade man eller barn utan hjälpte till hemma och även sydde en hel del. Så nu har jag tagit mod till mig och nu är jag här. Vill du ha mig?"

Johanna satt helt tyst. Hon fyllde åter på kaffe i de nu tomma kopparna och även denna gång skvätte hon i lite brännvin till de båda.

"Jag vill ha dig men jag vill inte att vi far iväg och gifter oss direkt. Jag vill nog bo kvar här och du kan bo kvar i Urshult. Åtminstone tills vi båda känner att det är helt rätt att bli ett par."

Den natten älskade de med varandra, det var första gången för henne, men hon var ju lite självlärd och kunde se till så även hon fick njuta ordentligt av älskogen. På morgonen åt de en enkel frukost tillsammans innan Johannes gick iväg genom snön ner mot Urshult.

Efter någon vecka tog far upp frågan om hon hade börjat ha herrar på besök. Han hade bara varit nyfiken och det fanns inget anklagande i hans fråga. När hon berättade om Johannes blev han glad och började skoja om ett stundande bröllop.

I slutet på februari skulle hon haft sin mens men så blev det inte, och då var det väl så att nu var hon med barn. Hon funderade på om hon skulle få Johannes att gifta sig innan barnet kom, men samtidigt visste hon inte om hon själv ville. Hon visste vad det innebar att bli ensamstående mor och att det till och med var olagligt, även om det var ovanligt att man dömdes för det. När Johannes kom upp till henne den helgen så berättade hon hur det stod till och att det nog trots allt var bäst att de gifte sig å det snaraste. Till sin förvåning var det nu Johannes som blev avvaktande och ville att de skulle skjuta på giftermålet något, men bara så länge att han kunde tjäna lite mer pengar och köpa sig ett riktigt hus till dem. Han hade många stora uppdrag på gång under sommaren som skulle ge en hel del pengar. Varför inte gifta sig nästa vår, även om barnet var fött så skulle han på intet sätt neka till att det var han som var fadern. Johanna visste inte riktigt varför men på något sätt så tyckte hon att det hela lät som en bra lösning. De enades om att leva och ta hand om barnet som om de var gifta men att de skulle gifta sig först nästa vår.

Våren kom och livet var bra, hon tjänade pengar på sitt syende, hjälpte mor och far med de minsta syskonen och träffade Johannes varje helg och ibland kom han upp till henne mitt i veckan. De gånger hon var nere i Urshult försökte de också få till en träff. Hennes mage hade börjat växa och det syntes nu ganska tydligt att hon var gravid. Hon förstod att det var en hel del skvaller nere i byn eftersom hon och Johannes umgicks helt öppet, hon hade fått en mage men de var inte gifta. Detta var i mångas ögon väldig syndigt. Även hennes mor tyckte detta var förfärligt och påtalade detta så ofta hon kunde. Det slutade som vanligt i att de båda stod och skällde på varandra. Far tog det med ro och ibland trodde hon att han till och med tyckte att det var bra. En liten revolt mot alla lagar och allt moraliserande från kyrkan.

När hösten närmade sig var Johanna riktigt stor och otymplig. Om hon räknat rätt skulle hon föda någon gång i början av oktober. Johannes hade redan varit hos prästen och meddelat att det var han som var far. Han hade fått många och långa förmaningar om att han skulle se till och gifta sig med Johanna.

Johannes brukade oftast komma upp till Johanna på lördagen, någon gång mitt på dagen då han arbetat färdigt. När han nu kom gående möttes han av lille Carl-Magnus som kom utspringande från Johannas hus med kurs inställd på nya huset femtio meter bort. Han satte upp en otrolig fart för att vara så liten. När han gick in genom dörren fick han se Johanna sitta på en köksstol med en stor vattenpöl på golvet under sig. Nu är det dags sa hon och log. Han gick fram och tog hennes hand och kände sig mer tafatt än han gjort någon gång tidigare i hela sitt liv. Efter bara några minuter kom såväl mor Christina som syster Maja-Lisa. Maja-Lisa var femton och visste åtminstone i stort vad som skulle göras. Christina såg vresigt på Johannes som tog det säkra för det osäkra och backade ut ur huset och gick bort mot nya huset. Han möte Peter som vankade av och an på gårdsplanen framför huset. De hälsade kort på varandra men förblev tysta. Tiden gick och ibland kunde han höra hur Johanna skrek till, inifrån hennes stuga. När solen gick ned bjöd Peter in honom i huset och satte fram en kaffekanna på bordet, hämtade lite sill och bröd som han slarvigt slängde fram, varefter han satte sig ner och med en gest bjöd honom till bords. Inte förrän klockan var närmare tolv på natten kom Maja-Lisa in i köket. Hon hade svettpärlor i pannan och log med hela ansiktet, i detta ögonblick var hon väldigt lik sin storasyster

Johanna. Ni kan komma nu, allt har gått bra och ni har just blivit far och morfar.

När de kom in låg Johanna i sängen med ett litet bylte vid sitt bröst. Hon såg lycklig ut med det rödbruna håret i svettiga testar över pannan. Hon lyfte upp de lilla byltet och då Johannes tvekade lite tog Peter ett steg framåt och tog det i sina stora grova händer. Han och Johannes som tittade över hans axel såg ett litet ansikte rött och skrynkligt.

"Han är välskapt och har snopp, så han kommer att kunna bli vad han vill här i världen," sa Johanna.

Christina fnyste lite åt hennes skämt. Peter lämnade över den lille till Johannes som stolt tog emot barnet.

"Jag tycker vi döper honom till Frans August och kallar honom August som vi kom överens om, eller?" Johannes bara nickade utan att kunna släppa blicken från sin son.

Trädens färgglada löv hade börjat ramla av och bildade drivor på marken. Solen sänkte sig ner mot trädtopparna, men dagen sista strålar värmde fortfarande. Johanna satt på bänken utanför stugan och bara njöt av värmen som fortfarande dröjde sig kvar i husväggen. Hon hade lille August i famnen, medan Carl-Magnus och Mathilda var nere hos mor i nya huset. Stillheten bröts av att hennes far Peter kom gående emot henne med raska steg och ett litet paket i handen som han glatt viftade med. När han kom fram gav han henne en öm klapp på kinden innan han försiktigt vek bort en bit av filten som var lindad kring de lilla byltet i hennes knä.

"Man kan väl bara få titta lite, det är ju mitt första barnbarn." "Javisst far, men var försiktig han sover. Vad är det förresten du har där?" Hon pekade på paketet i hans hand. "O en liten present till dig bara.

För att min älsklingsdotter har gett mig ett så vackert barnbarn."

Han lämnade över paketet till Johanna som väldigt sakta och försiktigt öppnade det. Försiktighet var mot hennes natur, men var nu påtvingad av att den lille inte skulle vakna. När hon till slut fick av det bruna pappret såg hon att det var en bok. Hon vände på den och såg att den hette Hertha och var skriven av Fredrika Bremer.

"Jag tror den skall passa dig och dina radikala åsikter när det gäller kvinnor och kvinnors rätt. När jag var nere i byn hörde jag några äldre både kvinnor och män prata om den hemska bok som nyss gets ut och som säkert kommer att förvränga sinnet på alla fruntimmer som läser den, och sedan dröjer det inte länge innan det blir kaos i samhället. När jag hört detta så var jag tvungen att fråga vilken bok de pratade om, och när jag fått veta det gick jag raka vägen till bokhandeln för att köpa den till dig. Jag vet inte vad den handlar om eller vad som är så hemskt men varsågod, och när du har läst den så måste du berätta den för mig."

Johanna blev glad och ville krama sin far, men kunde inte resa sig på grund av byltet i hennes knä. Istället sträckte hon ut handen och klappade honom ömt på kinden.

"Jag lovar att jag skall berätta den för dig så fort jag läst den. Jag skall börja direkt ikväll."

När det närmade sig jul var Johanna och ibland också Johannes i nya huset, för att hjälpa mor och far med alla julförberedelserna. Efter att alla hjälpt till med styckningen av julgrisen, satt de i stora rummet och pratade, rummet som Peter alltid var noga med att kalla för salongen.

"Hur går det med boken, Johanna," undrade far. Både mor och Johannes svarade med en mun." Vilken bok pratar du om." "Det går bra, jag har läst ut den och om ni vill kan jag berätta vad den handlade om," svarade hon

Peter nickade och utan att invänta samtycke från de båda andra, började Johanna sin redogörelse.

"Boken heter Hertha och är skriven av Fredrika Bremer. Den kom ut nu i september. Den handlar om en stursk ung kvinna som heter Hertha och som levde i ett hem dominerat av en tyrannisk far. De bor i en liten stad som heter Kungsköping, där det bara var männen som bestämde allt, precis som i vilken normal stad som helst. En natt bröt det ut en brand som hotade att ödelägga hela staden. Under arbetet med att släcka branden arbetade för första gången stadens kvinnor och män, fattiga och rika, sida vid sida. De lyckas inte, utan staden brann ner och alla i staden måste börja bygga upp något nytt. Hertha blir en drivande person i stadens nya tillvaro och efter branden lovas kvinnorna att få vara med och bestämma."

När hon slutat sin berättelse och vände sig om mot sina åhörare såg hon sin mors ogillande blick.

"Vad är det för dumheter, fnyste hon. Att läsa böcker om en historia som bara är påhittad och som dessutom sätter en massa griller i huvudet på unga kvinnor, vad skall det vara bra för."

Johanna vände sig mot Johannes för att se om hon fick stöd från honom. Han satt tyst och verkade ha tankarna någon helt annanstans. Hon undrade om han hört hennes redogörelse över huvud taget. Naturligtvis kom far till hennes försvar.

"Jag tycker att det är både nyttigt att läsa och att få nya idéer, speciellt för de unga, så att de kan ta över och förbättra framtiden och göra allt bättre"

Johanna blev varm i hjärtat, han var så annorlunda mot de flesta andra karlar och även mot många kvinnor. Efter att ha läst ut boken kände sig Johanna stark och hade hopp om framtiden och såg sitt eget liv framför sig på ett ljust sätt för första gången. Johanna hade verkligen tagit till sig av Fredrika Bremers idéer om att kvinnor var myndiga och hade sin frihet samt att äktenskapet ska bygga på kärlek, ömsesidig respekt och utrymme för båda makarnas personliga utveckling.

Kapitel 8
Johanna

1857

Julen hade varit speciell. Det hade varit första gången det
fanns såväl ett barnbarn som en blivande måg med
under middagen. Nu var julen definitivt slut och
trettonhelgen hade passerat. Johanna och Johannes hade pratat mycket om bröllopet
som de planerade hålla i början på sommaren. Ibland fick
Johanna en illavarslande känsla då Johannes hela tiden
tog upp nya argument för att skjuta på bröllopet
ytterligare någon månad. Efter att August fötts hade
deras förhållande blivit sämre. Johanna tröstade sig med
att det kanske inte var så konstigt trots allt. Hon hade
varit avvisande när det gällde älskog, dels för att hon var
rädd för att bli med barn igen, dels för att hon fortfarande
ammade, kände att brösten ömmade och hon hade helt
enkelt inte riktigt samma lust som tidigare.
Det blev till och med så att Johannes inte kom upp till
henne vissa helger, han skylde oftast på att det var
arbete som skulle göras eller någon annan undanflykt.
Hennes mor var åter igen med barn och hon skulle snart
föda sitt elfte barn på tjugotre år.

Månaderna gick och Johanna och Johannes hade
fortfarande inte hittat tillbaka till varandra. Johanna
hade slutat prata om giftermålet, då hon just nu inte alls
var säker på att hon ville gifta sig. Hennes liv fungerade

bra och August blev större för varje dag och han var nu nästan fem månader. Hon sydde åt Elin och tjänade pengar så att det räckte till henne och hennes son. Carl-Magnus och Mathilda var nästan lika mycket hos henne som tidigare och Carl-Magnus som nu var fem, hjälpte henne med lille August. När hon såg Carl-Magnus hjälpa henne blev hon faktiskt lite orolig. Trots att han bara var fem år så kunde hon se att han hade ett helt annat sätt än sina större bröder Nils-Johan och Andreas. Hon kunde inte sätta fingret på vad det var som skiljde dem åt men något var det.

När sommaren kom så träffades Johanna och Johannes bara mycket sporadiskt. Johannes kom ibland för att hälsa på sin son och då passade han på att ge Johanna lite pengar, det var ju hans son också och det skulle inte gå någon nöd på honom inte.

I slutet på sommaren födde Christina sitt och Peters elfte barn, en pojke som döptes till Gustaf

Några dagar efter att Johanna fått sitt tionde syskon så var hon nere i Urshult för att lämna och hämta kläder hos Elin. Som vanligt blev kaffestunden både långvarig och fylld av intressanta samtalsämnen. Det hade blivit så att några kunder till Elin tydligt sagt ifrån att Johanna inte skulle hantera deras kläder, då hon sysslade med hor. Elin hade lovat att följa deras önskan, fast direkt då de gått hade hon lagt kläderna i högen som skulle till Johanna. Även om Elin tillhörde den äldre generationen så tyckte och pratade hon ungefär som far. När de vid något tillfälle kommit in på boken Hertha som Johanna läst och noggrant redogjort om för Elin så blev hon uppspelt. Hon började prata om alla orättvisor som fanns i samhället och då speciellt för kvinnor. Johanna kunde inte låta bli att beundra henne, en ensam kvinna som drev ett skrädderi. Det var bara elva år sedan Änkor, frånskilda eller ogifta kvinnor fick lagenlig rätt att bedriva hantverk och viss handel. Mitt i diskussionen om vilka arbeten som kunde passa bra för kvinnor, ändrade Elin plötsligt både röstläge och kroppsspråk. Hon sjönk liksom ihop, och rösten var inte alls så självsäker och klar som den brukade vara.

"Lilla Johanna, jag vet inte riktigt hur jag skall säga detta men det är något viktigt jag vill berätta för dig." Johanna blev orolig och rädd. Vad skulle komma härnäst, skulle hon inte få fortsätta att hjälpa Elin bara för att hon fått barn utan att vara gift. "Det gäller Johannes. Du förstår att jag inte är den som vill gå med skvaller, samtidigt är det så att allt skvaller och annat prat som hörs i byn, det får jag också reda på. Jag är helt säker på att din Johannes har en annan flicka."

Johanna började andas lite tyngre och hon kände att hon blev ledsen. De båda hade glidit ifrån varandra och även hon själv var del i att planerna på bröllopet drog ut så på tiden.

"Det är visst en Helena Magnisdotter från Tingsryd. Vad jag förstått så har han sprungit hos henne i flera år nu." "Flera år," svarade Johanna, "men då var han ju i Stockholm." "Stockholm" svarade Elin med förvåning i rösten, "han har väl inte varit i Stockholm."

När Johanna gick hem från Urshult den eftermiddagen, visste hon att det inte skulle bli något bröllop senare i år, nästa år, eller någonsin. Hon kände sig inte speciellt ledsen, mest arg.

Hon hade inte hört något från Johannes på över en månad, men dagen då alla på gården var med och firade lille August ettårsdag, kom han plötsligt gående på vägen ner mot huset. Johanna gick ut och mötte honom.

"Jaha, så du kommer nu. Skall vi planera vårt bröllop tycker du." Han såg uppriktigt rädd ut vid hennes ord om bröllop. "Jag vill bara ge en present till min son. Jag är ledsen att det blev så här, men jag står för vad jag gjort det vet du. Jag skall se till att hjälpa dig med pengar för August skull." Utan minsta antydan till känslor svarade hon. "Jag skall hämta ut August."

Hon vände om och gick in i huset. Efter en kort stund kom August och Johanna tillbaka. August gick själv även om det var väldigt ostadigt, men med sin lilla hand hårt knuten runt sin mors finger gick det ändå ganska bra. Han såg glad ut och Johannes gick honom till mötes.

"Jag har en väldigt fin present till dig. Du får den nu, men mor får ta hand om den tills du blir lite större. Mina föräldrar var väldigt fattiga, så när jag var tolv år blev jag bortskickad hemifrån för att bli gosse hos en familj, som lovade att ge mig mat och uppfostran för besväret. När jag skildes från mina föräldrar fick jag denna av min far, han sa att det var hans finaste ägodel och att han nu ville att jag skulle ha den. Det är en riktigt fin fiol."

Han sträckte paketet till August, utan att släppa, för att det inte skulle falla i marken. Även Johanna tog tag i paketet för att skydda det. Hon nickade kort mot Johannes som släppte, klappade sin son på huvudet och vände om. Johanna stod och såg Johannes försvinna bort efter vägen utan att vända sig om. När hon med sin son och ett stort paket i famnen gick mot sin stuga så föll det en tår från hennes kind, den hamnade på det bruna pappret och bildade en mörk fläck som sakta spred sig.

Kapitel 9

Johanna

1858

Majsolen värmde skönt på både armar, ben och ansikte. Johanna satt på bänken utanför sin stuga och njöt av morgonvärmen. Hon hade bara ett linne på sig och hade dragit upp kjolen så långt så att man såg hennes knän. Som vanligt saknade hon schalett och håret hängde fritt med sina lockar och det glänste i solen. Johanna hade aldrig varit speciellt noga med vad som lämpade sig för en kvinna och vad som inte gick för sig. Idag var hon på riktigt gott humör. Dels var det hennes födelsedag den dag då hon fyllde tjugofyra år, men det som fått henne på riktigt gott humör var det hon läst i tidningen kvällen före.

I tidningen hade det stått att läsa om en politisk debatt som rörde kvinnors rätt att bli myndiga. Sedan lång tid tillbaka kunde en kvinna själv ansöka om att få bli myndigförklarad hos kungen, men det var få kvinnor som gjort detta. Bland de kvinnor som ansökt och blivit myndiga, fanns Fredrika Bremer och hennes syster. Men nu hade man beslutat att ändra lagen och förenkla ansökan, alla ogifta kvinnor skulle kunna söka tillstånd att bli myndiga när de fyllt 25 år hos närmaste domstol, istället för som tidigare hos kungen. Något som förargade Johanna var att om kvinnan gifte sig, skulle hon åter bli omyndig och den äkta maken skulle bli förmyndare, dessutom krävdes särskilt domstolsbeslut om kvinnan skulle få sköta sina egna affärer.

Nu satt hon där i solen och njöt av de värmande solstrålarna, fåglarna kvittrade och alla löv var så där underbart ljusgröna som de bara kan vara i maj. Lille August lekte vid hennes fötter.

Några dagar efter hennes födelsedag var hon nere i Urshult på sitt vanliga besök hos Elin, där fick hon höra nyheten. Hon och Elin hade under några år byggt upp en mycket bra relation, de kunde skoja och skratta och blanda detta med alvarligt prat och ofta även en och annan politisk diskussion.

"Lilla Johanna, jag har lite nyheter att förtälja, nyheter som det smärtar mig att berätta, men som du vet vill jag alltid vara ärlig och rättfram mot dig. Det finns tillräckligt många här i byn som pratar dynga bakom din rygg, min med förresten." Johanna satte sig tillrätta på pinnstolen och ställde ner kaffekoppen på bordet."

"Är det om Johannes, så tror jag inte att det rör mig speciellt mycket. Jag var kär i honom, jag födde och fostrar hans barn, men under snart ett år har jag inte träffat honom en enda gång."

"Jo visst rör det Johannes, det som hänt är att han och Helena nu har gift sig och köpt ett hus här i Urshult. Jag tror att han skall livnära sig som murare."

Johanna hade varit helt förberedd på att Johannes för eller senare skulle gifta sig, om det var med någon Helena eller någon annan det kvittade väl lika. Hon kände sig stark och hade kommit över sin kärlek, hon hade August och skänkte nästan aldrig hans far en tanke. Plötsligt kände hon hur tårarna välde upp och det kändes som om alla skyddande skal brast, hon snyftade och grät hejdlöst. Elin blev fullkomligt förvånad över hennes reaktion.

"Men lilla vän"

Hon reste sig på stapplande ben, gick runt bordet och lade sin arm runt Johannas axel, samtidigt som hon med en näsduk försiktigt försökte torka bort tårarna som rann ner för kinderna. Efter en ganska lång stund slutade Johanna sitt snörvlande, hon tog Elin i handen och när deras ögon möttes fann hon så mycket värme och vänskap. Johanna kände sig både olycklig och samtidigt lycklig över att hon hade Elin som var som den mor som hon ofta saknat. När tanken for genom hennes huvud gjorde det ont i hjärtat.

"Jag är nog inte ledsen för att jag aldrig fick Johannes och jag är glad över min son. Det är bara så jobbigt att alla tycker så mycket, mor är fortfarande arg på mig för att jag har barn utan att vara gift, detta är djupt syndigt enligt henne. Det är nästan som om far också har blivit lite mer distanserad på senare tid."

"Du är den dotter jag aldrig fått och det smärtar mig att se dig så ledsen. Det jag nu skall säga till dig kommer att göra mig ändå mera ledsen. Jag tycker att du skall flytta här ifrån. Varför inte flytta in till Karlskrona som är en stor stad och där folk inte är lika inskränkta som här. Jag har lite känningar där, som nu säkert kan komma väl till pass."

"Vad då för känningar?"

När Johanna tittade på Elin såg hon hur hon rodnade som en lite skolflicka, trotts att hon nyligen passerat de femtio. Hon blev så full i skratt att det bubblade i henne och tårarna och allt det sorgsna var som bortblåst.

"Lilla, lilla vän, även jag har varit ung och varit med män precis som du. Jag hade väl turen, eller oturen att inte bli med barn bara."

Elin såg plötsligt väldigt sorgsen ut. Johanna tyckte till och med att det såg ut som en liten tår satt i ögonvrån. "Ja jag kanske skall vara ledsen för att jag inte blev med barn. Jag har aldrig fått känna hur det känns att först ha något i magen som sparkar och sedan någon som älskar en och som behöver en så mycket som ett litet barn gör."

De båda kvinnorna satt runt köksbordet och pratade mycket längre än de brukade. Elin berättade om sin ungdom när hon som sjuttonåring gått till Karlskrona för att skaffa sig ett arbete och kanske även för att komma hemifrån och söka äventyret.

"I Karlskrona blev jag först piga hos en rik familj men när husmodern så småningom förstod hur händig jag var med nål och tråd så hjälpte hon mig att bli hjälpreda åt en skräddare. Jag trivdes med arbetet även om min nya arbetsgivare var väldigt sträng och krävde mycket. När jag en lördagskväll var ute på stan med några jämnåriga som jag lärt känna, så träffade jag en ung man som inte var riktigt som de andra. Han var tystlåten och kunde verka lite frånvarande samtidigt som han vissa stunder blev väldigt utåtriktad, pratade och skojade med alla han mötte. Han var några år äldre än jag var, men efter några veckor var vi ett par. Tiden gick och det gick naturligtvis som det brukar när en pojke och en flicka träffas ofta. Han var lärd och hade ofta fina kläder på sig, han var handelsman och sålde visst olika saker,

främst till flottan." Elin gjorde en lång paus innan hon
fortsatte. "Efter några år blev det precis som för dig
Johanna. Hans intresse för mig svalnade och allt vårt
prat om att vi skulle gifta oss tog slut. Jag var nog inte
jätteledsen för att det gick som det gick, han var väl
lite för annorlunda även om han innerst inne var en
snäll man. Jag tror faktiskt att jag fortfarande skulle
kunna be honom om en tjänst även om det är många
år sedan vi skildes åt och jag flyttade tillbaka hit."

Efter ytterligare en stunds samtal kom de in på hur
Johanna skulle kunna stärka sin reskassa. Elin föreslog
att hon skulle se till så att Johannes betalade för sin son.
Ett engångsbelopp skulle vara det mest praktiska och om
han skulle vägra så skulle de båda hjälpas åt att dra
honom inför tinget.

"Det finns ett brott som kallas "lägrad under
äktenskapslöfte" och det är straffbart." sa Elin

När Johanna gick de sex kilometrarna hem var hon glad
och upprymd, även om det gjorde lite ont i bröstet när
hon tänkte på att flytta från far och från Elin. Men den
närmaste tiden skulle inte bli riktigt som hon tänkt sig.

Sedan hon blev gravid med August och fram till nu, så
hade hennes umgänge med jämnåriga vänner varit
väldigt sparsam. I början var det hon och Johannes och
allt runt dem var helt utan intresse. När Johannes
började dra sig undan fick hon August som uppfyllde
hennes tankar och tid. Nu hade August blivit lite större
och hon började känna sig som före graviditeten i kropp
och själ.

När hon redan nästa lördag beslutade att gå på dansen
så blev hon förvånad, ledsen och arg. När hon kom fram
blev det uppenbart att många av hennes tidigare vänner
vände henne ryggen, även bland karlarna märktes ett

tydligt avståndstagande. Hon förstod vad orsaken var, men hade ändå väldigt svårt att förstå att hon helt plötsligt skulle blivit en annan människa, bara för att hon nu hade barn och var ogift. Vad var det egentligen för skillnad, hon kände sig precis som förut, kände sig lika empatisk mot alla hon kände och mötte, men över en natt så tyckte de att hon var någon annan, någon som man inte kunde prata med eller ha som vän, inte ens karlarna försökte bjuda upp eller tigga till sig en kyss. Det kändes väldigt tungt när hon efter bara någon timme nere vid dansen valde att gå hem igen. Hon hade nyss känt sig så glad och upprymd när hon gick ner mot byn. Nu gick hon samma väg fast i motsatt riktning och även hennes känslor och tankar gick i motsatt riktning mot tidigare.

Johanna kände sig sorgsen till mods under flera veckor. Varför var det så här, varför hade far lärt henne att vara stark och självständig och strunta i alla konventioner som fanns i samhället. Just nu ville hon faktiskt vara som alla andra, gift och gudfruktig, inte ägna sig åt syndigt leverne, vilket i mångas ögon var fallet. Hon sökte upp sin far nästan dagligen för att få tröst och uppmuntran, men han verkade ha sina egna bekymmer och det kändes inte lika varmt mellan dem som det gjort för några år sedan. Hon började fundera på om inte även far tyckte illa om att hon nu satt på gården med en oäkta son. Hon slog bort tanken, den var för mörk. Kunde hon inte tro och lita på sin egen far, vem skulle hon då ty sig till, hon kände sig ensam, väldigt ensam.

Några veckor efter midsommar tog hon tjuren vid hornen och gick ner till dansen. Denna gång var hon inställd på det värsta och hade en stark olustkänsla på vägen ner till byn, hon fick tvinga sig den sista biten och bara hennes envishet och tro på sig själv fick henne att gå hela vägen. Stämningen var lika som förra gången och Johanna

började ångra att hon gått hela den långa vägen. Det var
lika bra att gå hem och försöka flytta från grannskapet så
fort som möjligt, hoppas verkligen att folket i storstaden
inte var lika inskränkta som här.
Precis när hon skulle vända på klacken och bege sig
hemåt kom en stor karl mot henne, han hade ett vänligt
leende och en trevlig glimt i ögonen, han var ganska
mycket äldre än hon var.

"Men vart är du på vägen min sköna, du tänker väl
inte smita från dansen nu när jag tänker bjuda upp."

"Ni är inte härifrån, jag tror inte jag har sett dig
tidigare."

"Nä, jag är från Asarum nära Karlshamn och havet.
Jag är dräng där men nu är jag utlånad av min
husbonde för att hjälpa en släkting till honom att
bygga en ny ladugård. Det är aldrig fel med lite
omväxling. Varför var du på väg och gå härifrån
förresten."

Johanna funderade på om hon skulle berätta hela
historien om Johannes och August och hur hon över en
natt blivit en annan person i mångas ögon, en person
som man inte längre kunde lita på eller vara vän med.
Hon insåg det dumma och meningslösa i att anförtro sig
åt en helt främmande karl som var minst tio år äldre än
hon var, och troligen mest var ute efter att få ligga med
henne.

"Vad är det som tynger dig, jag tror inte att du är en så
nedstämd människa i vanliga fall, berätta för mig, jag
är väldigt bra på att lyssna."

Hon visste inte riktigt hur det gått till, men nu satt de
båda en bit bort från dansen, nere vid sjön på en kullvält
trädstam och pratade. Han hade tagit hennes hand

under den korta promenaden ner till sjön, väl där hade han stärkt sig med en rejäl klunk ur den butelj han halat upp ur innerfickan, tittat på henne och med en road min sträckt fram flaskan. Han verkade inte bli speciellt förvånad när hon utan större tvekan tog emot den och lyfte den till munnen och tog en rejäl klunk även hon.

"Jag visste hela tiden att du var ett annorlunda fruntimmer, missförstå mig rätt, men jag tror inte du är en sådan som går med vilka karlar som helst bara för att ha lite roligt. Du ser ut att veta vad du vill och jag tror inte att någon kan sätta sig på dig."

Det var så det hela började och när solen gick ner hade hon berättat det mesta som gick att berätta om sitt liv. Bengt Olsson som han hette hade mycket riktigt varit en otroligt bra lyssnare och det kändes skönt att få lätta sitt hjärta i den ljusa sommarnatten. De hade slutligen rest sig upp och börjat vandra in mot byn och när de passerade bygget av den nya ladugården som Bengt arbetade med, så tog han åter henne i handen och med bestämd men ändå mild styrka drog henne med bort till bygget och in i själva ladugården. Det fanns tak och två väggar var klara men de andra två väggarna saknade fortfarande plankbeklädnad.

En timme senare nu nära midnatt gick de åter på vägen som bar till Johannas, de gick där hand i hand men pratade nästan inte alls. Johanna hade inga planer på att låta Bengt sova över hemma hos sig, vilket hon tydligt klargjort. Han hade ändå insisterat på att få följa henne hem de sex kilometrarna även om han var tvungen att direkt vända om och gå tillbaka. Johanna kände sig tillfreds, hon hade åter haft en man i sig och han hade, kanske på grund av sin ålder vetat hur man gör för att även kvinnan skall tycka att det är något helt fantastiskt att vara samman. Hon var lite orolig för att åter bli med barn, men så illa kunde det väl inte gå varje gång. Under resten av sommaren träffade de varandra regelbundet. Han fick aldrig sova över hemma hos henne, då hon tyckte att det kändes fel även om Johannes gjort det ofta. Bengt hade erbjudit sig att prata allvar med Johannes och se till så att han betalade det han borde för sin sons uppehälle, Johanna hade bestämt avböjt denna typ av hjälp. När det blev augusti var det dags för Bengt att ge sig hemåt och ta tag i skörden och allt annat slit en dräng var tvungen att göra. Johanna hade inte fått sin månatliga blödning sedan i juli och nu var hon ganska säker på att hon åter var med barn. Hon var trots detta inte bekymrad, för om man hade ett eller två oäkta barn det kunde väl kvitta, både i människors och guds ögon. Det som brydde Johanna var om hon skulle berätta om barnet för Bengt eller bara låtsas som inget.

Han hade lovat att komma förbi hennes hus när han begav sig hemåt. Nu stod han där utanför stugan med en stor ränsel på ryggen. Hon gick ut för att möta honom och säga farväl. De kramades hårt och han pussade henne på munnen. Hon kände för honom och det hade varit en underbar sommar sedan hon träffade honom, men att försöka fånga honom till äkta make, det var något annat. Trotts allt det svåra hon upplevt sedan Agust föddes, så ville hon trots allt försöka förbli en självständig kvinna, även om samhället hon levde i och inte minst kyrkan ansåg att det var djupt felaktigt.

"Nå du lilla, vi har allt haft en underbar tid, och jag håller av dig, men jag känner att du inte vill bli min maka, utan att det skall stanna vid vad som nu varit."

Han var ovanligt tafatt med orden och tillfället verkade vara mycket obekvämt för honom.

"Det där var inte mycket till frieri vill jag säga, du verkar känna mig väl och jag håller med om att det skall stanna vid det som varit, även om det är så att allt inte kommer att stanna här vid."

"Vad menar du, du är väl inte."

"Jo, och jag kommer inte att tiga om ditt namn och din inblandning i det hela, men jag tänker inte begära att du skall betala för dit misstag med din usla dränglön, jag skall se till så att jag och barnen klarar oss. Johannes skall allt få betala och dessutom skall jag se till att reda mig själv när vi flyttar till Karlskrona."

Han stod tyst en lång stund, det syntes att han var väldigt tagen och han svalde djupt flera gånger och försökte hitta de rätta orden.

"Jag är trots allt glad och jag vill träffa mitt barn i framtiden, skriv brev när du kommit till stan, för jag vet att du kommer att lyckas. Jag älskar."

Han avbröt sig, vände sig om så hastigt att Johanna fick en knuff av hans ränsel, sedan gick han ut på vägen och fortsatte med hastiga steg i riktning mot Karlshamn.

Johanna satte sig på bänken utanför huset och grät. Tårarna rann i strida strömmar ner för hennes kinder och hon gjorde inga ansatser att torka bort dem. Hennes syster Maja-Lisa kom sakta gående mot henne bortifrån nya huset, hon saktade sina steg och sjönk ner jämte sin storasyster utan att säga något. Johanna sneglade på sin syster som hade blivit en vuxen kvinna, i alla fall nästan. Hon var sjutton och det syntes på långt håll att de båda var syskon, hon hade samma hårfärg och runda ansikte, ganska lång för att vara kvinna eller flicka, fast otroligt söt.

Johanna var sju år äldre och hade mest sett henne som ett lilla syskon som skulle passas, men det senaste året var det hon som tog stort ansvar för såväl sina minsta småsyskon som för August. Hon var nu den äldsta av barnen i nya huset. Johanna bodde ju för sig själv och Martha hade flyttat för länge sedan för att bli piga och för två år sedan var det även Catharinas tur att ge sig av.

"Jag är med barn igen"

Maja-Lisa tog hennes han och kramade den hårt, fast fortfarande utan att säga något. När hon fick se sin syster Helena komma gående med tre barn, ett i släptåg, en i famnen och lilla August som satt i en skrinda, fick hon bråttom att torka sina tårar, släppa Maja-Lisas hand och ge henne en blick av samförstånd vilken direkt besvarades.

När hösten och vintern kom och Johannas mage började växa, arbetade hon flitigare än någonsin med att hjälpa Elin. Elin verkade vara en av de få som inte lade någon som helst värdering i om Johanna hade en oäkta son där hemma och en i magen, i hennes ögon var hon den samma hon alltid varit, en duktig hjälp och en vän att dricka kaffe och skvallra med. De hade vid sina träffar fortsatt med planeringarna för Johannas flytt. Elin hade skickat brev till sin gamla beundrare och även fått svar. Han hade skrivit att han hade en piga, men att han skulle höra sig för om det fanns någon pålitlig person som skulle behöva en piga och kunde tänka sig en som hade en liten son med sig.

Johanna blev lite full i skratt när hon tänkte på att innan hon skulle kunna flytta så hade hon två barn, det skulle nog bli en överraskning för den som hon fick arbete hos.

Elin hade också skrivit brev till en skräddare som hon var bekant med, men där hade hon inte fått något svar ännu. När det gällde Johannes hade Johanna träffat honom en enda gång sedan han var hos henne och lämnade sin present till August på hans ett års dag. Nu hade han nyligen fyllt två år, men denna gång utan uppvaktning från sin far. Hennes försök att få Johannes att betala hade varit fruktlösa. Utan att neka henne eller sin son ekonomisk hjälp så hade det ungefär som pratet om deras giftermål runnit ut i sanden.

Kapitel 10

Johanna

1859

*Den 10 april födde Johanna sin andra son som hon döper
till Peter Johan, Peter efter sin far.*

Johanna vaknade och såg att det började ljusna ute, hon
tittade på vägguret och kunde urskilja att klockan bara
var fyra. Hon bestämde sig för att kliva upp och gå ut.
Tyst för att inte väcka sina båda söner, Johan knappa
månaden och hennes store August två och ett halvt. Hon
smög förbi sängen och tittade kärleksfullt på de båda
pojkarna.

När Johanna stod på farstukvisten i den svala gryningen
kände hon en sådan glädje. Det är den 16 maj och
hennes födelsedag, men det är något alldeles speciellt
idag. Hon fyller 25 och nu skall hon ansöka om att bli
myndig. Johanna är medveten om att hon åter skulle bli
omyndig om hon gifte sig, men Johanna tänker aldrig
gifta sig, hon skall klara sig själv, flytta hemifrån och stå
på egna ben.

I början av juli när Johanna som vanligt kom till Elin för
att hämta och lämna kläder var hon sprudlande glad,
lilla Johan hade hon med sig, då hon fått skjuts av far.
Hon förevisade stolt sin lille son. Johanna lyckades till
slut få fram, att hon nu fått sin myndighetsansökan
godkänd, hon är Johanna Petersdotter en myndig och
självständig kvinna.

"Inte nog med det lilla vän," sprudlar det ur Elin, smittad av Johannas glädje. "Jag har fått ett brev från Emanuel Jönsson i Karlskrona och han berättar att hans tidigare piga Kristina Frisk, trots namnet gått och dött i en ålder av 61 år och att han gärna städslar dig som piga, han litar tydligen på mitt omdöme."

De fortsatte sitt sprudlande samtal och när de ändå var på gång och allt verkade gå deras väg så varför inte ta och skicka en stämning på Johannes för lägrande under äktenskapslöfte. Efter många försök hade de tillsammans slutligen fått ihop ett brev som de var mer än nöjda med.

Till Kinnevalds häradsrätt
8 juli 1859

Under januari månad 1856 hemma i Sjöalycke, Urshult blev jag lägrad av Johannes Gustafsson under äktenskapslöfte, därav jag blivit havande och den 4 oktober samma år framfött ett ännu levande gossebarn, i dopet kallad Frans August. Detta styrkes av dopsedeln från Urshults församling

Ödmjukligen anhålles om laga stämning och rekvisition å Johannes Gustafsson att han antingen ombesörja att barnet till mig såsom uppfostringshjälp därföre utgiva 10 riksdaler silvermynt månatligen från barnets födelse intill det sig själv försörja kan.

Då Gustafsson driver verksamhet så som murarmästare så är hans arbetsförtjänst säkerligen nog tillräcklig för att därav meddela bidrag till dess barns underhåll.

Om fri och öppen talan i alla vad till målet hör samt ersättning för rättsliga kostnaden förbehålles ödmjukligen

Johanna Petersdotter
sömmerska

I november när rättegången började i Kinnevalds häradsrätt var både Johanna och Johannes på plats. Vid Johannas sida satt Elin, uppklädd i sina finaste kläder och hon såg ut som en riktigt parant dam från de rikare kretsarna. Att kläderna inte var hennes utan tillhörde en av hennes mer välbeställda kunder var det ingen som visste. Elin hade sett till att även Johanna var uppklädd. Hennes klänning var sydd av det blå tyg hon fått för många år sedan, nu slutligen klar efter deras gemensamma ansträngning, de hade ändrat snittet något och gjort så att Johanna såg ut att komma direkt från en borglig bjudning. Troligen var det ingen i Växjö som skulle kunna visa upp en mer proper fasad än de båda kvinnorna.

Häradshövdingen kom in i salen och förhören började. Det var Johanna som först tog till orda.

"Hösten, vintern 1853 träffade jag Johannes vid fars nybygge, vi träffades och vänslades, men därvid var det, ingen otukt förekom."

Johanna gjorde en lång paus innan hon fortsatte.

"I januari 1856 kommer så Johannes hem till mig, där jag bor i undantagsstugan på fars och mors gård. Jag klandrar honom för att han inte svarat på mina brev som jag skickat, Han berättar om att han hamnat i Stockholm och arbetat där under hela tiden fram till nu."

En ny paus.

"Vi började umgås och Johannes talade ofta om giftermål, och nu blev det väl så att vi gick ett steg längre om ni förstår vad jag menar."

Häradshövdingen nickade och visade med handen att Johanna skulle fortsätta sin redogörelse.

"Efter ett tag märkte jag att jag var havande, vilket jag också berättade för Johannes, han blev glad och pratade hela tiden om att vi skulle gifta oss, men att det fick anstå till efter att barnet var fött. Varken jag eller Johannes tyckte att detta var syndigt."

Häradshövdingen kunde inte ta blicken från Elin som satt jämte Johanna och log sitt allra mest förföriska leende.

"Ni gick alltså till sängs innan ni var gifta, sedan när olyckan var framme så pratade ni om att skjuta på giftermålet till efter nedkomsten."

"Herr häradshövding, jag vill bara säga att August inte är någon olycka, inte så ofta i alla fall."

Det var inte många personer i rummet, men ingen av de som var där utom möjligen Johannes kunde låta bli att dra på munnen åt Johannas lustighet. Hon fortsatte sin redogörelse med klar och säker stämma.

"Vi fortsatte att träffas och leva ihop och den fjärde oktober föder jag vår son August. Efter detta är vi fortfarande sams och träffas ofta. Johannes firar julen 1856 hos min mor och far."

"Efter julen så lovade Johannes att vi skulle gifta oss till sommaren. Vi träffades inte lika ofta och i augusti 1856 fick jag veta att han gått och gift sig med någon Helena."

Johanna gjorde en liten men fullt synlig grimas, och att den beskrev hennes känslor för Helena var det ingen som kunde ta miste på.

"Jag ser här att ni fött ytterligare ett barn, och denna gång med en annan far, stämmer det."

"Ja det är helt riktigt"

"Innebär det att ni har varit samman med många olika män"

"Nej herr häradshövding bara med de två som är fäder till mina barn"

Häradshövdingen vände sig mot Johannes.

"Stämmer denna berättelse med vad du har att säga." Johannes verkade betydligt mer tagen och rädd för situationen än vad Johanna var, han svarade med en ovanlig tunn och darrande stämma.

"Ja det har allt sin riktighet, men jag har aldrig förnekat att barnet, jag menar August är mitt. Han fick dessutom min fiol när han fyllde ett år."

Dommaren väntade en stund men då Johannes verkade ha sagt sitt, fortsatte han.

"Men ni ångrade er alltså vad som gäller Johanna och gick och gifte er med Helena Magnisdotter. Inget mer att tillägga?"

Häradshövdingen väntade ut ett eventuellt svar, men ingen i rummet sade ett ord. Han reste sig och ändrade röst och tonläge och blev med ens mycket auktoritär.

Svarande Johannes Gustafsson här hörd, har medgivit att han enligt vad kärande uppgivit lägrat henne under äktenskapslöfte, samt till en början ämnat gifta sig med henne, men att han sedermera ändrat tanke. Dom i målet kommer om två veckor.

Tiden efter rättegången gick långsamt men den dag då brevet anlände skyndade sig Johanna ner till Elin utan att själv ha läst det.

De satte sig tillsammans vid köksbordet och Johanna höll med darrande händer upp brevet och läste.

Utslag 12 december anno 1859

*I förmåga av 5 kap. i giftermålsbalken förklaras
omförmälde barn vara Johannes Gustafsson och Johanna
Petersdotters äkta barn, och ålägges Gustafsson såsom
bidrag till detsammas uppfostran och underhåll till
Petersdotter utgiva sex riksdaler silvermynt i månaden,
räknat från barnets födelse till dess han uppnått 15 års
ålder.*

*Även som att med 5 riksdaler silvermynt ersätta
Petersdotter för henne i målet havda kostnader.*

*Häradsdomare
Andreas Magnus af Klinteberg*

Kapitel 11

Johanna

29 mars 1860

Det var lukten som för alltid skulle etsa sig fast i hennes minne, lukten av senvinter, lukten av hemtrakt och lukterna av allt hon upplevt i sitt liv. Hennes ögon började tåras när hon med sin yngsta son i famnen klättrade upp på kuskbocken och lät alla sinnen samla in det sista av hembygden. Hennes far satt redan på kuskbocken och gav henne en hjälpande hand. Peter klatschade med tömmarna och de rullade sakta ut på vägen. Hon såg sig omkring en sista gång, landskapet var nästan försmädligt idylliskt, precis som om det hånade henne.

Johanna försökte med sina tankar gaska upp sig, medan vi lever, låt oss leva mumlade hon tyst för sig själv, hon visste inte riktigt var hon fått detta ifrån men det lät bra.

Hon grät, tårarna rann inte i strida strömmar men några droppar letade sig från ögat och nerför kinden, hon hade svårt att torka bort tårarna då hon höll Johan i famnen. Hon fick helt enkelt låta tårarna rinna, även om hon helst inte ville visa att hon grät.

Hennes far satt jämte henne på kuskbocken och verkade vara långt bort i tanken, han hade inte vänt sig mot henne på en lång stund. Kanske grät han också. Lille August satt inklämd mellan de båda och för säkerhetsskull försökte hon även hålla en hand på honom, så att han inte skulle trilla av vagnen där den gungade fram på den kurviga grusvägen. Det var bara August och hästen som inte verkade vara ett dugg ledsna, inte heller Johan, fast han sov så det var kanske inte så konstigt.

Johanna frös lite i den kyliga vårmorgonen och försökte att dra sin sjal högre upp på axlarna. Utan att säga ett ord eller ens vända på sig fick hon en hjälpande hand av sin far, det kändes helt plötsligt mycket bättre, hon kände omtanken och det värmde henne inombords. Lille Johan gnällde lite och rörde sig i hennes famn. Även känslan av att hålla sitt barn tätt i sin famn värmde henne och när hon tittade på sin August så började hon nästan att känna sig lycklig. Hon var inte den som sjåpade sig och hon tyckte om att se framåt och inte bakåt, det var något som hennes far lärt henne ända sedan hon var mycket liten.

Hennes far var en obotlig optimist, barnslig och naivt godtrogen. Det var många i byn som sa både det ena och andra om hans stollighet, men nu när hon var vuxen såg hon storheten i hans sätt att tänka, även om det många gånger hade skapat problem i familjen så övervägde det positiva.

Ibland trodde hon att hon precis visste vad och hur hennes far tänkte, de var på något sätt väldigt lika, fast nu när han satt där på kuskbocken och bara stirrade rakt fram på hästens ändalykt och den kurviga grusvägen, kunde hon inte känna hur hans tankar gick.

Johanna försjönk i sina egna tankar. Någonstans i det undermedvetna, lite nedtryckt fanns några minnen som sakta frigjorde sig och bubblade upp mot ytan, det var precis så som det kan vara när man en tidig morgon sitter vid en svart skogstjärn och tittar på vattenytan. Det är helt lugnt, vinden är stilla och till och med fåglarna har tystnat, då hörs något dovt från vattnet och sakta som om vattnet vore sirap stiger en luftbubbla upp från botten, når ytan och med ett skvalp är den fri och kvar finns ringarna på vattenytan som snabbt sprider sig för att sedan försvinna. Så var minnena av kärlek och glädje som nu flöt upp inom henne. Minnena hade varit glada minnen men på något sätt, hon visste faktiskt hur, så hade det blivit ledsamma minnen. Glädjen hon känt när hon som nioåring flyttat med sin familj till ett nytt ställe, hur hon kände glädje och förhoppning om att allt skulle bli bättre, det hade inte blivit så. Glädjen och upphetsningen hon kände då hon och Johannes började träffas, och alla de gånger de kramats och kelat med varandra och pratat om giftermål och att bilda familj, det hade inte blivit så heller.

Efter att rättegången mot Johannes var avklarad och Johanna fått löfte om en anställning så planerade hon och Elin flytten varje gång de träffades. Elin var glad och tyckte om att hjälpa Johanna fast hon nog innerst inne tyckte att det skulle bli väldigt tomt utan hennes vänskap.

När hon berättat för far och mor om flytten blev de glada, hennes fars glädje hade förvånat henne, och gjort lite ont i hjärtat när han som var henne så nära gladdes åt att hon skulle flytta så långt bort.

En vecka efter att hon berättat om flytten fick hon förklaring till varför far tyckte det var bra.

"Jag har något viktigt att säga dig. Det har blivit så att banken är på mig och jag kan inte behålla vår gård."

Hon såg en man framför sig, som var ledsen och bruten, det var hemskt då hon visste hur positiv och framåt han egentligen var.

"Men du blir nog lite förvånad när du får veta vem som köpt gården."

Han log lite och gjorde en konstpaus.

"Din syster Martha och hennes Olof Olsson, och inte nog med det, nu när hon lämnar sitt arbete som piga borta i Jämshög så har Maja-Lisa fått möjlighet att få den platsen. En dotter mot en annan."
"Det känns lite bra att du flyttar och får möjlighet till ett nytt liv. Nu är det bara mor och jag och sju barn som flyttar till en mindre gård jag köpt. Den ligger borta i Degersnäs och det tar inte mer än tjugo minuter att gå dit genom skogen."

Johannas känslor var kluvna, spänningen inför sin flytt till Karlskrona samtidigt som familjen splittrades, far och mor och många av syskonen var tvungna att flytta till ett litet torp från det stora nybyggda hus de nu bodde i, och som hade varit fars dröm i så många år.

Resan ner till Karlskrona kunde man avverka på en dag om man bytte häst och orkade hålla igång i tio timmar. Det var inget som Peter hade tänkt göra nu när han skulle köra ner sin dotter och hennes två barn, de skulle vara tvungna att övernatta någonstans under vägen. Dagen var fin och solen sken från en molnfri himmel, men det var ingen värme i luften. Trots att de alla var varmt klädda och hade rejält med filtar om sig så började de så småningom frysa, Johanna var rädd för lilla Johan som hon hela tiden höll hårt i famnen tätt tryckt mot sin kropp för att ge honom så mycket värme hon kunde. August började kinka efter några timmar och man beslutade sig för att ta en rast, hon passade på att byta på den lille och Peter plockade fram matsäcken med smörgås, fläsk och en ostkaka, alla åt med god aptit. De hade nästan inte pratat med varandra under resan och även deras lunch förflöt mestadels under tystnad.

De satt åter upp på vagnen och hästen började lunka vidare på vägen som snirklade sig fram mestadels genom skog men här och var passerade de öppna ängar och bondgårdar. Framåt eftermiddagen närmade de sig Backaryd där de skulle vila över natten. Far visste att det där fanns ett gästgiveri, de kunde få ett rum och en plats till hästen. När de kom in på gästgiveriet slog värmen emot dem och det luktade himmelsk av mat, och lite mindre himmelskt från några lortiga karlar som satt i ett hörn med var sin stor ölsejdel framför sig. August tittade storögt på rummet, männen i hörnen tyckte han såg spännande och lite skrämmande ut. De hade fått ett litet rum på andra våning med två sängar, där skulle det bli trångt att sova. Johanna tog med pojkarna upp till rummet medan far tog hand om hästen, efter att han burit upp deras tillhörigheter. Det kändes väldigt ovant att gå ner till storstugan för att sätta sig vid ett främmande bord och äta mat som man inte lagat själv. Far tog in en stor sejdel öl och han beställde ett litet krus vitt vin till Johanna, något hon aldrig smakat på förut men som var förvånansvärt gott även om det var lite beskt.

Johanna hade fått höra mycket om Karlskrona, främst från Elin, men även far hade varit där och med hjälp av deras berättelser hade hon en klar och mycket positiv bild i sitt huvud.

Något som gladde Johanna var att i staden var det tillåtet för kvinnor att driva handel på marknad och i handelsbod, gifta kvinnor var förstås tvungna att ha sin makes tillstånd.

Staden var inte lika sjudande och pulserande som den varit under stormaktstiden, men det var fortfarande

Sveriges viktigaste flottbas. Karlskrona var en gång tänkt som en framtida huvudstad i en stormakt och då överta Stockholms plats som rikets huvudstad. Detta märktes på hur Stortorget följde idealen för hur Europas storstäder såg ut, med ett stort öppet torg där kyrka, rådhus och stadsförvaltning låg efter dess ytterkanter. Antalet kyrkor och statsförvaltningsborgar visade också på stadens tänkta uppgift. Stora delar av staden utgjordes av dess militärområde och varv. Karlskrona med sina 14 000 invånare var Sveriges fjärde största stad, efter Stockholm, Göteborg och Norrköping.

Efter att ha ätit middag på det sorliga och ganska smutsiga gästgiveriet, drog sig alla fyra upp till rummet. Det var inte speciellt rent och sängkläderna såg ut som om de var ett perfekt tillhåll för löss och loppor.

Nästa morgon precis innan solen gått upp, var de klara för att resa vidare, Vagnen var packad, deras nu utvilade och ganska nöjda häst var spänd framför vagnen. De satte sig på kuskbocken, svepte filtarna om sig och så bar det iväg. När solens strålar började värma, det lilla de värmde i slutet på mars, kände de sig alla glada och upprymda. De pratade om allt möjligt och även August var med i diskussionen med en fyraårings visa och kloka inlägg.

Färden gick långsamt vidare, det var nya omgivningar som de färdades i, så de ägnade stor del av tiden att under tystnad storögt titta på byarna och gårdarna de passerade. När de kom in i Ronneby var det mycket folk i rörelse och de mötte både bönder på sina funktionella hästkärror och finare ekipage med vackra hästar och tjusiga landåer.

De passade på att ta en paus när de kom in i staden, och undertiden de åt sin ganska torftiga lunch tittade de storögt på alla fina människor som flanerade på gatan.

Peter berättade de lilla han visste om staden. Det var en av landets mest kända kurorter där rika vilade ut och drack det järnhaltiga vattnet som tydligen skulle vara så nyttigt. Staden hade även en stor fem våningar hög byggnad, som tidigare varit sockerbruk där man raffinerat rörsocker från Västindien, men den verksamheten var nedlagd och ni användes huset istället som kopparslageri.

Efter uppehållet i Ronneby bar färden vidare och på vissa ställen fick de en skymt av havet. På eftermiddagen passerade de en liten by som hette Strömshall, vände söderut ut på den halvö som Karlskrona låg på. Nu gick färden mestadels jämte havet. Hus och byar låg nu så tätt att det kändes som de redan kommit in i staden.

Johanna började känna sig nervös för första gången sedan de lämnade hemmet. Det var en väldigt speciell känsla att vara på väg till något nytt, något oupptäckt, allt det nya som låg framför henne var plötsligen väldigt nära. Skulle det nya bli som i hennes drömmar, eller skulle det bli något helt annat. Hon hade länge målat upp en bild som gav hopp om förändring till ett bättre liv, i staden skulle hon kunna leva sitt liv.

När de åkte över broarna från fastlandet ut till Trossö och staden, hade det precis börjat skymma och gatljusen börjat tändas. Det var en vacker vy att från kuskbocken sakta rulla in i den stora staden på de breda stenbelagda gatorna och se siluetterna av flera stora kyrkor. Det var mycket liv och rörelse på gatorna, och ibland svårt att komma fram. Husen var så många och stora, och de kom oupphörligen till gatukorsningar. I skymningsljuset var det svårt att orientera sig och Peter var vid två tillfällen tvungen att hålla in hästen för att fråga efter vägen ut till Björkholmen och till Wachtmeistergatan nr 12.

När de till slut hittat rätt, hoppade de båda två ner från vagnen. Johanna gick med bestämda steg bort mot porten i det stora trevåningshuset där siffran 12 var sirligt målad ovanför en stor port. Huset var byggt i sten med höga fönster i två våningar, stora vindsfönster som stack ut i alkover från det brutna plåttaket utgjorde tredje våningen.

Väl inne i porten såg hon att man kunde gå rakt igenom valvet och komma ut på en liten gård. Hon tog ytterligare några steg och tittade in på gården som låg i ett dunkel och bara lystes upp av de ljus som kom från de fönster som vette inåt gården. Hon såg en rad med dass, och ett litet skjul. Hon gick tillbaka in i portvalvet där det fanns ett antal dörrar som ledde in till de olika lägenheterna, på den första hon gick fram till stod det "Handelsman E Jönsson". Hon tvekade en kort stund innan hon knackade kraftigt. Det kändes som om hon stod där i dunklet i en evighet, men så hörde hon att det var någon på insidan och dörren öppnades.

En äldre man i en mörk luggsliten rökrock, med bistert anletsdrag, nedsjunkna axlar, ett kantigt och magert ansikte med en haka som stack ut på ett ovanligt spetsigt sätt, vilket harmonierade med en spetsig näsa, stod framför henne. Mannens ögon var små plirande och satt långt in i sina hålor, han verkade besvärad.

"Ja, vad är det om," fräste mannen, så att en droppe av hans saliv, träffade henne i ansiktet. Hon vågade inte torka bort den utan svarade "Emanuel", han nickade kort. "Ursäkta jag heter Johanna Petersdotter och skall bli er nya piga." Hon neg djupt och försökte att verka både ödmjuk och säker på rösten på en och samma gång.

"Ja just det, ja just det, jag kommer ut och visar dig köksingången och pigkammaren". Utan att göra någon som helst artighetsgest stoppade han fötterna i ett par tofflor och kom ut på trappan. "Hur kom du hit och var är dina saker," tonen var lite mindre barsk. "Jag har åkt med far, han, mina barn och mina saker är ute på gatan. Finns det plats för honom och hästen här i natt".

Han grymtade något ohörbart och verkade ännu vresigare än tidigare, men han gick mot porten, öppnade den och tittade på mannen som stod där ute, jämte häst och vagn, med ett bylte i famnen och höll en liten pojke i handen. Emanuel gick ut ur porten och fram till sällskapet, Johanna stod kvar i portöppningen och såg hur han sträckte fram en hand mot far och hälsade på honom, han rufsade till kalufsen på lille August, och böjde sig fram för att titta på byltet. Johanna skyndade ut på gatan och tog hand om de båda pojkarna så att Peter kunde leda in häst och vagn, genom porten och ut på innergården. Det lilla skjulet brukade tydligen då och då nyttjas som stall, det fanns hö på golvet och i ett hörn stod ett tråg som tydligen användes som spilta. Medan Peter höll på med hästen och spänna ifrån vagnen, gick Emanuel mot en dörr och Johanna följde efter. Dörren ledde in i ett trapphus med en vindlande spiraltrappa, han gick före och Johanna följde efter fortfarande med Johan i famnen och August i ett hårt grepp om handen. På andra våning öppnade han en dörr som ledde direkt in i ett litet rum. Det stod en säng i ena hörnet och en liten barnsäng mot ytterväggen, i andra ändan av rummet fanns en dörr och jämte den ett litet bord med en karaff och ett handfat, båda i illa medfaret porslin.

"Här skall du bo, och dörren där borta leder in i köket och min lägenhet, i köket kan du husera, men jag vill inte veta av något spring inne hos mig utan att jag sagt ifrån." Han tystnade en stund innan han fortsatte." Din far kan sova i köket i natt, och här finns det plats för barnen." Pluraländelsen på barnen uttalade han på ett nästan hotfullt sätt. "Jag fick uppfattningen att du hade ett barn och inte två". Han väntade inte på svar utan vände och gick ner för trappan.

Efter en stund kom Peter upp för trappan släpande på den koffert som innehöll Johanna och pojkarnas bohag. Han tittade sig om i det lilla rummet, och kände sig nedstämd, skulle han verkligen lämna sin flicka här i detta lilla rum med två små pojkar och en vresig gubbe som hon skulle vara tvungen att passa upp och lyda. Han försökte skaka av sig känslan för att inte visa Johanna vad han kände, hon måste ha fullt upp med sina egna känslor. Efter en stund när Johanna packat upp, kom Emanuel plötsligt in i rummet fast nu genom dörren från köket.

"Ni kan ta lite och äta, ni måste vara hungriga efter den långa resan, det finns både bröd, fläsk och lite annat i skafferiet, det är bara att ta för sig". Johanna och hennes far gav varandra en undrande blick, Emanuel hade plötsligt verkat både snäll och omtänksam, och han hade använt en helt normal samtalston.

Han vände om utan att vänta på svar och lämnade dörren öppen, dörren från köket in i lägenheten stängde han däremot omsorgsfullt efter sig. Efter att de alla fått mat i sig, Johanna nattat de båda pojkarna, satte de sig på kökssoffan och pratade. Båda hade försökt hålla modet uppe, och ingen av dem hade med ord berört den olust de båda innerst inne kände. Slutligen hade den långa resan och alla nya intryck tagit ut sin rätt och med en ömt god natt gick de till sängs.

Tidigt nästa morgon påbörja Peter hemfärden ensam. Avskedet blev sorgesamt, och Johanna kunde inte hålla tillbaka sina tårar utan lät de rinna ner för kinderna, även Peter hade en tår i ögonvrån. Hon stod ute på gatan, höll August hårt i handen och Johan tryckt mot sitt bröst, när ekipaget åkte ner för backen och försvann utom synhåll. Hon stod kvar länge och tittade nedåt backen, hon kände sig ensam, så ensam hade hon aldrig känt sig förut i hela sitt liv. Vad skulle det bli av henne och hennes söner, hade det verkligen varit en bra idé att lämna hemmet för Karlskrona. En ensam mor med två små pojkar som skulle tjäna piga. Tankarna for fram och tillbaka i hennes huvud och tårarna verkade inte vilja sluta att rinna. Hon gick in genom porten och upp i pigkammaren. Hennes tankar ville inte fastna i någon bestämd riktning, men slutligen lyckades hon börja tänka lite rationellt. Här gällde det att ta sig samman och verkligen göra något bra av sitt liv.

Hon hade ytterligare en dag ledig innan hon skulle börja arbetet som piga, så efter att hon gett pojkarna lite frukost, begav de tre sig ut i staden för att lära känna sitt nya hem.

De gick ner från Björkholmen och in till centrum av staden, gatorna var breda och stortorget var monumentalt med kyrkan, och alla pampiga byggnader runt. Gatorna var raka och planerade i ett rutnät. Södra delen av staden upptogs helt av örlogshamnen och på Stumholmen i öster fanns alla marina försörjningsanläggningar. På Björkholmen i väster deras nya hem bodde mest anställda vid flottan och varvet. Johanna som de senaste åren sparat och gnetat för att kunna ha ett eget sparkapital, unnade sig själv och sina pojkar att gå på kaffestuga, köpa något att äta och att få sitta inne i värmen och känna sig lyxig bland alla fina damer och deras välskräddade barn. Många bland de andra gästerna som kastade sina blickar åt deras håll, hade nog aldrig kunnat gissa att de just nu tittade på en bondflicka från södra Småland, som med sina två oäkta pojkar satt och njöt av en kopp kaffe. Mycket tack vare Elin och hennes arbete med sömnad så hade de alla tre kläder som var mycket finare än deras sociala status.

Väl tillbaka i pigkammaren, lyckades hon få båda barnen att sova middag, och hon passade på att smyga ut för att förhöra sig om möjligheten att hitta en barnflicka som kunde hjälpa henne att sköta pojkarna och då främst Johan under tiden hon arbetade. Det var mycket folk på gatan och vårsolen värmde, det var sista dagen i mars månad.

Efter att ha gått gatan upp en kort bit, fick hon syn på en kvinna som troligen var några år äldre än hon var, och som hade en flicka i tolvårsåldern i släptåg. Flickan såg butter och lite vresig ut där hon demonstrativt höll sig några steg bakom kvinnan, som säkerligen var hennes mor. Johanna gick fram och hälsade artigt och neg djupt.

"Ursäkta mig frun, det är så att jag heter Johanna och är helt ny här i stan, jag kommer från landet men har nu blivit piga hos Emanuel Jönsson", hon vände sig halvt om och pekade på porten.

Kvinnan hade stannat upp när hon kommit fram och hon visade inga tecken på att vilja skynda vidare utan stod kvar och verkade lyssna uppmärksamt.

Johanna fortsatte. "Det är så att jag har två små pojkar att ta hand om, de är ett och fyra år gamla, och jag undrar bara om ni vet om det finns någon här på gatan som man skulle kunna städsla några timmar om dagen för att passa dem, medan jag arbetar"

Kvinnan med den trumpna dottern svarade, med en vacker röst.

"Ni har nog haffat rätt person här på gatan, jag bor där borta." Även hon vände sig om och pekade i riktning upp för gatan på motsatt sida. "Jag har själv en liten pojk på fem år där hemma, och min förtjusande dotter här." Hon vände sig mot den trumpna flickan och log, Johanna förstod ironin. "Så vi kan naturligtvis åta oss uppdraget, en liten extra inkomst är inte att förakta. Förresten jag heter Charlotta Nilsson och detta är min äldsta dotter Louise. Jag och min man flyttade hit för bara tre år sedan, då han fick arbete på varvet, han heter Nils Johan Nilsson och är murargesäll. Jag vet precis hur det känns att komma till ett nytt ställe." Johanna fick en sorgsen känsla när hon hörde ordet murargesäll, men den försvann fort.

Planen hade lyckats, napp på första försöket, Johanna, kvinnan och hennes dotter följde med upp så att hon kunde visa upp sina båda pojkar, de sov när det lilla sällskapet kom in i rummet, men August vaknade och tittade med nyfikna ögon på de två okända som stod lutade över honom.

Kapitel 12

Johanna

Sommaren 1860

Vissa saker hade gått över förväntan, Johanna hade
redan fått flera vänner och pojkarna trivdes med sin
barnflicka. August kände snart till alla ställen på gatan
där man kunde leka, han kände redan de flesta pojkar i
hans egen ålder, de sprang omkring i värmen och lekte
dagarna i ända. De kunde i timmar ligga på muren som
skiljde staden från örlogsbasen och varvet och bara titta
på alla stora krigsfartyg som låg vid kaj, eller kom
inseglande, det pågick hela tiden aktivitet nere på varvet
som fångade deras intresse.

Johanna umgicks ofta med Charlotta och hennes
väninnor när hon var ledig. De flesta hade hamnat i
Karlskrona när deras män fått arbete på varvet.

Hon hade börjat lära känna staden och trivdes, det var
inte alls så som det varit i Urshult där alla kände alla,
och alla som på ett eller annat sätt inte följde normen
blev utstötta. Här i Karlskrona var det ovanligt att någon
brydde sig om, eller tänkte på att hon hade två små
pojkar med olika fäder, utan att vara gift. Visst fanns det
många som var djupt religiösa, och tyckte att det var
syndigt, men för de allra flesta var det människan
Johanna som var det viktiga och inte vem hon fått barn
med.

Det fanns naturligt vis fallna kvinnor och prostituerade i

99

staden, som de flesta inte såg med blida ögon på. En av orsakerna till att man var mer öppen mot främlingar och avvikare, var nog att staden var en smältdegel av folk från olika länder, med olika kultur och olika utseende.

Staden som hade grundats mot slutet av 1600-talet när Sverige var en militär stormakt och Östersjön var den viktigaste förbindelselänken mellan rikets olika delar, och flottan var den svenska maktens främsta redskap för att kontrollera sina områden. Därför hade det beslutats att förlägga flottans nya basstation till Blekinges östra skärgård. Området var isfritt under en mycket längre tid än Stockholm och på den karga och bergiga skärgårdsön Trossö med omgivande öar fanns goda förutsättningar, här fanns en smal och djup inseglingsled, vilken lätt skulle kunna försvaras mot angrepp. Redan från början planerades att det skulle bli en sammanhängande helhet med befästningar, hamnar och skeppsvarv, samt en civil stad för handel, proviantering och administration. Senhösten 1679 påbörjades arbetet med att anlägga staden och samtidigt fick öns ende bonde lämna sin gård. Efter ett trettiotal år var kvarteren på Trossö till stora delar bebyggda och för att gynna handel och befolkningstillväxt i den nya staden hade kungen tagit bort grannstädernas stadsprivilegier. Borgare och köpmän från Ronneby och Kristianopel tvingades därmed att flytta till Karlskrona. Staden hade en internationell prägel, här fanns tyska handelsmän, kunniga varvsarbetare från finska Österbotten samt många andra nationaliteter. Ett helt nytt synsätt på skeppsbyggeri och underhåll av fartyg hade introducerats genom att konstruera stora torrdockor för vinterförvaring och byggnation.

Smolket i bägaren för Johanna var hennes arbetsgivare, eller herre som han själv såg sig som. Emanuel hade varit handelsman och gjort bra affärer med att sälja det mesta han kom över till flottan, han hade köpt det stora huset uppe på Björkholmen där han hyrde ut fem lägenheter och disponerade den största för egen räkning. Fastigheten inrymde även en affärslokal, som numera var uthyrd till Elin Lagerström som drev en tygaffär. Johanna kände henne flyktigt, och hade länge tänkt att fråga om hon behövde lite extra hjälp, men det hade inte blivit av.

Emanuel disponerade även en del rum runt om i stan, och genom att ta ut en hög hyra, minimalt med skötsel och underhåll så gjorde han sig en bra hacka. Nu vid 58 års ålder ansåg han sig vara självpensionerad, och det lilla fastighetsimperiet sköttes ganska så bristfälligt, det hade hon förstått när hon tjuvläste hans post. Det han främst ägnade sina dagar åt var att gå omkring i staden, i sina en gång fina kläder, vilka nu hade sett betydligt bättre dagar, han hälsade på alla och pratade vitt och brett om framför allt sig själv och sin oöverträfflighet som fastighetsmagnat, och inte mist kvinnokarl. Hon hade förstått och hört att de flesta inte tog honom på något större alvar, ibland var det nog tur då hans frispråkighet, kunde omfatta hädelse av såväl kungen, som kronan och gud. Han hade aldrig lyckats bli gift och de enda kvinnor som föll för hans charm var de prostituerade som villigt lät sig charmas efter att de erhållit en betydande ekonomisk favör.

Hemma var han sträng och ofta fick hon skäll och glåpord efter sig, vad hon än gjorde. När han inte besökt sina kvinnor i horkvarteren på en tid blev han tafsig och Johanna fick ofta ta emot klappar på baken och till och med kläm på brösten.

Det kändes nedvärderande, men hon bet ihop och försökte bortse från den tunne patetiske man som var hennes arbetsgivare.

Hennes arbete var ofta ganska lätt. Emanuel skröt om

alla fina middagar som skulle hållas i hans salonger, men det blev aldrig några middagar för henne att anordna, hans vänner svek honom, det var ingen som ansåg att han var en del av stadens etablissemang, mer än han själv.

När han var ute på sina rundor, och inga dagliga bestyr kallade på henne, brukade hon sjunka ner ensam vid köksbordet läppjande på en kopp kaffe. Vid dessa tillfällen for tankarna ofta hit och dit på ett ganska oförutsägbart sätt. Hur skulle hon kunna utnyttja sin situation hos Emanuel på bästa sätt. Trotts att han gormade och förnedrade henne, kunde hon inte låta bli att känna att det var hon som hade ett litet övertag, det var högst troligt att han kände detsamma. Tack vare sin ömsinte och radikala far hade hon fått en bra självkänsla. Vid något tillfälle hade de båda pratat om självförtroende och självkänsla, de hade enats om att självförtroende byggdes utifrån erfarenhet och kunskap, medan självkänslan är känslomässigt förankrat i hjärtat. Man kan ha ett bra självförtroende och känna sig kompetent, men ändå ha en dålig självkänsla.

Hon fick en stark känsla av att hennes olycka att ha en elak husbonde, skulle komma att vändas till något gott, hur detta skulle gå till kunde hon inte förstå, men att det skulle ske var hon nästan helt övertygad om.

Johanna hämtade brevpapper och en penna i sin pigkammare och började med att skriva ett långt brev till Elin.

Hon var förvånad över att den person Elin beskrivit var en helt annan än den person som hon nu lärt känna.

Hon ville på inget sätt skuldbelägga Elin för att lurat på henne en despotisk arbetsgivare, utan beskrev hur Emanuel måste ha förändrats under de många år som gått och att han kanske till och med blivit som han blivit bara för att han aldrig fick sin ungdomskärlek. Efter att hon skrivit färdigt det första brevet, började hon genast skriva ett nytt, till sin far. Även i detta brev kände hon att hon var tvungen att försköna sin situation, för att inte göra honom orolig.

Kapitel 13

Maja-Lisa

1861

Det hade gått ett år sedan det stora uppbrottet då syskonen skingrats och ett år sedan Maja-Lisa blev piga i Jämshög, hon vantrivdes så att sinnet blev mörkt.

Maja-Lisas syster Martha hade tjänat piga här på gården i Jämshög i nästan sju år innan hon och Olof, sonen på gården, gifte sig förra året. De hade flyttat till Urshult och tagit över föräldrahemmet som far varit tvungen att lämna då han inte klarade av lånen. När Martha lämnat gården och sitt arbete som piga hade Maja-Lisa blivit erbjuden att ta systerns plats. Martha hade inte berättat mycket om sin tid på gården, men av det lilla hon berättat framgick att husfolket var snälla och gudfruktiga människor som behandlade en väl. Nu när Maja-Lisa kommit på plats och börjat lära känna sitt husfolk, var hennes bild en helt annan.

Maja-Lisa hade förstått att husbonden länge haft planer på att sonen Olof skulle gifta sig med dottern på granngården och därigenom skapa en storgård. Därför var han inte det minsta glad över att sonen så huvudlöst blivit kär i pigan, gift sig med henne och flyttat till Urshult där de tagit över hennes fars gård vilken jämfört var en liten gård.

Att han sen tagit sin förra piga och numera svärdotters syster till efterträdare, kunde verka huvudlöst, men

Maja-Lisa misstänkte att det var någon form av hämnd han var ute efter. Han behandla henne illa och lät henne jobba hårt.

Vid flera tillfällen under året hade hon funderat på att bara ta sitt pick och pack och bege sig hem till far och mor. Hem var det en dryg dagsmarsch på fyra mil, men det skulle hon klara.

Det var olagligt att bara lämna en anställning, utan orsak, men vist hade hon orsak. Husbonden hade hittills aldrig slagit henne, även om hon fått några lättare örfilar och flera gånger blivit tafsad på. Maja-Lisa blev bittrare för var dag som gick men hon blev också hårdare. Far hade uppmuntrat henne att tro på sig själv och inte låta någon trycka ner henne, varken man, kvinna eller kyrkan.

Under de första månaderna hos Olssons i Jämshög hade Maja-Lisa haft en förhoppning om att hon skulle kunna få lite hjälp och förståelse av sin husmor, hon var ju kvinna och borde förstå, men där fann hon ingen hjälp. Det blev snart tydligt att hennes husmor, var om möjligt ändå mera bitter över att sonen blivit förförd av en piga från Urshult och nu hade hon hennes syster framför sig och hon försatt inte möjligheterna att jävlas med henne.

Maja-Lisa fick arbeta långa dagar, och i allt hon gjorde fick hon ovett, hon var dålig, långsam, fumlig och fattade trögt.
Maja-Lisa kände hur hennes självkänsla sjönk, och hur hon oftare och oftare kände sig värdelös.
Hon fick nästan aldrig någon tid ledig, för att ge sig ut i byn och träffa andra jämnåriga, hon kände sig som i ett fängelse. Hennes båda plågoandar var djupt religiösa och gick alltid i kyrkan, det var detta som gjorde att hon en dag vågade fråga om de hade en bibel som hon kunde få

läsa ur för att finna guds ord. De kunde inte säga emot henne utan gav henne ett gammalt och utslitet exemplar. Hon läste varje kväll, alla de spännande berättelserna främst i gamla testamentet, guds ord var det sista hon trodde hon skulle finna.

En eftermiddag i juni, kom en häst och vagn inrullande på gårdsplanen. Maja-Lisa blev så förvånad att hon höll på att tappa mjölkspannen hon bar på, då hon fick se sin syster Martha och hennes man Olof kliva ner från vagnen. Maja-Lisa småsprang fram till vagnen, ställde ner mjölkspannen och kramade om sin syster. De båda systrarna kramades både hårt och länge, Maja-Lisa kände en värme till Martha som hon aldrig känt förut. De hade inte varit speciellt nära varandra, hon hade alltid tyckt att Martha var både svårmodig och stel, men nu kändes det helt annorlunda, hon var helt övertygad om att Martha kände på samma sätt. När Maja-Lisa backade ur kramen såg hon en liten tår på Marthas kind. Martha torkade diskret bort tåren, och klappade sig sedan på magen och log, Maja-Lisa gav henne ett varmt leende till svar. De satte sig på en bänk bredvid ladugården och började prata, det är så mycket som Maja-Lisa vill veta, hur är det med mor och far, hur har hon det själv, hur mår de andra syskonen, har hon någon kontakt med Johanna. Martha svarar så gott hon kan och undrar om allt är bra här på gården.

Maja-Lisa funderar på om hon skall berätta om alla sina bekymmer för Martha, men beslutar sig snabbt för att inte berätta något, troligen skulle Martha ta på sig skulden för hennes lidande, och till vilken nytta.

Det var Martha som började samtalet. "Johannas Johannes har nyligen fått en son tillsammans med sin Helena. Det som är lite konstigt är att de döpt den lille till Frans, nästan samma namn som hans halvbror

August, undrar om inte Johannes fortfarande håller av Johanna."

Maja-Lisa tittade alvarligt på sin syster, "varför kom ni hit, jag har en känsla av att Olof och speciellt du, inte är välkomna hit."

"Jag vet, jag ville inte åka, men Olof vill så gärna träffa sina föräldrar och berätta att jag är med barn, han hoppas nog på att de skall ta honom och även mig till föga."

Att döma av rösterna i samtalet mellan far, mor och deras son borta vid vagnen, så var det nog en förhoppning som hade grusats. Det blev inga gäster till kvällsvarden, utan en timme senare satt Olof och Martha upp i vagnen och styrde tillbaka hemåt. Maja-Lisa visste att de skulle behöva köra långt efter mörkrets inbrott, men det var åtminstone maj och ganska fint väder. Denna kväll skrev hon ett långt brev till Johanna, där hon berättade om mötet och även om att August fått en halvbror som döpts till Frans.

Händelsen när Olof och Martha kommit för att hälsa på, hade påverkat Olofs far påtagligt, han hade från att vara vresig och hård mot Maja-Lisa nu övergått till att var nästintill elak, hon misstänkte att det i grunden berodde på att han saknade sin son och att de båda misslyckats med att försonas vilket gjort honom bitter.

Maja-Lisa stretade på och planerade för att lämna sin tjänst till nästa vår när hennes kontrakt gick ut, att bara rymma från en tjänst som piga skulle aldrig föra något gott med sig. Hon fick helt enkelt stå ut några månader till.

En höstkväll kom en bekant till husbonden på besök, det var poliskonstapel Bäckström. Han var en frekvent besökare och brukade gästa gården någon gång i månaden. Maja-Lisa fick slita med att ordna fram mat och öl till de båda herrarna som barrikaderat sig i finrummet. Det tog inte lång tid, eller många öl innan de båda blev mer och mer närgångna mot henne. Varje gång hon skulle servera öl eller brännvin kände hon en grov hand lyfta på hennes kjolar, och leta sig hela vägen upp där den hårdhänt greppade hennes skrev. Hon kunde inte göra mycket för om hon skulle vridit sig loss skulle hon säkert tappat ett ölglas eller spillt ut några droppar av spriten i karaffen och då hade troligen en värre behandling väntat.

Hon visste att aga av tjänstefolk nyligen blivit förbjudet, åtminstone om de var äldre än sexton år och det var hon, men råkade husbondens bästa vän vara poliskonstapel, och hans hand också nått upp till hennes skrev flera gånger, så kunde hon nog inte räkna med hjälp av lagen.

Kvällen fortsatte och de båda herrarna blev fullare och fullare. Klockan hade passerat midnatt men hennes tjänster med att duka fram och ta bort förtäring efterfrågades fortfarande. De båda herrarna drog sig slutligen upp i husbondens sovrum och när de brölade och ropade på henne var hon tvungen att gå in och höra vad som önskades, även om hon både var rädd och kände sig mycket obekväm.

Väl inne i sovrummet stängde poliskonstapel Bäckström dörren och ställde sig bredbent framför den, som för att tydligt markera att hon inte hade några som helst möjligheter att rymma ut ur rummet den vägen. Hennes husbonde, herr Olsson gick fram och lyfter upp hennes kjolar och med ovanlig fallenhet drog han ner hennes underbyxor i ett ryck.

Maja-Lisa funderade febrilt på hur hon skulle undvika att bli våldtagen av de båda herrarna och inser samtidigt att här och nu slutar hennes tjänst hos herrskapet Olsson.

Så när herr Olsson ostadigt böjer sig fram för att kunna titta närmare på hennes blottade sköte, reagerar Maja-Lisa genom att snabbt och med all sin kraft lyfta upp sitt knä, så att det träffar herr Olsson rakt på näsan. Gormande stapplar han ett par steg bakåt och lyfter båda händerna mot sin skadade näsa. Poliskonstapeln lämnade sin post framför dörren för att se vad som hänt vännen. Herr Olsson var helt ursinnig och gick med blodet rinnande ur näsan och knytnävarna höjda mot henne. Maja-Lisa fick ta emot fler hårda knytnävsslag, som om hon varit en man och jämbördig motståndare. Det enda hon kunde göra var att skydda sig så gått det gick, hon snubblade bakåt och föll på den hoptrasslade trasmattan och blev liggande på golvet. Hennes husbonde slutade inte, utan fortsatte med sparkar istället för knytnävsslag. Liggande i fosterställning lyckades hon till slut rulla runt, komma upp och rusa mot dörren för att fly.

Poliskonstapel Bäckström retirerade snabbt tillbaka till sin ursprungliga post framför dörren. Hon böjde huvudet och sprang med full kraft in i honom. Hennes huvud träffade mitt i bröstkorgen och han tappade luften och tog ett steg åt sidan.
Maja-Lisa låste snabbt upp dörren och var överlycklig att de inte tagit ut nyckeln. Väl ute ur rummet sprang hon ner och ut ur huset. Klockan var närmare ett på natten och det var en kylig höstnatt. Hon funderade på vart hon skulle ta vägen, om hon var tvungen att fly långt härifrån redan nu.

Drängen bodde i ett litet rum i ladugården, de hade inte pratat med varandra många gånger under hennes tid på gården. Han var lite annorlunda och hade förstånd som en lite pojke, men han var stark och arbetade flitigt när han blev tydligt instruerad i vad han skulle göra. Han verkade snäll och Maja-Lisa hoppades att hon kunde få honom på sin sida. Väl inne hos den nyvakna dräggen började hon gråta och berätta vad som hänt henne under kvällen. Till hennes förvåning blev drängen så uppjagad och skakad av berättelsen att det var hon som fick trösta honom istället. Någonstans inom henne blev hon nästan lite besviken att poliskonstapeln och hennes husbonde inte fortsatte jakten på henne, vad hon sett så hade de inte ens orkat eller brytt sig om att lämna huset.

På morgonen sov hon med flit över sina sysslor, drängen hade varit uppe länge och hon hade utan några funderingar krupit ner i hans säng och somnat. Vid niotiden gjorde hon sig iordning, tog på sig sin finaste klänning, tvättade bort blod och kammade håret. Hon gick på darrande ben upp till huset, tanke var att säga upp sig på stående fot och se till att få ut innestående lön samt ett rejält belopp för att inte anmäla herr Olsson. I köket satt både herr och fru Olsson och drack sitt förmiddagskaffe. När hon utan att knacka klev in blev fru Olsson väldigt förvånad och skulle precis öppna munnen när Maja-Lisa tog till orda.

"Nu är det så att jag slutar min anställning här och nu, och efter vad som hände igår så förväntar jag mig inte att det skall bli några problem." Hon gjorde en lång paus. Fru Olsson lade upp en förvånad min, troligen tänkte hon fråga vad det var som hänt igår, då hon varit borta över natten. Maja-Lisa tog till orda innan hon han säga något.

"Jag har en anmälan här, som ni kan läsa. Jag har redan budat den till prästen och han har lovat att överräcka den till kämnärsrätten i Karlshamn, för att gå till poliskonstapel Bäckström tror jag inte är en bra idé." Hon sträckte artigt fram ett handskrivet blad till frun samtidigt som hon såg hur herr Olsson blev blossande röd i ansiktet. "Jag har inte skrivit exakt vad som hände, jag tyckte jag kunde utlämna några detaljer"

Fru Olsson tog pappret med stadig hand, tittade stängt på sin man, innan hon började läsa.'

Till härvarande Högädle Kämnärsrätt

Undertecknad har hos hemmansägare Olsson och dennes hustru sedan mars 1860 haft tjänst som piga med lön på femtiofem Riksdaler. Tisdagen den 7de dennes då Hr Olsson och Poliskonstapel Bäckström, inropade mig i makarna Olssons sängkammare och då jag inkom tillstängdes dörren. Sedermera överföll dessa herrar mig med hugg och slag, Olsson tilldelade mig minst 10 à 12 slag med knytnävarna i hufvudet som förorsakat mig svår värk och ömhet samt yrsel, han även sparkade mig på benen med blånad som följde, Bäckström under tiden motade mig att jag ej slapp ut samt tilldelade mig slag på munnen med sin tjänstbricka så blodvite uppkom.

Utan ett ord lämnade fru Olsson över pappret till sin man, han läste och ansiktsfärgen gick från rött till högrött.

"Vad är detta för falsarier ni kommer med, tror ni att någon skulle tro på en pigas ord emot mitt"

"Ja, jag kommer att åka till Karlshamn redan idag, då kan de i Kämnärsrätten få titta på mig och alla mina blåmärken och skråmor, jag tror faktiskt att de kommer att tro på mig, vad jag har hört på byn så kanske de till ock med blir glada av att få sätta dit poliskonstapel Bäckström, och då lär ni väl dras med i fallet."

Maja-Lisa kände sig stolt och självsäker på ett sätt hon aldrig gjort förut, en lite tanke gick till far och hans ständiga predikningar att de var lika bra och duktiga och hade samma rättigheter som vilken fisförnäm hemmansägare eller präst som helst, även om de var enkla bönder eller kvinnor.

"Men lilla vän, en husbonde har sin fulla rätt att ge sitt tjänstefolk den aga de behöver när det gjort fel."

Maja-Lisa funderade snabbt igenom om hon skulle kalla herr Olsson för lilla herr Olsson, men beslutade att avstå även om det lockade. "Herr Olsson, ni som är en bildad man, vet ni inte att husaga är förbjudet enligt lag. Redan 1847 lämnade Lars Johan Hierta, han som grundade Aftonbladet ni vet, in en motion om avskaffandet av husaga till Sveriges riksdag. 1859 för två år sedan blev det äntligen lag. Det är nu förbjudet att ge anställda pojkar under 18 år och anställda flickor under 16 år aga. Tyvärr är det fortfarande lagligt för en man att aga sin hustru."

Herrskapet var båda två lika förvånade över hur en enkel piga kunde veta så mycket, och vara så vältalig, de förstod båda utan att prata med varandra, att det bästa vore att låta henne sluta och ge henne den ersättning hon begärde. Denna unga kvinna kunde alldeles säkert ställa till stora problem för dem.

Herr Olsson mumlade tyst och förbannade den familj uppe i Urshult som nu sänt två av sina döttrar i hans väg och bägge hade lyckats fördärva för honom.

Maja-Lisa hade sedan länge bestämt sig för att bege sig till Karlskrona och till sin syster Johanna, hon skulle kunna hjälpa henne. Hon hade skrivit brev där hon beskrev sina planer om att flytta till Karlskrona till våren, men nu blev det ett halvår tidigare än planerat.

112

Redan dagen därpå gick Maja-Lisa in till Jämshög och där ifrån fick hon skjuts ner till Karlshamn. Från Karlshamn tog hon båt till Karlskrona. Pengar hade hon på fickan där hon också hade pappret till kämnärsrätten i ett andra exemplar. Ett hade hon lämnat hos Olssons och ett hade hon nu själv, det där med att prästen hade ett exemplar det var något hon hittat på.

När hon knackade på dörren hos Johanna blev det ett återseende systrarna emellan som var så hjärtligt och känslosamt att de båda brast ut i gråt.

Maja-Lisa anlände till Karlskrona flera månader tidigare än planerat, men på bara några veckor lyckades Johanna via Emanuel ordna ett litet rum till Maja-Lisa nere på Ronnybygatan. Och Maja-Lisa själv lyckades få ett arbete på garnisonssjukhuset.

Kapitel 14

Johanna

1862

Johanna tyckte alltid att det var lika spännande att läsa breven från far. Att läsa om hur det var där hemma gav henne sinnesfrid och hon brukade alltid spara på läsandet tills hon i lugn och ro kunde slå sig ner i köket med en kopp kaffe.

Far skulle fylla femtio nästa år och Johanna funderade på om hon skulle kunna åka och hälsa på honom. Nu när Maja-Lisa flyttat till Karlskrona hade ju allt blivit så mycket lättare och äntligen hade hon en riktig god vän i sin syster. Hon och Maja-Lisa skulle kunna åka till Urshult tillsammans.

Med spänning öppnade hon brevet och började läsa.

Kära Johanna, min dotter

Här är det mesta sig likt, fast tiden går fortare och fortare ju äldre man blir. Vi har så vi klarar oss och jag är glad att Martha kunde ta över gården så att den är kvar i familjen. Mors hosta är ofta elak och hon är trött för det mesta. Nu har både Helena och Eva lämnat hemmet för att söka sig lyckan. Det känns lite tomt med bara fem barn kvar. Carl-Magnus har ju blivit tio så han kan snart läsa och skriva, så du kan väl skriva brev till honom någon gång. Även Mathilda går i skolan men hon har inte lärt sig läsa ännu. Så på dagarna är det bara lille Gustaf här hemma. Nils-Johan börjar bli stor och skall konfirmera sig i sommar.

Jag hoppas att det går bra för dig min flicka, det var skönt att höra att Maja-Lisa är hos dig, det är alltid bra att ha någon att dela glädje och sorgeämnen med. Hur mår mina pojkar August och Johan. Jag skulle gärna vilja komma ner till er och hälsa på, men jag vet inte om jag kan lämna mor, och hon kan nog inte åka den långa vägen. Jag ser fram emot att höra av dig snart

Peter

Det var alltid känslosamt att läsa breven och hon förstod vilken möda hennes far lagt ned på att både stava och att få till sin bästa handstil. Hon tog genast itu med att skriva ett svar till honom.

Kära far

Här är det bara bra, Emanuel kan ibland vara lite svår, men han fyller sextio nu i maj och en så gammal gubbe klarar jag allt av att handskas med. August är så full av spring och bus att man kan bli tokig, men han har ett gott hjärta och vill ingen illa, även om det blir fel ibland när han busar. Tyvärr börjar han inte i skolan förrän nästa år, jag tror att skolan skulle göra honom gått. Johan springer mest och håller mig i kjolarna, men det kommer garanterat att bli en bra karl av honom också. Som du skrev så är jag överlycklig att ha Maja-Lisa här, hon är en god vän och vi delar på allt. Jag skall skriva ett brev till Carl-Magnus också, får han det svårt med läsningen så kan du väl alltid hjälpa honom.
Jag längtar och vill träffa dig, hoppas att det kan bli av i sommar.
Jag och Maja-Lisa skall försöka åka upp till Urshult med mina pojkar, det är alltid lättare om man är två. Jag har det ganska så gott ställt och har lite pengar undanstoppade, så det är inga problem.

Johanna, din dotter.

Johanna lade ifrån sig papper och penna och tog en klunk av kaffet som nu hunnit bli kallt. Utanför fönstret var det snöigt och kallt fast det blev ljusare för varje dag, och snart skulle våren vara här.

Johanna tog upp dagstidningen och tänkte läsa en stund innan det var dags att göra lunch. Emanuel satt säkert på sitt rum och funderade över något, för det var ytterst sällan som han gav sig ut på sina promenader när vädret var så kallt och snöigt.

Livet för Johanna gick sin gilla gång och inför Emanuels sextioårsfest var det mycket att stå i, men Johanna hade fått fria händer och fungerade i stora stycken som husfru. Emanuel hade för varje år ägnat mindre och mindre intresse för sina lägenheter, det kunde till och med hända att någon av hans lägenheter blev stående outhyrd i flera månader när en hyresgäst flyttade ut. Johanna såg ur ett egenintresse att desto mer Emanuel tjänade, desto bättre borde det vara för henne. Så det hände allt oftare att det var hon som såg till att föra bok över inbetalda hyror och även se till att alla rum och lägenheter var uthyrda. I stora huset på Wachmeistergatan fanns sex lägenheter varav alla utom Emanuels lägenhet vilken även omfattade Johannas lilla pigkammare hyrdes ut. Utöver detta hade Emanuel av för Johanna oklara omständigheter lyckats komma över ytterligare ett tiotal, enkla rum eller lägenheter i hus som ägdes av någon annan. Troligen rörde det sig om någon oreglerad skuld som Emanuel fick ränta på, genom att få möjlighet att hyra ut små kyffen eller större lägenheter i låntagarnas fastigheter.

Johanna hade länge tyckt att hennes pigkammare var väl liten för henne och de båda pojkarna, och hon hade börjat fundera på hur hon skulle kunna komma över en större lägenhet i huset, utan att för den skull behöva betala för den.

Lyckan stod henne bi och strax innan Emanuels sextioårsdag, blev det så att den gamla änka som bodde i huset hastigt gick och dog. Nu var det dags för henne att starta övertalning och förhandling med Emanuel.

Johanna var flitigare än vanligt och planerade Emanuels sextioårskallas med full kraft. De satt ofta tillsammans inne vid hans stora skrivbord och diskuterade och skrev inbjudningslistor. Johanna skickade ut inbjudningskort, kontaktade handlare för matleveranser, hyrde in serveringspersonal och ordnade med blomsterarrangemang.

Emanuel hade inte många, om än några riktiga vänner, men ett kalas där det bjöds på rikligt med både mat och dryck, var det få som skulle tacka nej till, även om man skulle vara tvungen att lyssna på en egensinnig skrävlare en hel kväll.

Hennes engagemang tog skruv och Emanuel kände sig viktig och njöt i fulla drag av att få vara i centrum. Hon såg till att skräddaren kom upp till lägenheten, tog mått och valde tyg till en ny kostym åt honom.

Flera gånger när hon stod lutad över skrivbordet jämte honom och planerade eller skrev listor kände hon hans hand på sin rumpa, men hon lät honom hållas.

En kväll då han var på ovanligt gott humör och också började bli lite påverkad av det tredje glaset Moselvin som han varit tvungen att provsmaka, satte hon in stöten.

"Är det inte så att vi skulle behöva en ny hyresgäst till änkan Carlssons lägenhet som nu står tom." Han tittade på henne med en fånig fyllemin. "Änkan Carlsson, ja visst fan, det var hon som gick och dog härom sistens." Johanna replikerade snabbt. "Helt riktigt, vi kan inte låta en lägenhet på två rum och kök stå tom, det ger inga pengar." Emanuel nickade i samtycke. "En enkel lösning nu inför ditt kalas, är väl att jag tar över lägenheten, och jag kan som betalning avstå min rätt till högre lön. Att minska på en utgift, är minst lika gott som en intäkt." Hon gjorde en lång paus, och hjärtat klappade lite extra hårt, skulle han gå på detta eller skulle hon få sig en utskällning.

Det kom ingen direkt reaktion, det verkade som han funderade hårt men utan att komma på vad han skulle svara. Hon fortsatte sin utläggning.

"Jag och pojkarna kan ju knappast bo kvar i pigkammaren längre, och så får du ju vara mer ifred och inte bli störd när mina pojkar leker i köket, och det är väl bra om jag bor nära eller hur." Hon lät aldrig frågan bli hängande utan fortsatte direkt så att han inte han svara. "Vi kan ju sedan hyra ut pigkammaren som ungkarlsrum, eller till någon gammal änka. Bara att slå igen dörren in till köket."

Övertalningen verkade gå över förväntan. Emanuel grymtade ett ja till svar, och gav henne ännu ett fånigt leende, samtidigt som hans hand försökte leta sig upp under kjolen. Hon vred sig från honom, och med ett varmt leende, fiskade hon fram ett kontrakt som hon förberett och lagt under en hög av papper på sekretären. Nu låg kontraktet där framför honom, han tvekade en kort stund men så pass länge att hon han bli rädd att han ångrat sig.

Med en spretig handstil, som främst berodde på Moselvinet, skrev han på.

Hon tog kontraktet från honom och läste tyst med bultande hjärta.

Lägenhet nummer 93 på Wachtmeistergatan 12
uthyres till:

Johanna Petersdotter

Hyra –

Tillträde den 1 juni 1862.

Emanuel Jönsson

Nu var det den 6 maj och två dagar kvar till kalaset, efter det skulle det finnas tid till alla flyttbestyr.

Sextioårskalaset avlöpte på ett ypperligt sätt, Emanuel var uppklädd i sin nya kostym och Johanna som passat på att själv sy sig en klänning gjorde många av borgarfruarna avundsjuka. Under hela kalaset agerade hon självpåtagen värdinna, så långt ifrån den piga som hon var anställd som. Emanuel verkade inte ha något emot denna ordning utan trivdes som fisken i vatten, när han gick omkring och småpratade och skålade med alla sina gäster.

Tre veckor efter kalaset flyttade Johanna och hennes båda pojkar in i lägenheten, Det kändes lyxigt att åter få en riktig bostad. Hon städade ut allt gammalt skräp och smutts som den gamla änkan lämnat efter sig. Pojkarna fick ett eget rum, medan hon själv valde att sova i köket så att det kvarvarande rummet kunde användas som finrum eller salong.

Hösten kom och gick medan Johanna tog ett allt större ansvar för Emanuels affärer.

Den 4 november stod det att läsa i tidningen att stambanan mellan Stockholm och Göteborg invigts med pompa och ståt av kung Karl XV. Teknikutvecklingen gick verkligen framåt, nu var det möjligt att resa mellan

rikets två största städer på bara
14 timmar.

Emanuel hade månaderna efter sin sextioårsdag varit
ovanligt butter. Johanna trodde att det var kuppen med
lägenheten som tyngde honom. Åldern hade också börjat
göra sig påmind så stelheten och värken i ryggen tog på
hans humör. Oordningen i bokföringen hade ökat, då
han efter kontraktsskrivningen på Johannas nya
lägenhet inte låtit henne komma nära sekretären och
hans bokföring.

1863

I början på det nya året kunde Johanna inte hålla sig
längre. Om nu inte Emanuel skötte sina affärer så var
hon tvungen att ta tag i det. Hon var mån om att han
skulle fortsätta att tjäna pengar så att hon skulle kunna
behålla sin anställning och bo kvar.

Oktober var den månad som var vanligast att flytta, och
Johanna hade lyckats få klart för sig att förra året hade
inte mindre än fyra av Emanuels rum och lägenheter
nere på stan blivit lediga, utan att några nya hyresgäster
eftersökts. Nyligen hade även Elin Lagerström valt att
avveckla tygaffären i huset så snart skulle även
handelsboden stå tom.

En dag när Emanuel var nere på stan och spatserade,
passade hon på att smyga in till sekretären. Hon hittade
snabbt liggaren över hans lägenheter och rum och fann
att han faktiskt hade bemödat sig med att skriva in de
aktuella utflyttningarna, men att skaffa nya hyresgäster
hade han tydligen inte orkat, eller kanske till och med
glömt.

Hon satte sig i stolen tog fram ett tomt pappersark och
började plita ner utkastet till en annons. När han på

eftermiddagen kom hem tog hon mod till sig och gick för att möta honom i hallen. Han var ostadig och fick hela tiden hålla sig i något, hennes axel, var favorit stödet. Johanna visade upp annonstexten och förklarade att de verkligen måste se till att få tag i nya hyresgäster. Han försökte fokusera blicken på pappret hon höll i handen men gav upp, grymtade och nickade lojt. Hon hängde upp hans rock och gick mot köket. På något sätt lyckades han hålla sig så stadig att han kunde ge henne en rejäl klatsch i baken. Efter en stund och när hon förstod att han lämnat hallen smög hon ut och hem till sig. Väl hemma slängde hon på sig sin kappa och skyndade ner till stan och tidningsredaktionen för att sätta in annonsen. Nästa morgon fanns följande annons att läsa.

Utbjudes hyra

Den 1: a april 3 rum med kök och nödvändiga bekvämligheter på kaptenlöjtnant Ågrens gård vid Amiralitetsgatan

Ett ungkarlsrum från den 1 april i rådman Holmbergs gård vid Ronnebygatan, adress handlare A Johnsson

Vid torget 2 rum med del i kök, tillträde den 1 april, adress boktryckeriet

Från den 1 april 3 rum med övriga bekvämligheter på gatläggare Wassbergs gård på Skomakargatan

Till den 1 april en handelsbod med tillhörande bodkammare i undertecknads fastighet på Stora Björkholmen

Emanuel Jönsson.
1863-01-30

Staden växte fortfarande så det hade inte varit någon större svårighet att få samtliga rum och lägenheter uthyrda. Det hade även löst sig över förväntan med handelsboden, då skräddare Otto E Svensson hade tagit över hela verksamheten och köpt lager och allt av Elin Lagerström.

Försommaren var kommen på riktigt och häggen blommade för fullt när Johanna tillsammans med sina pojkar tog en söndagspromenad. De gick Wachtmeistergatan ner mot Saltösund och Kilströmshäll. Det blankslipade berget som sakta sluttade ner i havet var normalt tillhåll för de många kvinnor som tvättade här såväl sommar som vinter, men nu var det söndag och nästan helt folktomt. Johanna satte sig på en sten och bara njöt, medan pojkarna gick ner till vattenbrynet. Snart var de i full färd med att putta ut träbitar i vattnet och låtsas att det var örlogsfartyg som åkte över världshaven på spännande uppdrag. Bortifrån varvsmuren kom två par sakta vandrande, Johanna tittade på dem, men när de kom närmare slog hon ner blicken för att inte verka för nyfiken. Hon hade hunnit se att de alla fyra var i hennes ålder, en av kvinnorna var helt klart gravid med en liten men tydlig kula på magen. De bägge männen, var väldigt lika, både till utseende och till sättet de rörde sig på. Den andra kvinnan gick några steg bakom, hon var nog den yngsta i sällskapet och otroligt vacker. De gick fram mot henne och stannade bara ett tiotal meter bort och tittade på pojkarna som fortfarande lekte vid stranden. När Johanna tittade upp och mötte en av männens blick, kände han sig tvungen att hälsa. Han gick fram till henne och sträckte ut handen. Johanna reste sig och tog hans hand och neg fint.

"Goddag, jag heter Magnus Niklasson, och detta är min fru Sissa." Han vände sig halvt om och visade med handen mot den gravida kvinnan, som genast kom fram och hälsade. "Han den tanige där borta är min lillebror Elis, och det är hans fru Elin." Åter gjorde han samma rörelse, samtidigt som han skrattade åt sitt eget skämt om brodern. Båda kom fram och hälsade och när Johanna tog Elin i hand och mötte hennes blick kändes det konstigt på ett ovanligt sätt. "Jag heter Johanna och pojkarna där nere är mina, den stora är August och den mindre heter Johan." Hon skulle precis ropa upp pojkarna, när han som hette Magnus, hejdade henne. "Låt dem leka." Hon nickade till svar.

Så kom det sig att de satt där länge och berättade om sina liv. Bröderna och deras fruar hade flyttat till Karlskrona samma år som hon gjort, visade det sig. De var precis som hon uppe från Småland, men från ett ställe som hette Älmeboda.

Johannas hjärta gjorde ett par extra slag, de var alltså från samma by som Johannes, hon teg om detta.

De hade båda fått arbete på varvet som skeppstimmermän, och Magnus och Sissa hade lyckats få en lägenhet på Trossö, medan brodern Elis och hans fru Elin bodde på Chapmansgatan, bar en bit bort. Johanna berättade att hon och pojkarna bodde rakt upp för backen på Wachtmeistergatan 12. Hon berättade att hon var ensam, och att hon alltid uppfostrat pojkarna själv, detta faktum ledde inte till några följdfrågor vilket hon tyckte kändes bra.

Efter en lång stunds pratande om ditten och datten hördes ett plaskande och när de tittade ner mot stranden låg August raklång några meter ut och viftade vilt med armarna. Magnus reste sig hastigt och var på väg ner för

att rädda pojken, när han hörde hur Johanna skrattade.
Hon verkade inte det minsta orolig och efter en kort
stund kravlade August sig upp på stranden med vatten
droppande från den fina jackan och kortbyxorna. Han
såg lite skamsen ut men eftersom mor fortfarande
småskrattade var han inte orolig för att få bannor. Detta
gjorde dock att de var tvungna att bryta upp, men alla
lovade att de skulle försöka träffas igen, kanske redan
nästa söndag och då ha med sig en picknick.

Det blev en härlig sommar för Johanna, hon var glad över
sina nya vänner. Picknicken veckan efter hade följts av
fler, och några gånger tog hon också med sig sin syster
Maja-Lisa. När hon en söndag bjöd hem hela sällskapet
till sig, blev de nästan avundsjuka på hur hon som piga
och ensam med två barn kunde bo i en så fin och rymlig
lägenhet. Johanna höll historien om Emanuel och
kontraktet för sig själv, men nämnde att hennes
husbonde som ägde huset, var egensinnig och lynnig,
men om man tog honom rätt så kunde han vara generös.

Vattenförsörjningen i Karlskrona hade länge varit ett
stort problem. Brunnarna var ofta sinade eller så var
vattnet mycket dåligt och luktade illa eller smakade
bräcktvatten. Ibland var man tvungen att använda det
regnvatten som samlades upp i tunnor på innegårdarna.
När det var riktig torka fraktade flottan vatten till staden i
pråmar från Lyckeby på fastlandet, men detta vatten var
först och främst till för flottan, men överskottet såldes till
folket i staden. I ett par år hade man arbetat med att
bygga en vattenledning från Lyckeby in till staden, och
man hade också uppfört en stor vattenreservoar som
kallades vattenborgen i folkmun, detta på grund av dess
borgliknande utseende.

Det nya vattensystemet skulle nu äntligen invigas, så när Johanna för första gången gick ner till stan och hämtade vatten från en helt nybyggd vattenpump kändes det lite som ett himmelrike. Detta var ett stort framsteg för staden och för hälsotillståndet hos invånarna.

Kapitel 15

Johanna

1864

Det var nu fyra år sedan Johanna flyttat till Karlskrona och hon hade dåligt samvete för att hon ännu inte lyckats åka till Urshult och hälsa på sina föräldrar, inte ens förra året då far fyllde femtio. I år var det mors tur, så i år skulle hon verkligen se till att träffa sina föräldrar.

Hennes båda pojkar växte och artade sig bra och de hade en bra passning när hon inte kunde ta hand om dem. Hon hade syster Maja-Lisa, sina fyra nya vänner, och Emanuel gick att leva med även om det var mycket kladdande och tafsande. Det som bekymrade henne mest var Emanuels ekonomi, han fortsatte att låna ut pengar för att kunna driva in med hög ränta. Problemet var bara att han oftast glömde skriva upp, tappade bort eller ännu värre gav bort reverserna till hororna nere på stan.

Det var dags för Johanna att göra en ny komplott, för att hjälpa honom få in sina pengar. Det tog det henne flera kvällar att formulera en annons som hon var nöjd med, men när den till slut var klar, var det bara att vänta tills han var på rätt humör. Slutligen en dag, verkade han klar i huvudet, och dessutom sansad till sinnet, troligen mest beroende på att det kvällen innan varit en kväll på stan. En kväll som säkerligen omfattat besök både på krogen och hos någon av stadens många glädjeflickor.

Hon gick in till honom, neg artigt och förklarade att hon bara ville hjälpa honom att få tillbaka sina pengar, så att han inte skulle behöva sälja hus och hem nu på sin ålderdom, Hon skulle se till att han kunde fortsätta att leva ett gott liv så länge han levde. Hon sträckte fram pappret med annonsen, och väntade tålmodigt medan han noggrant läste varje ord tyst mumlande för sig själv.

Skuldfordringsmål

De som har skulder till undertecknad vare sig på panter eller reverser, anmanas härmedelst att innan den siste nästkommande april sina panter och reverser infria, för att lagföring undvika.

Karlskrona den 24 mars 1864

Emanuel Jönsson

Han läste texten både två och tre gånger, innan han gav tillbaka pappret till henne.

"Jaha, är det som hon säger så får det väl bli så. Jag hoppas bara att detta inte skall göra mig till ovän med halva staden, vem skall då bjuda in mig för en liten tår när jag är ute på min runda"

Hon fick ett styng av dåligt samvete, men insåg att det inte kunde hjälpas, det var viktigt för henne att han hade god ekonomi, och inte skulle börja fundera på att höja hennes hyra eller något ändå värre. Hon lovade att gå till tidningen nästa dag och se till att få annonsen insatt. Det skulle säkert lösa sig till det bästa och han skulle inte behöva vara orolig, varken för vänner, eller för att pengarna skulle sina.

Dagen då annonsen stod i tidningen var en söndag, vilket också råkade bli vårens första riktigt varma dag.

Johanna och Maja-Lisa promenerade utmed Amiralitetsparken upp mot Stortorget, solen värmde och de gick sakta och pratade med varandra. Johanna hade tack vare sina färdigheter i sömnad, kläder som bättre skulle passa en borgarfru än en piga och hon hade även försett sin syster med några plagg av modernt snitt. De herrar de mötte under promenaden hälsade artigt och ingen av dem trodde att det var en piga och ett enkelt sjukvårdsbiträde de hälsade på. Maja-Lisa var glad och uppspelt, allt hade gått så bra sedan hon lämnat Jämshög och familjen Olsson. Alla sår från misshandeln hade för länge sedan läkt, även de av själslig karaktär var nu så gott som borta. Hon trivdes bra i sitt rum nere på Ronnebygatan och arbetet på garnisonssjukhuset passade henne väl.

Maja-Lisa sänkte rösten. "Du vet Nils Petersson, sjukvårdaren på garnisonssjukhuset som jag träffat lite då och då." Hon gjorde en kort paus som för att vänta på svar, men fortsatte utan att invänta Johanna. "Vi har arbetat ihop ända sedan jag började och ibland även umgåtts på lediga stunder. Jag har väl inte varit så värst intresserad, han är ju faktiskt 12 år äldre än mig, men för några månader sedan så blev det så, ja du vet, och nu är vi ett par." Hon tystnade åter och denna gång varade tystnaden lite för länge, så Maja-Lisa lät förnärmad när hon slutligen fortsatte sin monolog. "Tycker du jag är dum, som är ihop med honom?" Johanna replikerade direkt. "Absolut inte kära du, du vet väl att Johannes var nio år äldre än mig, och jag var verkligen kär i honom, om det inte blivit som det blev, hade vi säkert varit ett lyckligt gift par nu." Johanna kände hur det stack till i hjärtat när hon nämnde Johannes namn. Johanna fortsatte. "Nio eller tolv år, vad spelar det för roll." Maja-Lisa såg lite gladare ut. "Det finns en sak till som jag vill berätta för dig." Åter en kort paus. "Jag tror att jag är med barn, jag är inte helt säker men det kom ingen blödning när den skulle och jag känner mig lite annorlunda." "Men kära lilla syster, hoppas detta är vad du vill och inte bara en olyckshändelse. Kommer ni att gifta er, du vill väl inte få en oäkting." När hon nämnde oäkting skrattade hon lite, även Maja-Lisa började skratta. "Det är klart vi skall gifta oss, Nils har lovat det." Johanna svarade inte, hon ville inte göra sin lilla syster ledsen, men det fanns ju faktiskt de män som lovade giftermål bara för att få krypa till, och sedan försvinna när kvinnan gick där med magen i vädret.

Efter att flanerat i vårvärmen under flera timmar skildes de båda systrarna och Johanna styrde stegen hemåt mot Björkholmen. Hennes pojkar hade varit ensamma länge men med stränga förmaningar. Hon viste att de var försiktiga när de var själva, men pojkar var pojkar, och ibland kunde de glömma sig helt och göra saker som både var farliga och som klassades som bus.

När hon gick uppför Björkholmsbacken passerade hon landremsan mellan Trossö och Björkholmen som förband de båda öarna. Till höger låg Björkholms hamnen som var det enda öppna vatten som återstod av sundet mellan öarna. Det var en liten kanalstump där det nu låg två stora dyngekor. Lukten var vedervärdig och hon skyndade på sina steg. Hon kunde inte låta bli att tycka synd om de stackas män, som nu troligen låg och sov ombord på de stora pråmliknande båtarna i en liten skans för om lastrummet. Deras arbete att köra skiten från alla avträden i stan ner till båtarna fick bara utföras nattetid. Då stretade de med sina skottkärror på kullerstensgatorna. För att slippa flera vänder gällde det att ta fulla lass, så i gryningen syntes tydliga spår efter det som skvätt från skottkärrorna. Hon hade hört historier om att de äldre buspojkarna gillrat upp landgången, så när körsvennerna springande körde ombord sina fullastade skottkärror för att tippa i det öppna lastrummet, vickade landgången till och de for rätt ner i dyngan med skottkärra och allt. De svor så det osade medan slyngelpojkarna gömda i något buskage jublade. Körsvennerna, kravlade sig upp ur det nästan fyllda lastrummet och slängde sig över relingen ner i det grunda vattnet med kläder och allt. När de sedan fiskat upp kärran, var det bara att ta nästa tur upp i stan för att hämta mer mänsklig avföring.

När dyngekorna var fullastade, roddes de in mot fastlandet, där deras last lossades och så småningom blev till gödning på åkrarna.

Vänster innan backen låg oskuldsparken, en öppen plats där man nyligen planterat en mängd ännu så länge små träd. Att det hette Oskuldsparken syftade inte alls på "oskyldiga" flickor utan på fångar som hade fått förtroendet att gå utanför det närbelägna fängelset för att sälja sina egentillverkade träredskap.

Några veckor efter att Maja-Lisa berättat om sitt tillstånd hade Johanna utverkat en ledig dag, trots att det var mitt i veckan. Hon planerade bjuda sina vänner och sin syster med blivande man på middag.

Johanna hade en lugn morgon med pojkarna innan det var dags att skicka August till skolan, och lämna lille Johan hos Charlotta och Louise Nilsson. Hon klädde sig och gick ner till stan för att handla. Johanna tänkte överraska med en riktigt fin middag, inte en middag för pigor och timmermanslärlingar, utan en middag för herrskapsfolk. Hon skulle bjuda på en jordärtskockspuré följt av stekt gös, kalvkotlett med rotselleripure och portvinssås och avsluta med en fruktpudding. Det var mycket att stå i och gästerna hade blivit tillsagda att komma klockan sju. Det var vanlig arbetsdag och alla arbetade utom Sissa som fött en dotter i början på året. När klockan närmade sig sju, var allt klart. Pojkarna var nytvättade och uppklädda och Johanna hade sin finaste klänning på sig, och de väntade nu otåligt på gästerna. Några minuter i sju kom Maja-Lisa och Nils. Det syntes på långt håll att de var kära i varandra. Tiden gick men ingen från kvartetten Niklasson dök upp, Johanna blev först väldigt irriterad, sedan ledsen och när klockan var över åtta var det bara oron som malde i henne. Nils, Pojkarna och Maja-Lisa hade tagit för sig av maten, det gick ju inte ann att vänta hur länge som helst. Nils hade börjat bli lite gladlynt och pratig efter att fått i sig både snaps och pilsner till maten. Då knackade det plötsligt på dörren och utanför stod en liten förskrämd pojke i tio års åldern. Han bockade djupt med mössan i hand och stammade osammanhängande fram att han bara var bud och skulle meddela att det hänt en hemsk olycka, så att ingen av bröderna Niklasson med kvinnor kunde komma. Den lille pojken rodnade när han avslutat meningen, och vände sig om för att gå.

Johanna sa med kommenderande ton "Se så lille vän, det var duktigt av dig att gå med sådana här bud, se nu till att gå in i köket, och ta för dig av maten. Maja-Lisa, hon där borta ser till att du kan få med dig lite hem till dina föräldrar också"

"Maja-Lisa du kan väl stanna, och ta hand om pojkarna. Nils, det finns mer att dricka, det är bara att ta för sig"

Innan de visste ordet av hade hon rusat ut genom dörren och ut på gatan. Först då slog det henne att hon inte visste vad som hänt, vem som var drabbad, eller var de befann sig. Hon skyndade mot Elis och Elins lägenhet, den låg bara några kvarter bort. När hon några minuter senare kom infarande genom dörren, blev hon stående av förfäran. I rummet satt Elin, hulkande, medan Sissa tafatt försökte trösta henne, Magnus var blek som ett lakan i ansiktet och det såg ut som även han hade gråtit så karl han var. Hon drog slutsatsen att det måste vara Elis som råkat ut för något. Alla tittade på henne och Elin försökte säga något, men började snyfta igen. Johanna gick fram mot henne, Elin ställde sig hulkande upp och de båda vännerna slog armarna om varandra.

"Vad har hänt"

Elin svarade inte, utan efter en lång tystnad var det Sissa som tog till orda.

"Vi satt här färdiga och väntade på våra karlar, men tiden gick, så vi blev oroliga. Vi gick neråt varvet för att möta dem, och hoppades att det bara varit tvungna att arbeta över." Johanna skruvade otåligt på sig, och undrade varför Sissa hade så svårt att få ur sig vad som hänt. "Då mötte vi min Magnus och jag såg på långt håll att något var fel, han kom ensam, Elis var inte med."

Mer fick hon inte veta den kvällen. Magnus och Sissa var tvungna att gå hem med sin halvårsgamla dotter och Elin följde efter viss övertalning med Johanna hem för att slippa sitta ensam. När de kom till Johannas lägenhet blev det ett snabbt uppbrott för Maja-Lisa och Nils som hunnit bli rejält full. Pojkarna åkte i säng och kvällen slutade med att Johanna lyckades få i Elin lite mat, innan hon blev nedbäddad i kökssoffan.

Dagarna gick och Elin började hämta sig. Johanna fick så småningom veta att Elis som just skulle avsluta arbetsdagen befann sig längst ner i dockan, när en pillemasare[1], som var välkänt fumlig och korttänkt,

---

[1] Varvsarbetare i Karlskrona

sågade av en tjock balk uppe på däck, det föll sig så oturligt att stumpen av balken som säkert vägde närmare hundra kilo föll rakt ner i dockan och träffade Elis rakt i huvudet. I samma stund ropade den olycksalige mannen med full hals "Se upp nere i dockan, det kommer en klump". Mannen omhändertogs direkt av varvsledningen, och med Elis fanns inget att göra, mer än att jaga rätt på hans bror, och meddela den tragiska nyheten.

Efter Elis begravning valde Elin att flytta hem till sig. Hon hade fått en liten summa pengar av varvet, från den hjälpkassa som nyligen inrättats. Arbetarna betalade en liten del av lönen, för att om man blev sjuk eller arbetslös kunna få ett litet bidrag. Om någon dog, gick pengarna till familjen för att de skulle klara sig ett tag.

Hela den sommaren och hösten, umgicks Elin och Johanna näst intill varje dag, Johanna såg till att Elin hade det hon behövde, och ibland stack hon också till henne pengar. Hon lyckades till och med skaffa Elin ett arbete hos skräddare Otto Svensson, som hade butik i huset. Elin blev piggare för var dag och tog även tillbaka sitt flicknamn och kallade sig nu Elin Nelsson. Johannas sätt och hjälpande hand, låg bakom att Elin framåt jul var stark och återställd.

Strax innan jul var Elin som vanligt på besök uppe hos Johanna, de höll på med en massa bestyr inför julen och Maja-Lisa som nu var i åttonde månaden hade tagit med sig pojkarna ner på stan. De båda kvinnorna stod i det varma köket och svetten pärlade sig i deras pannor. De skrattade hjärtligt åt en misslyckad paj, och plötsligt när de stod där tätt ihop och såg på den brända pajen, tittade de upp på varandra. Deras blickar möttes och Johanna sträckte fram och höll sina mjöliga händer mot Elins kinder, drog hennes ansikte mot sitt och kysste henne

rakt på munnen. Gesten var helt klart en invit, men ändå
så oskyldig att den skulle kunna skojas bort. Johannas
hjärta gjorde flera extra slag när Elin besvarade hennes
kyss och plötsligt möttes deras tungor i en riktigt djup
kyss, de av värmen hettande kinderna, hettade nu även
av upphetsning.

De kramades, kysstes och lät sina händer undersöka den
andres kropp, på ett sätt ingen av dem gjort tidigare,
båda var utsvultna, och de hade gott om tid på sig.
När pojkarna en timme senare kom inrusande genom
dörren, rosiga om kinderna, med en stånkande moster i
släptåg, som satte sig tungt på en av köksstolarna och
tittade på sin syster och sin väninna. Hennes blick fick
dem båda att rodna.

På kvällen när Johanna satt helt ensam vid köksbordet
och pustade ut efter dagens slit i köket och en ny
upplevelse, som hade varit himmelsk, då for hennes
tankar åt alla håll, och ville inte lugna ner sig. Hon reste
sig, hittade en spritflaska och tog sig en stor sup, för att
försöka få något sånär ordning på sina tankar.
Johanna tittade på den gamla tidning som flaskan varit
invirad i och plötsligt brast hon ut i ett skratt, som hon
var tvungen att dämpa så att inte pojkarna skulle vakna.
Hon hade idag upplevt äkta kärlek och blivit
tillfredsställd av en annan kvinna. Artikeln hon hade
framför sig på bordet citerade olika delar av den nya
lagen.

*Utövar någon med annan person otukt, som emot naturen
är, eller utövar någon otukt med djur, må de dömas till
straffarbete i högst två år.*

Lagen hade börjat gälla den 14 juni detta år.
*Med denna lag var det första gången som otukt mellan
kvinnor blev straffbart, det hade tidigare inte ansetts som*

134

något problem. Men i 1864 års strafflag kom homosexualiteten i fokus.

Själva ordet skapades omkring år 1870, och under sent 1800-tal började homosexualitet att inom den medicinska forskningen betraktas som en onormal form av sexualitet och som en sjukdom.

Kapitel 16

Johanna

1865

I slutet av januari var det dags, Maja-Lisa gick till barnbördshuset, och efter en utdragen förlossning, med Johanna väntande utanför kom så slutligen en sjuksyster ut och meddelade att Maja-Lisa fött en välskapt liten pojke. Bara två veckor senare var det dop för lille Carl-Axel. Han var precis som Johannas pojkar född utom äktenskapet, för något bröllop hade de varken haft råd eller tid med.

Det skulle dock visa sig att Johannas farhågor, och erfarenhet skulle komma på skam, för Maja-Lisa och Nils gifte sig i maj samma år. Det var Nils som varit påstridig och ville att det skulle bli ordning och reda. De hade ordnat ett enkelt bröllop, där Johanna stått för det mesta av planerandet och ordnat all mat och andra inköp. Utan att Emanuel visste det så hade han bidragit en hel del till detta bröllop.

Johanna gladde sig åt brevet från far, det var samma procedur som vanligt, så efter att allt lunchstök var avklarat, porslinet avdiskat och undanställt, barnen ute och lekte, nykokat kaffe framställt på köksbordet och jämte kaffekoppen låg det oöppnade brevet. Johanna slog sig ned på stolen, hällde upp en kopp kaffe åt sig. Hon öppnade brevet och började läsa, det var längre än det brukade och bestod av två tätskrivna ark.

Kära Johanna, min dotter

Detta brev är kanske inte lika muntert som jag vill att mina brev till dig skall vara. Men för att börja med det roliga, så är det allt bra med mig, mor lider fortfarande hårt av sin hosta, men jag tycker nog allt att den varit lite bättre sedan värmen kom. Vi planerar för ytterligare en konfirmation, nu är det Andreas tur.

Det som smärtar mig att berätta är att Martha och Olof bestämt sig för att sälja huset jag byggde, de klarar inte av att betala amorteringar och räntor på det lilla som gården ger, men det kan säkert komma något gott av det hela.

Som du vet är det full fart på utbyggnaden av järnvägsnätet från Stockholm söderut mot Malmö, Så Olof har lyckats få ett arbete som stationsföreståndare på stationen i Vislanda som ligger strax söder om Alvesta. Jag tycker det är tråkigt att de och barnen flyttar från oss, men jag tror nog att detta blir bättre för Olof, för någon bonde har han aldrig varit.

Sedan är det något som bekymrar mig lite, och det är din lillebror Carl-Magnus. Jag vet inte riktigt hur jag skall uttrycka mig, men han är inte alls som mina andra pojkar, han tyr sig mer till Mathilda och hennes vänner än sina jämnåriga kamrater. Han verkar nöjd och glad, men det känns ändå som något inte är som det borde vara.

Jag har lite dåligt samvete för att du fick ta ett så stort ansvar för både honom och Mathilda, jag borde ha varit mer närvarande så att det funnits en karl som förebild, men kanske är det bara jag som gör en höna av en fjäder.

Brevet fortsatte ytterligare en halv sida, med önskningar om ett snart återseende och att hälsan var god. Johanna lade brevet på bordet, och satt där helt stilla i det tysta köket och funderade. Nyheten om Martha gjorde ingen större påverkan på henne, men det far skrivit om Carl-Magnus bekymrade henne, hon förstod vad han menade, hon som till stor del uppfostrat både Carl-Magnus och Mathilda när de var små, kände skuld. Hon tröstade sig med att Carl-Magnus varit ett annorlunda barn ända från de yngsta åren, och det kunde väl då knappast vara hennes fel, eller avsaknaden av karlar i huset, så som far antytt. Hon kunde inte låta bli att tänka på hennes och Elins förhållande. Egentligen hade hon aldrig tänkt på det som något avvikande eller fel, hon var helt enkelt kär i en person. Det hade hon blivit redan första gången hon såg henne. Att de var av samma kön vilket var olagligt och strängeligen förbjudet enligt kyrkan bekom henne inte. Tänk om det nu var så att Carl-Magnus kände sig mer som flicka och tyckte om pojkar. Tanken var ovan, men skrämde henne inte. Hon hade hela livet levt mot många av de konventioner som fanns, och hon var lycklig, mycket lycklig, var det inte det som var livets mening, att leva medan man lever.

Hon skulle svara far, men beslutade att vänta någon dag eller två så att hon fick tänka igenom och komma på de rätta formuleringarna. Hon förstod att fars bekymmer inte var något han diskuterade med mor utan var något han bara betrodde henne med.

Sommaren 1865

Värmen var tryckande och så fort det fanns tillfälle tog Johanna med sig pojkarna ner till Kilströms häll för att låta dem bada. Johanna svalkade sig genom att sitta med fötterna i vattnet. Ofta var tant Elin med, som pojkarna brukade kalla henne, och de båda kvinnorna satt jämte varandra och pratade och plaskade med fötterna i vattnet. När det var dags att dra sig hemåt valde Elin att gå hem till sig, Johanna tyckte det var tråkigt men visade inget. När de kom upp på krönet av gatan där deras hus låg, fick hon sitt livs överraskning. På gatan stod en vagn med förspänd häst, en äldre man vattnade hästen, medan en yngling vankade runt på gatan. Det klack till i hjärtat på henne, men samtidigt ville hon inte bygga upp ett hopp, som kanske skulle grusas. Men när de var femtio meter från vagnen var det inget tvivel. Hon stoppade pojkarna och de smög in i en portgång. Hon trodde inte att de blivit upptäckta. Med viskande röst förklarade hon för pojkarna att mannen uppe vid nr 12 var deras morfar. Hon tyckte att det vore roligt att kunna överraska honom på något sätt.

En stund senare såg Peter två små pojkar komma gående upp för backen, han undrade förstås om det kunde vara Johannas pojkar, den största av den gick hela tiden med ansiktet bortvänt. Han tänkte att han åtminstone kunde fråga de unga herrarna om de visste var pojkarna i nr 12 höll hus.

"Ursäkta mig mina små herrar, det är inte så att ni känner till två bröder som bor här på nummer 12." Den äldre av de båda, stod fortfarande vänd från honom, men den yngre kom kavat fram och ställde sig framför honom. "Ni menar buspojkarna August och Johan." Peter blev lite ställd vid påståendet men han nickade. "Jo se morfar, de har varit nere vid sjön och badat, men nu är de allt precis hemma"

Peter brast ut i ett jätteleende, tog ett steg framåt och lyfte upp Johan i famnen och kramade honom hårt, under tiden kom även August fram, hela tiden fnissande åt deras bus. Även han fick en kram som nästan tog andan ur honom.
När Peter avslutat kramkalaset, tittade han sig omkring.

Med långsamma och värdiga steg kom Johanna honom till mötes. Det tog henne emot att narras med far och inte bara hejdlöst springa fram och slänga sig i hans armar som hon egentligen ville. Johanna hade inte väntat sig reaktionen. Peter stod där helt stilla, tittade på henne med strömmade tårar. De möttes i en kram som hon aldrig skulle glömma.

Det blev ett kärt återseende, även brodern Nils-Johan, kom fram och förenades i kramandet. Efter att fått häst och vagn på plats, gick de in i lägenheten, Peter gjorde stora ögon när han såg den prydliga och trots allt stora lägenheten, där ett rum endast användes vid högtidliga tillfällen. Johanna lyckades snabbt få fram lite mat på bordet, och varken öl eller snaps saknades. De satt och pratade långt in på kvällen.

Nils-Johan hade inget arbete trots att han var arton år. Han hade bara varit mån om att komma hemifrån så fort som möjligt, och när han nu var på plats i Karlskrona skulle det säkert lösa sig. Johanna var lite förvånad över inställningen, och blev även lite förnärmad över att både far och Nils-Johan, mer eller mindre tagit det för självklart att det var hon som skulle hjälpa till att ordna allting. Hon bet ihop, ville inte börja argumentera nu när de äntligen träffades. Hon kände ett litet hugg långt in i hjärtat när hon tänkte på Elin. Hon hade så gärna presenterat henne för far, och det skulle säkert gå att ordna under morgondagen, men hon insåg att hon aldrig skulle kunna presentera henne som det hon var, hennes livs största kärlek. Visst var far väldigt öppensinnad, men detta skulle vara förbi hans gräns.

Dagen efter ordnade Johanna en stor middag. Hon hade bjudit in både Elin, Sissa och Magnus och naturligtvis också Maja-Lisa och Nils. Det blev ett stort kramkalas när Maja-Lisa dök upp tillsammans med sin man, och lilla Carl-Axel, som nu var dryga halvåret. Peter blev åter rörd, när han fick hålla sitt lilla barnbarn i famnen.

Johanna hade pratat med Magnus på tu man hand innan själva middagen, och som hon misstänkt, var han ytterst hjälpsam, och lovade att ordna ett arbete åt Nils-Johan, Han kunde inget lova, men han var övertygad om att det inte skulle bli några problem. När det gällde boende, så var det nog den enkla biten.

Det blev en trevlig middag och Johanna och Elin satt jämte varandra hela kvällen. De pratade båda mycket med Peter och det kändes nästan som han förstod, fast inget nämndes eller ens insinuerades.

Dagen efter var det åter dags att ta farväl av far, på samma sätt som fyra år tidigare. Det kändes bättre nu, då hade allt känts främmande, och skrämmande, nu var hon lycklig, och livet hade verkligen ordnat sig till det bättre.

När August fyllde nio den fjärde oktober, ordnade Johanna ett fint födelsedagskalas. Förutom hon själv och barnen var Nils-Johan, Maja-Lisa och Nils med lille Carl-Axel, Magnus och Sissa men sin lilla Anna och Elin där. Allt hade ordnat sig för Nils-Johan, han hade fått arbete på varvet som timmermanslärling tack var Magnus, genom Emanuels kontakter hade hon ordnat ett litet ungkarlsrum åt honom nere på stan.

Det var trångt inne i Johannas lägenhet men i finrummet fick alla plats och på det stora bordet låg en nyköpt linneduk. Det fanns stora mängder med såväl mat och kakor, som med dryck både för barn och de äldre. Johanna hade inte sparat på något. När de alla hurrat för August var det presentutdelning. Av Magnus och Sissa fick han en kälke som Magnus byggt själv, de övriga gav lite enklare presenter. När det slutligen var Johannas tur lämnade hon först över ett mjukt paket som August snabbt öppnade. Han fann en mörkblå fodrad jacka, tog den genast på sig och kramade kärleksfullt sin mor. Johanna tog så fram ytterligare en present, den var inslagen i brunt omslagspapper och på formen var det inte så svårt att lista ut vad det kunde vara.

"Här får du en present från din far. Han har i sin tur fått den av sin far, din farfar. Du fick den av honom den dagen du fyllde ett år, men jag har sparat den till nu. Han sa att det var hans finaste ägodel, så var försiktig med den och hedra honom genom att lära dig använda den"

Hon sträckte paketet till August på samma sätt som Johannes gjort åtta år tidigare, känslorna kom över henne, så samtidigt som hon räckte över paketet föll det en tår från hennes kind vilken hamnade på det bruna pappret och bildade en mörk fläck som sakta spred sig.

August förstod att det var något fint, och öppnade paketet väldigt försiktigt. Hans ögon lyste upp när han insåg att han nu ägde en alldeles egen fiol. Han förde upp den till hakan och låtsades spela, precis som han sett gatumusikanterna göra, de andra skrattade och klappade händerna.

Johanna hade fått fiolen både omsträngad och stämd och stråken hade nytt tagel. Hon hade avtalat med en bekant som behärskade konsten att spela fiol, att komma en gång i veckan och ge August lektioner. Bekanten, läraren gjorde detta gratis, han nöjde sig med en god bit mat och att få vara tillsammans med Johanna en gång i veckan var mer än nog enligt hans mening.

Det gick inget vidare med lektionerna, August tyckte det hela kändes väldigt avigt och han hade svårt både att föra stråken och att ta ackorden med andra handens fingrar. Detta fortsatte under oktober och november. När fioläraren i början på december kom på sitt vanliga besök stod August ute på gatan och täljde på en träbit som sakta började ta form av en slev. Läraren förstod att detta säkert skulle bli en julklapp till någon. August sluttade tälja och följde med läraren in i lägenheten. När de stod där med fiolen utropade plötsligt fioläraren. "August, skulle du inte kunna ta och visa mig hur du höll i kniven där ute, alldeles nyss." August såg förvånad ut men lade ifrån sig stråken och fiolen och greppade en matkniv som låg på bordet intill. Han tog upp den med höger hand men flyttade direkt över den till vänster hand och låtsades tälja i luften. "Ja jävlar" utbrast plötsligt fiol läraren, med sådan känsla att Johanna blev nyfiken och kom in från köket och undrade vad som stod på. "Är han vänsterhänt din son?" Javisst är han det, varför undrar du?" Utan att svara på frågan tog han fiolen och började plocka bort alla strängar, när det var klart satte han tillbaka dem igen fast i en annan ordning. Han stämde fiolen, och lämnade över den till August. "Ta nu fiolen i andra handen och lägg den mot din andra axel. Det såg bakvänt ut, men efter bara en liten stund lät det bättre än vad det gjort tidigare.

Dagen efter fick Johanna brev från sin far, redan när hon hunnit halvvägs igenom brevet så rann tårarna ner för hennes kinder.

Kapitel 17

Johanna

Vintern 1865

För första gången på sex år var Johanna tillbaka i Urshult. Snön hade kommit tidigt och även om temperaturen inte låg långt under noll, så isade kylan genom ben och märg på grund av den hårda blåsten. Johanna och Maja-Lisa stödde sig på varandra, när de sakta gick upp mot kyrkan.

Brevet från far hade kommit som en chock för dem båda, det var det första dödsfallet i familjen, om man räknade bort farmor och farfar. Samma kväll Johanna fått brevet satt hon och Maja-Lisa i hennes kök och pratade, dels om hur de skulle ta sig till Urshult dels om hur deras syster Catharina varit och varför det blivit som det blev.

Catharina hade lämnat hemmet som artonåring, samma år som Johanna födde August. Catharina hade nog varit den av alla syskonen som fann sig bäst i att läsa och skriva. Fars önskan att Johanna skulle få läsa vidare, hade delvis burit frukt flera år senare, när det blev Catharinas tur att bli vuxen. Catharina hade lyckats få arbete som guvernant i Ljungby, under några år arbetade hon där, tjänade lite pengar och förbättrade sina kunskaper. Hon var väldigt duktig på att rita, så fadern till barnen hon undervisade hade övertalat henne att försöka komma in på konstskolan i Stockholm istället.

"Jag ville minnas att hon också försökt få far att hjälpa henne, vilket han med all säkerhet ville, men detta var 1860, samma år som han var tvungen att sälja vårt hus. Jag tror det tynger honom, att han inte kunde hjälpa henne." Maja-Lisa tystnade och såg ut som om hon skulle börja gråta.

Maja-Lisa harklade sig, torkade bort lite fukt i ögonvrån och fortsatte. "Jag vet hur besviken och nedstämd Catharina blev, hon har, förlåt hade, lite samma läggning som mor. För att komma över besvikelsen så hängav hon sig åt kärleken. Hon var guvernant åt några av postmästare Palms barn, han var sedan länge änkling, hade fyra barn mellan sex och tretton. Han var tjugofem år äldre än hon, jämgammal med far, det blev mer än att lära barnen läsa och skriva." Johannas tankar gick till henne och Emanuel, här fanns det åtminstone inge kärlek från hennes sida, men omständigheterna var helt klart likartade.

Mycket mer kunde inte Maja-Lisa berätta om deras syster, de hoppades båda att de skulle få en utförligare bild när de väl träffade resten av syskonskaran.

De hade beslutat sig att åka upp till Urshult tillsammans, i början funderade Johanna på att även Elin skulle åka med, men det var nog bättre att övertala henne att passa pojkarna, och kanske även Maja-Lisas Carl-Axel, Nils skulle inte ha någon möjlighet att slippa undan arbetet för att passa sitt barn, det var en befängd tanke. Elin var inte svårövertalad, och pojkarna tyckte bara att det skulle bli spännande. Johanna utverkade ganska enkelt några dagar ledigt från Emanuel, och för Maja-Lisas räkning var det inte svårt, då hon sagt upp sig från sin anställning på sjukhuset när hon fick barn. Även om det bara var några veckor kvar till jul, och vädret kunde vara både kallt och opålitligt, så gick fortfarande ångfartygen utefter kusten. Johanna köpte två biljetter med ett ångfartyg från Karlskrona till Ronneby, där skulle de säkert kunna köpa sig med på en skjutstransport upp till Urshult.

Begravningen skulle hållas på lördag den 9 december, i all enkelhet, hade far skrivit i brevet. Johanna och Maja-Lisa startade sin resa på onsdagen innan, och räknade med att senast komma fram på fredag. Till Ronneby gick allt bra, men att få tag i en skjutstransport, var svårare än de räknat med. Det hade börjat snöa och blåsa kraftigt, så det var inte så många som var hågade att ge sig ut på vägarna, om det inte fanns synnerliga skäl. Först på fredag morgon lyckades de komma med en transport upp till Tingsryd, efter nästan åtta timmar i snö, blåst och kyla kom de äntligen fram. Det var fortfarande en mil kvar, och att gå den på sen eftermiddagen i detta väder, var inget alternativ. De fick uppsöka gästgiveriet, där de lyckades få ett rum att sova i. På kvällen satt de nere i salen, och åt en bit mat, och för ovanlighetens skull tog var sin pilsner, De andra gästerna som nästan var uteslutande män, tittade långt åt deras håll. Johanna kom på idén att fråga runt och se om det var någon i rummet, som skulle åt Urshultshållet nästföljande morgon. På tredje försöket fick hon napp, en handelsresande skulle dit och sälja sina varor. Han flyttade över till deras bord och de presenterade sig och förklarade sitt ärende. Han beklagade sorgen, och undrade över hur det kom sig att man hade begravning på en lördag. De tog ytterligare någon pilsner, innan de skildes åt med löfte om att de skulle träffas klockan sju nästa morgon, resklara och med varma kläder.

"Jag har bara en vanlig storvagn, så det blir till att sitta jämte mig på kuskbocken." De tackade artigt och önskade god natt.

Vädret var lika dåligt på morgonen som det varit kvällen innan, men det hindrade inte sällskapet från att ge sig av mot Urshult. Resan som de borde avverkat på någon timma, tog betydligt längre tid, då de vid två tillfällen körde fast i snön, och alla fick hjälpas åt att skotta och få upp vagnen på vägen igen. När de kom fram till kyrkan, kände de sig helt djupfrysta, men de hade i alla fall kommit i tid. Även om de missat den traditionsenliga frukost som hölls hemma hos mor och far, och som alla inbjudna gäster förväntades delta i.

Inne i kyrkan var det bara några grader varmare än ute, men det blåste i alla fall inte. I vapenhuset, stod far och mor. De var lyckliga att se sina båda döttrar komma gående, snöiga och danna, men välbehållna. De hade båda blivit oroliga när de inte kom kvällen innan, men som vädret var kunde det finnas en naturlig förklaring. Johanna hajade till när hon gick fram och kramade sin mor, det hade bara gått sex år, men hon såg medtagen ut, och hon hade verkligen åldrats. Johanna såg något i hennes ögon som hon aldrig sett tidigare, förr var det ofta ilska och missunnsamhet, men nu var det bara något sorgset, som om hon kämpat mot något i hela livet men nu slutligen givit upp. Johanna fick dåligt samvete och lovade sig själv att prata ut med mor, och försöka skapa frid mellan dem.

Längre in i kyrkogången stod resten av syskonen uppradade, hon och Maja-Lisa kom sist, så alla väntade på dem. När hon fick syn på Carl-Magnus och Mathilda, blev hon så glad, och kramade dem båda hårt och länge, hon kunde se att båda två fällde en liten glädjetår av att se henne. Det var så konstigt att se de båda som bara

147

varit 6 och 8 år när hon for till Karlskrona, nu hade de blivit 11 och 13. De gick i samlad trupp fram genom kyrkan och gled in och satte sig på bänken längst fram. När alla satt sig kom så slutligen mor och far och satte sig.

Begravningen var vacker, prästen höll ett vackert griftetal, och psalmerna klinga och ljöd på ett speciellt sätt. Dödgrävarna hade lyckats gräva graven, då tjälen inte var så djup ännu. Det blåste bistert och snön yrde, när kistan sakta firades ned i graven, prästen läste några ord, och alla i familjen gick fram, bokade, eller neg och skänkte några tankar till Catharina

När Johanna stod vid graven, kunde hon inte annat än erkänna att hon i hela sitt liv haft ett ganska vagt förhållande till sin syster. Det var bara fyra års åldersskillnad, men på något sätt hade de två inte haft så mycket med varandra att göra, självklart hade de lekt ihop när de var små, men när de blev lite äldre och började skolan, hade de båda delvis tappat den nära kontakten. Det var skillnad på hennes vänskap med Maja-Lisa, de var mycket närmare varandra trotts att det skilde sju år. Detta berodde till stor del på att hon och Catharina var väldigt olika till sättet, medan hon och Maja-Lisa var betydligt mer lika.

Gästerna lämnade graven med häst och vagn i flera ekipage och begav sig hem till Peter och Christina i Degersnäs. Där vankades det gravöl och mat i stora mängder. De var inte många gäster förutom familjen och ingifta. Efter en kort stund, blev stämningen betydligt muntrare, ölet, vinet och spriten gjorde sitt till, och efter mindre än en kvart var det någon som skrattade, det kändes förlösande för samtliga i sällskapet.

Johanna och Maja-Lisa var fortfarande intresserade av att få veta lite mer vad som hänt deras syster, ingen hade hittills sagt något om varför hon dog, var hon sjuk, barnsäng, eller. Till slut lyckades de hitta ett något undanskymt hörn, där de fångade in syster Martha, hon var som vanligt inte speciellt talför, men hon såg ändå mer tillfreds ut med livet än Johanna befarat. De pratade först om hennes och Olofs flytt till Vislanda och hans nya arbete som stationsföreståndare. Det stämde nog bra det far skrivit, för han trivdes bättre med det arbetet än att vara bonde, och även Martha verkade trivas bra.

När det kom in på Catharina, blev det lite känsligare. Johanna berättade vad hon visste, men ville veta mer. Martha såg besvärad ut men berättade hela historien.

"Det slutade som man kan förvänta sig, Catharina och postmästare Palm gifte sig. Catharina blev en både omtyckt och beundrad styvmor. Hon blev också med barn, fick en flicka som dog strax efter födseln. Hon och Palmen umgicks mycket i societeten med apotekare, gästgivare, häradshövdingen och en och annan godsägare från grannskapet. I sällskapet fanns en man som bott i Amerika under några år men nu kommit tillbaka till Sverige, han var berest och hade bestämda åsikter. Catharina föll för honom och de inledde en romans."

Martha gjorde en paus, och de förstod att detta var något hon tyckte illa om, något som stred mot hennes moral. Johanna och Maja-Lisa gav varandra en blick, och fick anstränga sig för att inte fnissa.

"Men Gud straffade henne, så strax efteråt fick hon någon sjukdom som gjorde henne sängliggande. Hon läste böcker om allt möjligt, målade visst också en del. Jag vet att hon fick en massa konstiga idéer under denna tid. Vi brevväxlade en del och jag var och hälsade på henne två gånger. Det är inte så långt mellan Ljungby och Vislanda. Hennes man Palmen verkade vara en snäll karl. Men hon var lite som mor till sinnet, hennes sinne blev mörkare och mörkare. Sedan tror jag att hennes älskare övergav henne, kanske på grund av att hon var sängliggande. Hon skrev ofta om allt som inte blivit, att hon så gärna skulle ha villat bli målare, eller kanske författare, men nu låg hon bara där. Palmen var snäll, med det fanns ingen kärlek mellan dem, brukade hon beklaga sig. Jag tror hon tänkte alldeles för mycket på det där med kärlek, hon var en riktig romantiker. Så för bara två veckor sedan, fick far ett brev från Palmen, där han skrev att hon dött."

Martha avslutade meningen på ett sätt som tydligt markerade att hon hade avslutat sitt berättande. Johanna såg frågande på henne.

"Men vad dog hon av, vad var det för sjukdom."
Martha svarade inte, utan gick bara tyst därifrån.
Maja-Lisa och Johanna tittade på varandra.

Festen fortsatte, och stämningen blev bättre och bättre. Johanna kom att hamna jämte sin syster Eva. Hon log vid tanken på hur hon bara elva år gammal hjälpt sin mor när Eva föddes, det var till och med hon som dragit ut henne, och lämnat över det lilla skrikande knytet till mor. Nu var hon 20 år och hade sin fästman med sig, Nils Nilsson en bonde från trakten. Efter att ha pratat om ditt och datt en lång stund, så var Johanna slutligen tvungen att fråga.

"Vad dog egentligen Catharina av, det är ingen som berättat det för mig." Eva tittade sorgset på henne.
"Jaså, du vet inte, hon tog sitt eget liv genom att skära

upp sina handleder, och bara ligga där i sängen tills hon förblödde." Johanna rös. "så hemskt" var det enda hon fick ur sig.

Även om stämningen var glad, så hade Johannas sinnesstämning snabbt förbytts, och sorgen kom över henne, hon tänkte på mor, var det så att hon också hade det så svårt i sitt inre att hon funderade på att lösa sina plågor på samma sätt. Hon kände att hon måste prata med mor innan hon lämnade Urshult och for hem igen

Att begå självmord var brottsligt, eftersom lagen byggde på de 10 budorden från Bibeln som säger: Du skall icke döda, och detta gällde även om man dödade sig själv, man ansågs då vara en mördare och som sådan skulle man bestraffas. Eftersom man redan var död fick istället själen och kroppen ta straffet. För det mesta brändes eller grävdes kroppen ner på galgbacken eller i skogen. Kunde det bevisas att personen som tagit självmord varit psykiskt sjuk kunde de dock ha turen att bli begravd på kyrkogården istället, dock utan klockringning och ibland till och med utan präst. Begravningen fick inte ske på söndagar, och för det mesta låg graven på den norra sidan av kyrkogården vilket ansågs för den "dåliga sidan".

Dagen efter begravningen, gick de alla i kyrkan. Glädjen som tillfälligt funnits under gravölen, var åter borta, och Johanna kände en stor sorg. Inte enbart för sin syster utan även för att hon förstod att Catharina också hade haft samma ideal som hon, vilket naturligtvis berodde på fars inställning. Ofta var hon glad över det han lärt henne, men ibland kunde hon förbanna honom istället. Visst var det rätt att strida för det moderna gentemot de förljugna och föråldrade idealen, men det fanns ett pris.

Först fram på kvällen fick hon en stund ensam tillsammans med sin mor, de satt vid köksbordet medan de andra satt inne i storstugan. Deras samtal började mycket trevande, de hade under många år haft en dålig relation till varandra, Johanna trodde att detta till stor del berodde på att hon var stark och självständig och inte fann sig i sin mors domderande och försök till att styra henne. Nu hade något hänt, mor såg mest bara sorgsen ut. Hon berättade om livet i Karlskrona, hur det var att arbeta för Emanuel och att hennes pojkar var duktiga, läraktiga och artiga. Johanna berättade om sina vänner och om att även Maja-Lisa och hennes Nils ingick i umgängeskretsen. Med stolthet berättade hon om sin lägenhet, som efter stadens mått mätt var ganska stor och fin. När mor frågade om hon träffade någon, förstod hon att mor syftade på en mer intim eller åtminstone kärleksfull relation, av bara farten höll hon på att nämna Elin, men trodde nog inte att mor skulle förstå henne. Slutligen gled samtalet in på lite mer alvarliga saker, och Johanna fick möjligheten att förklara för henne hur hon kände. Hon förstod nu att mor ofta mått dålig på ett sätt som hon under inga omständigheter kunde sätta sig in i, eller förstå ens när hon försökte, hon var ödmjuk och ursäktade sitt beteende, utan att för det ta på sig hela skulden. Hennes mor var förstående och empatisk, egenskaper hon sällan eller aldrig upplevt förut från henne. De pratade länge, och även om hon kände att det fanns så mycket mer att prata om och ta upp, så kände hon samtidigt att de båda nu var närmare varandra än de varit någon gång förut. Hon reste sig från stolen, gick fram och kramade sin mor hårt, och sa orden "jag älskar dig" och hon menade det.

Dagen efter påbörjade hon och Maja-Lisa resan tillbaka till Karlskrona, vädret hade blivit betydligt bättre, så efter ett varmt farväl av mor, körde far dem till Tingsryd, där de skulle få skjuts ner till Ronnebyhamn.

1866

Sedan Johanna för första gången steg in i porten på Wachtmeistergatan nummer 12 hade dagar blev till veckor, veckor till månader och månader till år. Det kändes som om hon bott i Karlskrona och arbetat åt Emanuel i evighet. Hon slet ofta ont, med att bära in dricksvatten och ut med avloppsvatten, in med ved och ut med aska, tvätta nere på tvättbryggan vid Saltösund och handla och bära hem mat från stan. Något som underlättade hennes vardag var att både August och Johan nu var så stora att de kunde hjälpa henne med enklare sysslor och ärenden när de inte gick i skolan. Men det som verkligen underlättade hennes arbete, var att hon förra året lyckats övertala Emanuel att sätta in en ny uppfinning i form av en järnspis, han hade motvilligt gått med på kostnaden för att installera en i sitt kök, Johanna fick hålla sig till tåls med en öppen spis hos sig.

Järnspisar var fortfarande ovanliga, de hade knappt funnits i tio år, så det var bara de mest förmögna hem som hade någon. Den hade verkligen underlättat matlagningen, den värmde bättre och det krävdes betydligt mindre mängd ved än de öppna eldstäderna, dessutom samlades röken bättre i skorstenarna. En nackdel var att den öppna eldstadens ljus försvann, därför var man på kvällar, eller under den mörka årstiden tvungen att använda lampor i större utsträckning. Det fanns även ugn i spisen, vilket underlättade bakning och den spred en skön värme i hela köket, varma sommardagar, var det inget man önskade sig, men stora delar av året var det ändå bra.

Under året hände flera stora saker som visade på den utveckling som far alltid pratat sig så varm för.
I juni upplöstes den föråldrade svenska ståndsriksdagen och en ny riksdagsordning utfärdades, där riksdagen

bestod av första och andra kammaren. Andra kammarens ledamöter skulle väljas efter principen "En man, en röst". Allt var inte helt rättvist, så som att för att kunna väljas måste man ha egendom värd minst 1000 riksdaler eller en årsinkomst på minst 800, vilket inte några vanliga arbetare hade. Det största felet enligt Johanna var att kvinnor fortfarande inte hade rösträtt, inte ens de som var myndiga. Första kammaren skulle vara en konservativ motvikt mot den "folkliga" Andra kammaren.

Under året kom ett antal förslag där man rekommenderar en rad reformer rörande kvinnors rättigheter, till exempel föreslogs att inrätta gymnasium för kvinnor och även tillåta kvinnor att studera vid universiteten. Man ville också öppna möjligheten för kvinnor att arbeta i en rad olika yrken, vilka tidigare varit förbjudna.

Johanna kände en förtröstan över att det mesta som hände nu äntligen förde utvecklingen framåt, Hon skänkte en tanke till far, som alltid propagerat för detta. Hon kände att förhållandet till mor hade definitivt tagit ett steg i rätt riktning, hon hade bra ekonomi, bodde bra, pojkarna artade sig och hon hade många vänner. Det som också var högt upp på listan var kärleken, hon kände sig lycklig ihop med Elin.

Det hon inte visste, var att livet inom kort skulle ta en helt annan vändning.

Kapitel 18

Johanna

1867

Det hade så här långt varit en av de kallaste vintrarna i mannaminnen, de var i mitten av januari, temperaturen låg ofta under minus femton grader, snön låg djup och isarna på fjärden var tjocka. Detta var en olägenhet för alla och envar. Det eldades flitigt i alla tänkbara eldstäder i husen, röken låg tät över staden, det krävdes flera lager kläder varje gång man var tvingad att bege sig utomhus, och många av de fattiga hade inte tillräckligt att ta på sig. Det var inte ovanligt att höra talas om eller till och med möta likvagnar som kom dragandes med ihjälfrusna människor.

För Johanna gick det ann, deras lägenhet gick att hålla tillräckligt varm även om det hände att det under natten bildades en tunn ishinna på vattnet i hinken eller till och med i nattkärlen. Hon hade tillräckligt med kläder att sätta på både sig själv och sina barn, vilka ändå tvingades att tillbringa betydligt mer tid inomhus än vad de var vana vid. August skulle fylla elva år, och var rastlös över sitt väderframkallade fängelse, Johan som bara var åtta tog det lite mer med ro. Båda pojkarna gick i skolan, som oftast kunde hålla öppen trots kylan. Emanuel hade blivit skröpligare de senaste åren, han skulle fylla 65 i maj, och hans vana att dagligen gå runt i staden för att prata med folk, och få sig en sup både här och var, hade blivit inskränkt av den kalla väderleken, detta hade slagit sig på humöret. Nu satt han mest ensam i sin lägenhet och drack, vilket gjorde honom ändå mera snäsig och småsint.

Den sprakande järnspisen trängde undan kylan så att det var uthärdligt att vara i Emanuels kök och Johanna höll som vanligt på med att iordningställa lunch åt honom. Plötsligt for dörren från lägenheten upp, tydligt stärkt av rusdrycker raglade Emanuel in, och blev stående precis bakom henne. Klappen på baken var ganska hård och han tog ett livtag om hennes midja och tryckte sig bakifrån tätt mot henne. Johanna försökte så milt som möjligt göra sig fri, men han var betydligt starkare än vad hon hade förväntat sig, han var också betydligt mer aggressiv och påflugen än någon gång tidigare. Hon kände genom sina kläder att hans lem var hård och styv, vilket skrämde henne en hel del.

Det var ingen hemlighet att han ofta på sina rundor någon gång i veckan besökte ställen där man kunde köpa sig en kvinna för en kort stund, hon hade ofta smålett åt hans förehavande som fortsatte om än i något minskad frekvens efter det han passerade de sextio. Nu hade vädret gjort att dessa små äventyr bildligt talat frusit inne, och hans lustar hade inte fått de nödvändiga utloppen.

Hon vågade och ville inte skrika på hjälp, om någon av pojkarna skulle höra så ville hon inte att de skulle komma inrusande i köket och se henne i denna penibla situation.

Emanuel lyckades med en arm fortfarande hårt runt hennes midja dra upp kjol och underkjol, och nästan samtidigt dra ner hennes underbyxor. När hon stod där med naken underkropp återgick han till att hålla om hennes midja med båda armarna. Hon visste inte hur han fått ut sin läm ur byxorna, eller om den hängt utanför redan när han kom in i köket, men hon kände tydligt att det nu var hud mot hud. Den gamle mannen var väldigt försigkommen och med sin fot mellan hennes fötter lyckades han bända hennes ena fot i sidled så att hon nu stod ganska bredbent. Innan hon hunnit tänka ut någon motåtgärd, trängde han in i henne. Han stötte några gånger och efter mindre än en minut slaknade hans lem, han drog ur den, släppte greppet om hennes midja och vände sig snabbt om och gick ut ur köket. Hon stod kvar paralyserad och kände hur den varma sperman sakta rann ner för insidan på hennes ena lår.

När hon sansat sig något, gick hon bort till spannen med dricksvatten för att så grundligt som möjligt tvätta bort all sperma, det var isande kallt, men det brydde hon sig inte om. Hon ordnade sina kläder, ställde undan den halvfärdiga lunchen och gick ut ur lägenheten och hem till sig. Emanuel hade fått tillfredsställa sig sexuellt, men någon lunch skulle han inte få.

Den kvällen och natten grubblade hon mycket på hur hon skulle tackla problemet som uppstått, skulle hon helt enkelt låta nåd gå före rätt. Även om det var hon som skötte det mesta åt Emanuel så kunde det inte hjälpas att hon var beroende av honom, hon och pojkarna hade en bra lägenhet, de trivdes i skolan och hon hade trots allt ett bra arbete med en husbonde som normalt aldrig var till bekymmer, och så hade hon Elin. Skulle hon verkligen bryta upp allt detta för det som hänt, att anmäla honom till polisen var nog inget som hon egentligen skulle vinna på. Innan hon slutligen somnade hade hon bestämt sig, hon skulle stanna kvar och fortsätta sin tjänst, men han skulle allt få betala, och det dyrt.

Emanuel hade inte med ett ord nämnt händelsen i köket, och han verkade inte det minsta ångerfull. Hon låtsades också som inget, och deras förhållande började sakta återgå till så som det varit innan dagen i köket. Det var bara en sak som inte var riktigt som det skulle, hennes månadsblödning hade inte kommit som brukligt, och med två tidigare graviditeter visste hon hur det brukade kännas. Hon blev allt mer övertygad om att hon blivit med barn ytterligare en gång. Johanna kunde inte låta bli att le åt eländet när hon tänkte på vilken otur, att det skulle ta sig på bara en gång, som dessutom varade i mindre än en minut. Om det nu var som hon befarade, så skulle Emanuel få betala bra mycket mer än vad hon tänkt från början.

De båda systrarna satt vid köksbordet hemma hos Johanna, lilla Carl-Axel lekte på golvet tillsammans med Johan som var sex år äldre, men han verkade ta god hand om sin kusin.

Johanna kände att hon tack vare Maja-Lisas vänskap orkade vara stark. Hon hade först tänkt hemlighålla händelsen för alla, men så fort det stod klart att hon blivit med barn, berättade hon om hela händelsen och konsekvensen för sin syster. När det gällde Elin var det hela mer komplicerat, visst var de bästa vänner, men något gjorde ändå att hon inte kunde berätta och förtro sig till henne.

De förde en allvarsam dialog, ett förslag på lösning for upp, för att i nästa stund falla platt till marken. Det tog en stund innan någon av dem vågade ta uppförslaget om att försöka ta bort fostret direkt. Det kände varandra väl, men detta var ändå en så tabubelagd fråga, att de båda var osäkra på hur den andra ställde sig. När Maja-Lisa slutligen vågade ta upp detta alternativ, var Johanna positiv. Maja-Lisa visste att det fanns en klok gumma på

Björkholmen som hette Marit, hon kunde allt om besvärjelser och sådant men också en hel del om växtmediciner. De beslutade att snarast söka upp gumman.

Redan dagen efter gjorde de sitt besök, Johanna var glad att Maja-Lisa var med och stöttade henne. Efter beslutet dagen innan, hade många tankar snurrat i hennes huvud, och för första gången, kanske någonsin hade hon funderat på hur gud skulle se på saken och om hon på något sätt skulle kunna bli straffad av en högre makt. Hela resonemanget var olikt henne, men situationen hon befann sig i var prekär.

Gumman bodde i en mycket lite stuga, på norra Björkholmen på Pukesgatan. När hon öppnade blev de båda systrarna förvånade. Hon såg inte ut som de tänkt sig, utan mer som en vanlig kvinna, hon var inte alls lika gammal som de hade föreställt sig. Hon bjöd in dem, och de slog sig ner vid ett litet bord i köket, vilket också verkade vara husets enda rum.

När Johanna berättat om sitt ärende, utan att nämna Emanuel vid namn, skrockade den gamla kvinnan. "jag säger då det, dessa karlar, de ställer mest till bekymmer och förtret." Hon gjorde en kort paus, blinkade med ena ögat. "Men ibland, är det förstås inget fel att ha en." Hon tystnade, reste sig och gick bort till ett hörnskåp som var fullt med glasburkar. Utan att titta speciellt noga på burkarna tog hon ner en, vilken hon tog med sig och satte sig åter vid bordet. Hon öppnade burken och hällde ut ett gulaktigt pulver på ett pappersark. "Detta är mjöldryga, detta kommer garanterat att lösa ditt problem, men du måste vara försiktig. Om du tar för mycket kan du bli förgiftad, det kan leda till kallbrand och då får du kanske amputera dina händer och fötter, det kan också leda till att blodflödet till hjärnan minskar och då blir du sinnessvag, jag har också hört att det kan ge muskelkramper och kraftiga hallucinationer. Det kan även leda till döden. Men för att framkalla aborter fungerar det utmärkt."

Gumman såg hur både Johanna och Maja-Lisa bleknade betänkligt, men i stället för att släta över några av de värsta riskerna, fortsatte hon istället på samma linje.

Mjöldryga är en svamp som förekommer på spannmål och som i många århundraden orsakat förgiftning och död för de som varit oförsiktiga. Om man äter den kan man få något som kallas dragsjuka eller krampsjuka. Det ger stickningar i fötterna som sedan sprider sig i hela kroppen och allmänna ryckningar uppstår. Vid anfallen yrar och skriker den sjuke i raseri. Diarré och fläckar på huden förekommer också." Här tystnade hon, hällde upp ytterligare lite på pappret, varefter hon prydligt vek ihop det till ett litet kuvert och sträckte det till Johanna. Ta bara en knivsudd eller två i kaffet, så skall du se att du snart får missfall. Gumman höll fram sin hand, och Johanna förstod att det var betalning hon väntade på. Johanna la en riksdaler i handen, gumman tittade på pengen och log.

En kort stund senare stod de båda systrarna åter ute på gatan. Utan ett ord till varandra började de gå tillbaka hem till Wachtmeistergatan.

När de åter satt vid Johannas köksbord, kände de båda att deras plan trots allt inte var den bästa. Johanna satt tyst och tankfull. Plötsligt såg Maja-Lisa att det tändes en glimt i hennes ögon, hon hade helt klart kommit på något.

"Sa inte gumman att den här mjöldrygan kan göra så att blodflödet till hjärnan minskar och då blir man sinnessvag." Maja-Lisa nickade. "Tänk nu om Emanuel som redan är 65 och lite slö i tanken, skulle han inte med lite hjälp kunna bli ännu tokigare och till och med sinnessvag. Skulle jag då inte lyckas få honom att skriva över huset på mig, bara för att hjälpa honom såklart. Om jag föder i hemlighet, och sedan lämnar bort barnet, då finns inget barn och ingen som tror att jag förgiftat gubben för att hämnas"

Maja-Lisa log och kände sig lättad, hon var inte helt säker på att denna plan skulle fungera, men det viktigaste var ändå att systern inte fick för sig att stoppa i sig den hemska mjöldrygan själv.

Den kvällen slipade Johanna vidare på sin plan. Kanske hon trots allt skulle ställa honom mot väggen genom att berätta vad han ställt till med där i köket. Sedan en liten morot i form av att hon skulle erbjuda honom att slippa bli inblandad över huvud taget, detta mot en ersättning eller motprestation förstås. Eftersom det var hans barn som hon bar på, och henne veterligen hans enda arvinge, var priset att han skrev över sina fastigheter på henne. Detta var inget annat än ett litet förskott på arvet. Om han dessutom fick en daglig dos mjöldryga, vilket förhoppningsvis gjorde honom sinnessvag, då skulle det hela inte bli några problem. Ingen skulle misstänka att hon förgiftade sin arbetsgivare bara för att komma åt hans hus. Han var sedan länge ett original i staden, och att han på gamla dar blev helt oberäknelig, var bara naturligt, och att han då skänkte sitt hus till den som hjälpt honom på ålderdomen, var nästan självklart. Johanna somnade med ett förnöjt leende. Precis innan hon sjönk in i sömnen kom en tanke farande, var detta hennes plan, eller var det så att gumman Marit hade ett finger med i spelet.

På morgonen gick hon åter igenom sin plan. Ett alternativ som dök upp, var att förmå Emanuel till ett giftermål. Han skulle säkert gå att övertyga och hon skulle då ärva honom, han var 32 år äldre och det borde inte vara någon svårighet att överleva honom, och då få många fina år på ålderns höst. Johanna var inte speciellt inne på denna linje då det skulle innebära att hon åter skulle bli omyndig. Att vara myndig var inget som påverkade vardagen, men känslomässigt var det en stor sak, hon förkastade idén.

Redan till morgonkaffet fick Emanuel den första dosen av en kvarts knivsudd mjöldryga i kaffet, Johanna tittade till honom flera gånger före lunch, men hon såg ingen förändring. Hon bestämde sig ändå för att inte öka dosen utan istället låta tiden ha sin gång.

Det blev en bister vår det året. Snön låg kvar ända till den 20 maj, fast det var ändå så att pojkarna kunde leka utomhus.

Johanna hade dagligen spetsat morgonkaffet, och även om hon inte var helt säker så tyckte hon att Emanuel hade blivit ändå mer förvirrad än tidigare, han hade börjat få lätta ryckningar och spasmer i ansiktet och Johanna såg till att pyssla om honom så mycket hon kunde, hon vågade till och med ta dit läkaren, som turligt nog inte kunde hitta något fel, utan bedömde det hela som ålderskrämpor.

I slutet av maj kände Johanna att hon inte längre kunde hemlighålla sitt tillstånd för sina närmaste vänner, speciellt inte för Elin som var den enda som emellanåt såg henne naken. Hon berättade hela historien och att hon skulle lämna bort barnet till barnhem och även försöka få Emanuel att på något sätt betala för det han gjort. Hon valde att fortsätta att tiga om både mjöldrygan och planen att få honom att skriva över fastigheten på henne. Detta var en hemlighet som hon och Maja-Lisa fick bära ensamma.

Elin hade inte uppträtt som hon förväntade sig. Elin hade blivit ledsen, hon hade länge misstänkt att det var ställt på detta vis, men hon kände sig sviken, dels för att hon inte varit den första Johanna anförtrodde sig till, dels hade hon blivit svartsjuk, även om Johanna inte frivilligt släppt till.

Sommaren regnade bort och temperaturen varierade mellan 10–20 grader, det myckna regnande orsakade flera översvämningar även om de uppe på Björkholmen klarade sig bra. I tidningen kunde man läsa om att det dåliga vädret kunde ha ett samband med en vulkan långt borta i Costa Rica som hette Turriabla, vilken haft kraftiga utbrott ända sedan 1865. Utbrotten hade nu äntligen upphört.

Runt midsommar var Johanna i femte månaden, och nu var det hög tid att konfrontera Emanuel.

Hon tillagade en så välsmakande lunch hon kunde, speciellt med tanke på de höga livsmedelspriserna. Hans pilsner hade hon lagt på is någon timma innan, för att den skulle vara extra sval och välsmakande. När hon serverade maten inne i hans salong, dröjde hon sig kvar.

"Jaha och vad vill ni nu, varför står ni bara där människa." Hans tonfall var något mjukare än vad orden indikerade. Hon klappade sig lätt på magen. "Jag tycker nog att vi skulle kunna prata lite om vad ni har ställt till med, den där dagen i köket för fem månader sedan, jag tror ni mins tillfället." Hans ansiktsfärg gick från blekvitt, som var hans grundfärg, till ljusrött som om han rodnade, men färgskiftningen fortsatte och blev ytterligare nyanser mörkare och det ryckte i flera av hans ansiktsmuskler på ett

163

okontrollerat sätt. Han reste sig upp från matbordet och vinglade till, så att stolen föll baklänges med ett brak. "Vet hut människa" skrek han, och nu var orden och hans sinnesstämning i samklang. "Jag har nog förstått att ni gått och hamnat i olycka, jag är inte blind, men står ni och insinuerar att det är jag som gjort er detta." Han hämtade andan och vände sig halvt om för att kunna ta en stor klunk öl från glaset som stod på bordet. Han kunde inte riktigt koordinera handrörelsen med munnen, så en stor del av drycken rann ut från mungipan och ner på hans skjorta. Han fortsatte i samma höga tonläge. "Jag för står allt att ni varit ute på stan och hamnat i säng med någon flottist eller annat löst folk och att ni nu försöker lägga skulden på mig. Det är ni som borde skämmas, att dra olycka över mitt hus, tänk vad folk kommer att tro om mig." Johanna kunde inte låta bli att le inombords, nu var halva slaget vunnet. "Jo jag har förstått det. Vad skall folk säga om att en man med er ställning, en äldre och respekterad herre som ni, har våldfört sig på sin egen piga, det skulle allt låta det. "Emanuel var på väg att säga något men blev direkt nedtystad, då Johanna åter tog till orda. "Jag har tänkt mycket på detta och jag har en lösning på ert problem. "Hon skulle fortsätta men han skrek rakt ut." Mitt problem, mitt problem, det är för bövelen ert problem." Johanna stod lugnt kvar och när hon fortsatte efter hans utbrott hade hon samma lugna samtalston som tidigare. "Jo jag tror nog att det är ert problem också. Om jag berättar på stan vad som hände i köket, och att det är ni som är far, då är jag helt övertygad att många tror på mig mer än vad de tror på er. Ni har ofta skrutit över era besök nere hos gatflickorna, och att ni trots er ålder är en riktig karl när det gäller fruntimmer. "Han var tyst så hon kunde fortsätta."

Om vi gör så att ingen får veta att jag är med barn, och när barnet är fött, lämnar jag bort det till ett barnhem i hemlighet, då är problemet ur världen. Denna hemlighet vet bara ni och jag och min syster, som skall hjälpa mig med det praktiska." Emanuel var fortfarande tyst, färgen i ansiktet hade börjat återgå till det normala, så Johanna tänkte att det skulle vara lika bra att berätta om sista delen av planen. "Men eftersom jag vid gud är helt säker på att det är ni som är far till barnet, så är det inte mer än rätt att ni hjälper till och sörjer för barnets väl och ve." Emanuel nickade och en antydan till leende syntes." Ni har mig veterligen inga arvingar, så det barn som nu växer i min mage är er enda arvinge, och då är det väl ett ypperligt arrangemang att i förskott låta barnet få era fastigheter, jag kommer naturligtvis att förvalta dem tills barnet blir tillräckligt gammal, jag sköter ju det mesta av förvaltningen redan idag som ni vet." Det lilla leende som tidigare anats på Emanuels läppar var nu borta och en grimas som inte gick att misstolka hade tagit plats. "Ni är inte lite fräck ni, det här var det värsta jag hört." Han skulle just till att fortsätta, då Johanna helt sonika vände på klacken och gick ut ur rummet, hon gick direkt ut i hallen och lämnade lägenheten.

Framåt hösten hade Johannas mage börjat bli ganska stor och hon såg till att hålla sig inomhus i mesta möjliga mån, August fick ansvaret för att hämta det som behövdes i hushållet. Priserna hade stigit på nästan alla former av föda och mycket började det bli ont om, vissa varor saknades helt.

Det hon inte tänkt på tidigare, var vad hon skulle berätta för sina pojkar. De var 8 och 11, så man kunde inte lura dem hur som helst. Hon hade ingen bra idé men var säker på att hon inom sinom tid skulle komma på något. Det verkade inte riktigt som dosen med mjöldryga var tillräcklig, Emanuel var förvisso ibland väldigt förvirrad, och spasmerna tilltog, men däremellan kunde han vara helt klar i huvudet, och att då övertyga honom att skriva över fastigheten verkade inte vara så lätt. Hon beslutade sig för att dubbla dosen, ett tag i alla fall, hon fick ju på inga sätt ha ihjäl honom, det var nog det värsta som kunde hända.

Alla pratade om svälten som bredde ut sig i landet, och om beredskapslagren som sedan flera år hade avvecklats då de inte behövts under decennier. Det hade också blivit en klart märkbar ökning av antalet familjer, och ensamma ungdomar som nu beslutat sig för att emigrera till Amerika. Detta märktes tydligt i Karlskrona som var en av hamnarna emigrantfartygen avseglade från.

Tidningarna var fulla med reportage om hur hungersnöden spred sig över landet, och hur svårt folk hade det, främst i norra Sverige. I mellersta och norra Norrland hade snödjupet varit 60–70 centimeter ända in i juni och sjöar, älvar och hav varit frusna. Först till midsommar kom islossning och snösmältning igång. Inget hade gått att så på åkrarna och fodret hade sedan länge tagit slut för husdjuren som svälte i väntan på färskt gräs. Sådden tvingades ske så sent att säden inte hann mogna innan hösten. Det var total missväxt. Konsekvensen blev självfallet brist på livsmedel och livsmedelspriserna sköt i höjden. En omfattande nödhjälp var nödvändig för att undvika hungersnöd. Regeringen hade beviljat stora lån till Norrlandslänen för att köpa in och distribuera livsmedel till de nödlidande. En hel del privata nödhjälpskommittéer hade upprättats runt om i landet. Stora mängder pengar kom in men det var svårt att få fram tillräckliga mängder livsmedel då Norrland saknade ett järnvägsnät. En otillräcklig mängd livsmedel hade dock kommit fram men stelbent byråkrati och korruption gjorde att nödhjälpen inte användes optimalt och de mest nödlidande blev utan. I Norrland skulle det säkert komma att bakas mycket bröd av bark och lavar den kommande vintern. Stora mängder djur skulle bli tvungna att nödslaktas för att folk skulle få mat.

Den 15 september var en stor dag för invånarna i Karlskrona, Johanna saknade sin far, han skulle blivit helt lyrisk om han sett hur gatlyktorna lyste upp de större gatorna i staden. Det var invigning av Gasverket som byggts på utfyllnaden öster om Lilla Björkholmen. Uppe på Björkholmen och Wachtmeistergatan hade man inte fått de moderna gaslyktorna ännu. Johanna var nu väldigt rund om magen och vågade inte lämna lägenheten, det gick inte att dölja hennes tillstånd längre. Hon ville ändå att pojkarna skulle få se hur gasljusen tändes, därför hade hon bett Elin att ta med sig pojkarna ner till Trossö. Det var fullt med folk på gatan, och alla var helt lyriska över den nya uppfinningen. När de tre åter kom hem till Johanna så ville hon veta allt, hur det såg ut, hur det fungerade, ja allt. Elin brast slutligen ut i skratt över Johannas brinnande intresse för denna nymodighet.

Johanna väntade otåligt på någon form av reaktion från Emanuel. Hon hade förutsatt att den skulle komma ganska omgående, men den uteblev, och det bekymrade henne. Hon hade kanske gapat över för mycket. Hon hade tillfälligt varit tvungen att avbryta medicineringen av Emanuel. När hon dubblade dosen, blev han så dålig att han bara satt på sitt rum och småpratade för sig själv, det fungerade ju som avsett, men han fick under inga omständigheter dö. Hon hoppades att nu när han blivit lite piggare så skulle han inse att han höll på att tappa förståndet, och att han var tvungen att se om sitt hus. Hon började bli förtvivlad, och förbannade gud som gjort förhållandet mellan man och kvinna så orättvist. Hon hade ingen bra alternativplan, ungen i hennes mage kunde komma vilken dag som helst. När det sparkade i magen översköljdes hon av moderskänslor, men i en hård värld som hennes, fanns det ingen plats för nyfödda, tre oäkta barn var mer än tillräckligt för att hon skulle få det svårt, och bli illa sedd. Emanuel, kunde när som helst slänga ut henne och alla barnen på gatan, bara för att hon inte hade tiden att tjäna piga åt honom längre. Elins reaktion och omständigheten kring själva befruktningen, gjorde att det som snart skulle komma ut, var allt annat än välkommet, och det var inte speciellt ovanligt, att mödrar i hennes situation lämnade in sina nyfödda barn på barnhem.

Hon ryste vid tanken på att samhällets dom över ogifta kvinnor som fick barn, var så hård att många mödrar inte såg annan utväg än att ta död på sitt barn. Det förekom att ogifta kvinnor under en kort tid bodde hos en annan kvinna för att föda. Kvinnan tog sedan hand om barnet mot betalning, och barnen vanvårdades tills de dog. Dessa kvinnor kallades i folkmun för änglamakerskor, då de gjort änglar av de små barnen.

Så sent som förra året hade det kommit ett nytt barnmorskereglemente som skulle förhindra denna form av barnamord, genom att kvinnan skulle kunna åka till en annan ort än hemorten och föda sitt barn utan att behöva uppge sitt namn. Barnet skulle därför kunna lämnas till barnhem och formellt sett ha "okänd moder". Barnets namn och födelsedatum skulle dock antecknas i kyrkböckerna.

Utdrag ur lagen från 1856:

Hämtas Barnmorska till hemlig förlossning, eller mottager hon hos sig barnaföderska, som önskar vara okänd är Barnmorska förbjuden att söka, locka eller avtvinga barnafaderns eller kvinnans namn och uppgifter. Även om förlossningen varit hemlig, må dock Barnmorska själv varken undandölja barnet, eller till sådan åtgärd biträda. Vid hemlig förlossning bör Barnmorskan för övrigt råda kvinnan att nedteckna sitt namn och hemvist på ett papper, vilket av henne förseglas, förelägges den präst, för vilken hon ofördröjligen skall förlossningen anmäla. Sedan detta papper blivit med vederbörlig anteckning och med prästens sigill försett, bör kvinnan uppmanas att, för sin såväl som barnets framtida säkerhet, samma papper noga förvara.

Meningen med pappret och sigillet var att modern skulle kunna ångra det hon gjorde och återta sitt barn. De namnsedlar som förvarades hos prästen kunde senare också öppnas på begäran av barnet.

Rätten att kunna vara anonym som mor gav kvinnan en chans att slippa undan en del av skammen.

Mitt i detta grubbleri knackade det på dörren, och utanför stod Emanuel. Han klev in i den trånga hallen utan att säga ett ord, väl inne tog han av sig hatten och lämnade över ett pappersark till Johanna.

"Vi gör så här, ni får köpa denna fastighet till ett rejält underpris om två år på dagen, då jag fyllt 67 år, hälsan börjar ju vackla något." Hon tyckte att han tittade djupt anklagande på henne vid de sista orden, visste eller misstänkte han något, hon fick plötsligt så dåligt samvete att hon var tvungen att sätta sig ner. "Om jag lever till dess får ni er beskärda del och den dagen ni dör, tillfaller era tillgångar mitt barn. Pengarna jag säljer huset för, skall jag leva på till min död, jag skall också behålla min lägenhet så länge jag lever och inte betala någon hyra till er." Efter han sagt detta log han pillemariskt, Hon förstod att han tänkte på hennes kontrakt, som hon lurat till sig, nu var det lika. " Det var mycket information att ta in, hon stod tyst och funderade en lång stund, men hade svårt att koncentrera sig då det var full fart inne i hennes mage, där det låg någon som ville komma ut. "Ja ha, det låter väl rimligt, och jag antar att detta dokument klargör att jag har rätt att köpa fastigheten till ett stipulerat pris om exakt två år, och vad är priset om jag får fråga." Han log mot henne, "jag tycker nog att halva värdet 5000 riksdaler är ett rimligt pris"

Hon förbannade honom för att han var så slug att han gått i fyra månader och väntat med att komma med ett bud bara dagar innan hon skulle föda. Hon nickade och började läsa på dokumentet hon fått, han stod tyst kvar i hallen, när hon läst igenom det två gånger nickade hon på nytt och sträckte fram sin hand för att vidimera affären genom ett rejält handslag. Hon var innerst inne väldigt lycklig över att hon som kvinna, var myndig och snart ägare till ett stort hus inne i Karlskrona, om hon skulle kunna låna pengar till köpet bekymrade henne inte i nuläget. Emanuel nickade artigt och tog sin hatt och lämnade lägenheten, i dörren vände han sig om. "jag åker bort en vecka eller två från och med nu, så ni kan föda i lugn och ro.

Kapitel 19

Johanna

1867

Tidigt på tisdagsmorgonen den 1 oktober, precis efter att hon skickat iväg sina pojkar till skolan, kom den första kraftiga värken. Johanna var lugn, hon visste att det var lång tid kvar. När hon innan lunch började få regelbundna värkar och vattnet gick, blev hon orolig. Båda pojkarna var i skolan, så hon var ensam hemma, hur skulle hon nu kunna få iväg ett meddelande till Maja-Lisa, om att hon behövde hennes hjälp. Hon kunde ju inte ropa in någon från gatan, då hennes havandeskap var en väl förborgad hemlighet. Hon hade inte lämnat huset under de fyra sista månaderna, och även hemma på gården hade hon smugit sig för grannarna, ett skvaller spred sig så fort. För varje kilo som det lilla barnet växte, försökte hon själv gå ner lika mycket i vikt. Denna taktik fungerade inte i längden, så åter igen kom hennes sy kunskaper väl till pass, och efter lite klurande, och några försök, lyckades hon sy en klänning, som följde modet, men ändå dolde hennes växande mage på ett effektivt sätt. Nu stod hon där mitt på köksgolvet, med vatten rinnande ner för benen, hon visste att när vattnet gått, då närmade det sig. Hon fick en så kraftig värk att det svartnade för ögonen på henne och hon höll på att trilla, men lyckades få tag i en stolsrygg att hålla sig i. Värkarna kom nu så tätt, att hon var tvungen att lägga sig i sängen, hur skulle detta sluta, skulle hon klara att

171

föda helt ensam. Tårarna rann ner för hennes kinder, hon kände sig mer ensam och ynkligare än hon gjort i hela sitt liv, varför var inte hennes mor hos henne. Hon funderade på att känna efter om barnet var på väg ut eller inte, men hon vågade inte. Värkarna kom tätt och det gjorde fruktansvärt ont. Hon bad till den gud som hon så ofta förbannat, hon kunde inte skrika, det skulle höras ut på gatan, och någon skulle säkert komma upp och så skulle hon vara avslöjad. Inte ens han som var far till barnet var i närheten.

Plötsligt rycktes dörren upp, och in stormande hennes August, när han svängde in i sovrummet och fick se sin mor stannade han tvärt och blev likblek. Hon försökte ge honom ett leende för att lugna honom, och sa med så lugn röst hon kunde uppbringa.

"Spring det allra fortaste du kan till moster Maja-Lisa och säg till att det är bråttom, du behöver inte vara orolig för mig, jag är inte sjuk, utan skall bara ha barn." Det sista lät nästan lite komiskt.

Tiden segade sig fram och Johanna blev mer och mer säker på att hon skulle vara tvungen att klara detta själv, värkarna kom tätare och tätare, och snart skulle hon vara tvungen att börja krysta, det var en väldigt liten tröst att hon varit med om två förlossningar förut. Mellan två värkar satte hon sig tillrätta i sängen, ordnade med kuddarna och lyckades få av sig underkjol och benkläder och även kavla upp klänningen ända till midjan, nu låg hon där helt naken på underkroppen. Hon särade på benen så mycket hon kunde och provade sig fram till hur hon bäst skulle kunna komma åt med sina egna händer för att hjälpa den lilla ut när väl huvudet började visa sig. Vid nästa värk började hon krysta, och hon kände tydligt hur huvudet var på väg, det gjorde vansinnigt ont. Bara en krystning till, så skulle det nog vara över. När nästa värk kom, gjorde hon sig bered både för att krysta och för att dra ut det lilla livet. Just då kom hennes syster instormande i rummet. Hon var andfådd och svetten droppade från pannan. Johanna började krysta och Maja-Lisa som fortfarande hade kappan på sig stack ner sina händer mellan hennes ben. Hon kände hur barnet drogs ut, och smärtan minskade. Maja-Lisa tog upp det lilla knytet, daskade det i baken, och plötsligt började det skrika, Johanna kände sig lycklig när barnet placerades vid hennes bröst och en filt sveptes om de båda.

"Skulle jag kunna få ta av mig kappan nu." Kommentaren från Maja-Lisa fick dem båda att brista ut i skratt. Skrattet fick August att våga glänta på dörren och titta in.

Just då slog det åter i ytterdörren och son nummer två kom inrusande, När han fick se de båda kvinnorna, utbrast han.

"Hej moster, är du här, har det hänt något, eller vad är det ni gör." Johanna svarade, "ja det har hänt något," hon lyfte på filten och lät både August och Johan titta på barnet, sedan lade hon filten om den lilla igen. "Jag har fått ett barn."

Hon insåg helt plötsligt att hon inte kommit på vad hon skulle säga till pojkarna, de hade någon gång frågat varför hon blivit så tjock, men hon hade svarat undvikande. De visste inte att de skulle få ett syskon, ett syskon som hon dessutom skulle lämna bort till barnhem, så att det kunde få en annan familj så småningom. Hon skulle kanske kunna säga något om att barnet blivit sjukt och var tvungen att bo på sjukhus, det var inte bra, men hon skulle komma på något bättre, hon orkade inte tänka på det just nu.

När Johanna lugnat ner sig lite, tittade hon efter under filten, och såg att hon fått en liten flicka. När sedan efterbörden var ute, navelsträngen avklippt, och barnet fått en första skvätt mat från bröstet, tvättade hon sig och lät Maja-Lisa byta sängkläder. Hon la den lilla i sängen och gick själv bort och satte sig i kökssoffan. Maja-Lisa hade kokat kaffe, det smakade underbart.

Hennes känslor var i uppror, planen hade fungerat halv bra, när det gällde fastigheten men nu hade den havererat totalt. Att barnet skulle lämnas till barnhem, var nu inte alls lika självklart som det varit under de senaste nio månaderna.

Tårarna rann nerför hennes kinder, pojkarna var redan ute och lekte igen, så de behövde hon inte bekymra sig för. Maja-Lisa satt tyst, men höll sin arm på hennes underarm, som bevis på att hon fanns tillhands och ville trösta sin syster.

"Vi måste tänka ut en ny plan, jag kan inte lämna bort henne, men jag har ett avtal med Emanuel, han slänger ut oss om jag ändrar mig." Hon redogjorde väldigt kortfattat om samtalet och avtalet med Emanuel.

Maja-Lisa var fortfarande tyst, men det syntes att hon tänkte.

"Om jag förstått det hela rätt, så får du köpa huset mycket billigt, fast först om två år." "Det stämmer." Johanna förstärkte orden med en nick. Maja-Lisa fortsatte." Jag ger mig på att Emanuel är mer slipad än vad vi trott, han väntade med budet att själva köpet sker först om två år, in i det sista, detta bara för att han visste att du skulle känna så som du nu känner. Han är övertygad om att du kommer att ångra dig och att han därmed kan han sparka ut dig och behålla huset."

Johanna tittade länge på sin syster, hon var imponerad av hennes klarsynthet. Till sist svarade hon med sorgsen röst.

"Jag vet att det är ytterst skamligt att föda ett barn som ogift kvinna, det är inte längre olagligt, men det kommer att vara nästan omöjligt för mig att själv försörja tre barn. När jag fick August och Johan hade jag det bra hemma i Urshult, där fanns far och mor som hjälpt mig, jag bodde gratis, och hade ett enkelt hemarbete tack vare sy Elin. Men nu är det annorlunda, hur skall jag kunna fortsätta mitt arbete och samtidigt ta hand om ett spädbarn. Trots att Emanuel är far till barnet, har han inte visat några tecken på förståelse, eller omtanke. Jag kommer säkert bli avskedad på direkten om jag behåller barnet. Att jag nästan gjort mig oumbärlig för Emanuel, tror jag inte ens han förstår, och när det går upp för honom, är det för sent, då är jag sedan länge utslängd." Hon suckade djupt. Maja-Lisa replikerade. "Jag har en ny idé." "Jag lyssnar." Johanna kände att hon inte orkade tänka klart, och det var skönt att Maja-Lisa nu tog tag i tänkandet. "Vi måste prata med Magnus och Sissa, de har ju redan ett barn, så varför skulle de inte kunna adoptera ett barn till. Jag lämnar in den lilla på barnhemmet, men ser till att Magnus och Sissa får adoptera henne direkt, sedan kan du sköta om henne som vanligt. Emanuel kan väl inte säga något om att du passar dina bästa vänners barn." "Vi måste få hit Magnus och Sissa."

Utan att fundera mer, gick Maja-Lisa ut för att få fatt på August och be honom vara springbud och hämta hit Sissa. Magnus arbetade nog fortfarande, så honom fick de prata med till kvällen. Hon hittade pojkarna ute på gatan, en bit ner där de båda satt på räcket till

175

Björkholmsbron. Hon berättade deras uppdrag och att de skulle bli rikligt belönade, kanske till och med en peng. Innan hon visste ordet av hoppade de båda vigt ner från räcket och pilade nerför bron mot Trossö. Johan kom lite på efterkälken, men åttaåringen pinnade på bra och var snart ikapp sin storebror.

Mindre än en halvtimma senare satt de tre kvinnorna i köket. Det tog ganska lång tid att sätta in Sissa i problematiken. Under tiden de satt där passade Johanna på att ge den lilla ytterligare ett mål mat från sitt bröst. Sissa förstod, och hennes del av avtalet kändes trots allt inte så betungande, hon måste naturligtvis få veta vad Magnus tyckte, innan hon bestämde sig. När kvällen kom hjälptes de tre åt att ordna kvällsmat till sig själva och till pojkarna. En stund senare knackade det på dörren, Magnus och hans svägerska Elin klev in utan att vänta på svar. Elin såg lite mörk ut i blicken när hon tittade på det lilla knytet. Efter att hon och Johanna tillsammans bäddat ner den lilla i en vagga som de tillfälligt ställt i salongen, och de lyckats få en kvart för sig själva, då Johanna förklara sina känslor och gav henne en puss på munnen, tinade hon upp.
Sällskapet fortsatte att prata fram och tillbaka, men när de skiljde senare på kvällen, hade de en detaljerad plan.

En vecka efter förlossningen, lämnade Maja-Lisa in barnet, som Johanna bestämt skall heta Anna-Martina på barnhuset som tillhörde garnisonen, och låg nära garnisonssjukhuset där hon tidigare arbetat och där hennes Nils fortfarande arbetade som sjukvaktare.

Det fanns flera barnhem i staden, de hade tillkommit främst för att kunna ta emot ogifta mödrars barn och andra fattiga barn, om de inte var "lytta och ofärdiga," syftet var främst att minska antalet barnamord. Många kvinnor hade inte något annat val än att lämna bort sitt barn. Nästan vartannat barn föddes utom äktenskapet och de flesta av dessa lämnades bort. Barnhemmen var också den institution som drev fosterbarnsverksamheten och adopterade bort barn.

När Maja-Lisa kom in genom dörren, var det första hon såg en barsk kvinna sittande bakom en hög disk. Hon gick på ostadiga ben fram till kvinnan och neg

"Jag har här ett barn som är fött utom äktenskapet och modern vill vara anonym. Jag är inte barnets mor utan bara bud."

Den barska kvinnan tittade uppfodrande på henne, innan hon med tydlig militärisk stämma förklarar.

"Ni har två möjligheter. Antingen betalar ni ett underhåll för barnet på 100 riksdaler eller så kan ni, eller modern," tillade hon med ett snett leende, "bo här på barnhemmet i åtta månader och amma ditt barn samt ytterligare ett barn. Ni skall dessutom hjälpa till med övriga arbeten här." Hon stirrade stint på Maja-Lisa. Maja-Lisa var väl medveten om reglerna och med överdriven nonchalans tog hon fram sin börs och räckte över 100 riksdaler, mer pengar än hon någonsin hållit i sin hand.

Kvinnan såg lite besviken ut, men tog emot pengarna och började skriva i en stor liggare som låg framför henne på disken.

"Är barnet döpt." frågade hon snäsigt, Maja-Lisa bara skakade på huvudet. Kvinnan såg sur ut, men svarade inte.

Den barska kvinnan ringde i en klocka som stod på disken och nästan genast dyker en piga upp, kvinnan säger något till henne som Maja-Lisa inte kan höra. Pigan försvinner lika fort som hon dök upp, men är nästan lika snart tillbaka igen. Nu har hon en präst i släptåg, han ser nyvaken ut och luktar sprit och gammal fylla. Kvinnan bakom disken tar åter till orda.

"Vad är det för sort." "Sort," svarar Maja-Lisa med frågande min. "Ja sort, är det en pojke eller är det en liten flicka." "Det är en flicka." "Ja ha, då ser vi till att döpa den lilla, om det händer henne något så måste hon ju komma till himmelen." Maja-Lisa ryser över hela kroppen och börjar fundera på om även denna plan är dålig.

Prästen tar fram en skål med vatten som stått i ett skåp, han hittar efter lite letande även en bibel. Han går fram och tar lilla Anna-Martina med en arm, Maja-Lisa blir livrädd att han skall tappa henne, men han verkar van och skall just ta lite vatten i handen, när han plötslig hejdar sig.

"Ja just det, vad skall hon heta." "Hon heter Anna-Martina" svarar Maja-Lisa direkt.

"Ja ha," Han tar vatten i handen för andra gången och häller en liten skvätt på barnets huvud." Jag döper dig till Anna Martina, i faderns, och i sonens och i guds faders namn, amen"

Utan några ytterligare åthävor, lämnar han över barnet till pigan, som hela tiden stått en bit bort och väntat.

Kvinnan bakom disken tar fram en annan liggare, och med sirlig skrift skriver hon långsamt och noggrant.

Anna-Martina, oäkta moder, okänd kvinna 24 år. Vittnen vid dopet marinkorpral Roséns hustru Johanna Johansson och pigan Sofia Klemming.

Förlossningsbiträde, ex.

Kvinnan tittar åter på Maja-Lisa samtidigt som hon ger pigan en vink, varefter hon försvinner med Anna Martina i famnen,

Maja-Lisa tror att hennes hjärta skall brista, trotts att hon bara är moster och inte mor, detta hade inte Johanna klarat, tänker hon. Kvinnan skjuter fram ett litet pappersark, och visar på ett bläckhorn och en gåsfjäderpenna som står vid sidan.

"Se så, nu kan ni snart gå här ifrån. Se bara till att skriva barnets namn, ert," hon rättar sig själv, "moderns namn och hemvist, ni kan väl skriva." Maja-Lisa nickar och skriver.

Dotter, Anna-Martina

Moder, Johanna Petersdotter

Wachtmeistergatan 12

Kvinnan tar arket, och viker ihop det, smälter lack över ett stearinljus droppar några droppar på arket och trycker dit garnisonens sigill.

"Se så, ta nu detta och lämna till er präst, så skall han anteckna att det är mottaget och även fästa sitt sigill. Då kan modern i all framtid få rätt till sitt barn om hon ändrar sig"

Maja-Lisa tar pappret och lämnar lokalen. När hon kommer ut håller benen på att vika sig under henne, tårarna rinner i strida strömmar nerför hennes kinder. Vägen tillbaka till Johanna blir som en Golgatavandring. Maja-Lisa vill inte ens tänka på hur Johanna kommer att reagera när hon kommer tillbaka utan lilla Anna-Martina.

Kapitel 20

Johanna

1867 november, december

Johanna var utåt sett samlad, men hennes inre var i uppror.

Dagarna och veckorna efter att Anna-Martina lämnades på barnhemmet, hade varit fruktansvärda, de känslor hon hade för sin nyfödda dotter, var så mycket starkare, än hon trott de skulle vara.

Planen med att låta Magnus och Sissa adoptera Anna-Martina, hade inte alls gått som planerat. Magnus var timmerman, arbetade på garnisonen och kände flera av de som ansvarade för barnhemmet och för adoptionsverksamheten. Men nu var de ansvariga mer svårtillgängliga än tidigare och det som tidigare varit ett löfte om att ordna pappren och de legala på ett snabbt och smidigt sätt, hade nu blivit en massa kanhända, måhända och vi gör vad vi kan. Nils rang på sjukhuset var inte så hög, men även han kände många på barnhemmet. Den försäkran om hjälp som han tidigare fått, var nu helt bortglömda, eller ett missförstånd. Johanna började misstänka att det var något annat som låg bakom. Kunde det vara så att Emanuel hade ett finger med i spelet.

Vännerna satt hemma hos Johanna, pratade och funderade på hur man skulle lösa problemet. Johanna såg ut att vara lugn och samlad, men alla kände henne väl och märkte tydligt att hon inte alls var den hon brukade vara. Inte ens Elin hade lyckats med att trösta henne.

De pratade om tankarna på att Emanuel skulle ligga bakom, men kunde inte på något vis förstå hans motiv eller vinning av att förhindra att Anna-Martina skulle bli bortadopterad till Magnus och Sissa. Det enda som kom upp som förslag, var att om så blev fallet, och Johanna tog hand om den praktiska delen av att uppfostra sin dotter, då skulle hennes arbete som piga och allmän hjälpreda bli lidande. Det faktum att Magnus och Sissa skulle vara mellanhänder rörande adoptionen, var det ingen utan för vänkretsen som visste. Det fanns ingen som kunde misstänka att de inte var helt seriösa och verkligen ville adoptera flickan själva. De hade förvisso en biologisk flicka, Anna som bara var tre år gammal, men de flesta ville ja ha fler barn, och de hade varit gifta i hela 12 år utan att kunna få till ett syskon till sin dotter.

Johanna skulle kunna gå direkt till prästen och hämta brevet som klargjorde att hon var biologisk mor och därmed ha rätten till sin dotter, det enda som talade emot, var att då skulle hon med största sannolikhet bli utslängd av Emanuel och avtalet om husköpet skulle gå upp i rök. Som vanligt kom man ingen vart, mer än att både Magnus och Sissa skulle fortsätta att stå på för att få till en adoption, och Nils skulle göra vad han kunde på sjukhuset för att få det dit hän.

Inget hände och julen närmade sig. Johanna hade så sakteliga blivit lite mer som innan och förhållandet med Elin hade kommit ur den djupaste svackan, de träffades regelbundet, och Elin hjälpte Johanna med det mesta i köket inför julen. De hade varit ihop i tre år, men höll det hela som en väl förborgad hemlighet mellan sig.

De var inte medvetna om att alla i vänkretsen var mer eller mindre övertygade om hur det stod till dem emellan. Sissa och Magnus hade hemma hos sig haft en hetsig diskussion om just detta, Sissa skojade bort det hela, medan Magnus tyckte att om det nu var så som de misstänkte, så var det väldigt osmakligt. Hans känslor för Johanna som så varmhjärtat tagit hand om hans svägerska efter broderns död, började svalna.

Det blev ingen munter jul, inget hade hänt med adoptionen och Johanna vågade inte ta sig till barnhemmet för att hälsa på. Det var naturligtvis inte enligt reglementet, men ett besök hade Nils kunnat arrangera. Hon visste inte om hon skulle överleva att åter se sin dotter, utan att få ta med henne därifrån.

För att få kvällarna att gå utan att bli tokig av sina tankar, började Johanna skriva långa brev till far, Carl-Magnus och Mathilda. Hon var ledsen för att de fått så lite tid tillsammans när hon var uppe på Catharinas begravning. Hon ryste till när hon tänkte på Catharinas död, men kände också en olust över att tiden gick så fort, det var nu nästan precis två år sedan hon träffade hela sin familj.

Julen passerade, och så även nyår.

1868

Johanna öppnade det tjocka brevet och såg att det var Carl-Magnus och Mathilda, som skrivit var sitt dubbelsidigt ark, och lagt det i samma kuvert. Hon blev riktigt glad för första gången sedan Anna-Martina lämnades bort.

Hon började med Mathildas ark och häpnade redan efter några rader. Även om hon själv varit rebellisk för bättre villkor för kvinnor, så var det inget mot hur Mathilda var. Mathilda var uppriktigt förbannad på alla orättvisor och kyrkans snedvridna moral, och skulle helst av allt vilja få till en kvinnlig revolution. Mathilda verkade väldigt påläst, Johanna kunde inte annat än le när hon tänkte på hur hon fått Fredrika Bremers bok Hierta av deras far. Något som Johanna inte snappat upp men vilket hennes lilla syster gjort, var en engelsk liberalist John Stuart Mill som argumenterade för kvinnors jämställdhet utifrån liberala grunder. Han menade att samhällsutvecklingen hämmas av att förvägra kvinnorna lika rättigheter. Detta eftersom halva befolkningens kapacitet inte tillvaratas. Han hade förra året föreslagit för underhuset att ordet "man", skulle ersättas med ordet "person" i syfte att ge män och kvinnor lika rösträtt.

Johanna smålog åt hennes blott fjortonåriga engagemang och ibland väldigt vuxna synpunkter, undra om far verkligen visste vilka döttrar han fostrat. Mathilda hade skrivit ett långt stycke om kvinnoemancipationen, en rörelse för frigörelse från könsdiskriminerande lagar och strukturer. Man vill inte bara ändra i lagstiftningen utan också förändra inställningen.

Mathilda skrev att hon så gärna skulle vilja utvandra till Nordamerika, just detta gjorde Johanna lite ledsen. Där hade kvinnorna som tidigare deltagit i kampen mot slaveriet, nu efter inbördeskrigets slut och slavarnas befriande, allt mer börjat fokusera på kvinnors rättigheter. Hon avslutade sitt ark med att önska Johanna allt väl och att hon snart skulle skriva tillbaka. Johanna log när hon kom på, att även hon stod för en hel del av Mathildas fostran.

Johanna tog upp det andra arket från Carl-Magnus och började läsa. Hans handstil var vacker och sirlig, men innehållet var betydligt mer neutralt än hans systers.

Han hoppades på att snart kunna flytta hemifrån och skapa sig ett eget liv. Han hjälpte emellanåt handlaren i byn och tyckte att handlare var ett yrke som skulle passa honom bra, han tyckte om att räkna, ordna med pengar. Att stå bakom disk och träffa kunder var trivsamt. Om Johanna visste om någon handlare som behövde ett butiksbiträde, så kunde hon väl lägga ett gott ord för honom. Brevet innehöll inget som tydde på att fars tidigare farhågor skulle vara sanna, de innehöll förvisso inte motsatsen heller.

Johanna tänkte på lille Carl Magnus som bara varit åtta år när hon lämnade Urshult, men som nu var sexton år och redo att lämna hemmet. Hon skulle fundera på hans fråga om hjälp, men Johanna ansåg inte att det brådskade för honom att komma hemifrån.

Carl Magnus avslutade sitt brev på liknande sätt som systern, men passade på att flika in att deras syster Helena nu gift sig med nämndemannen Johan Petersson, och hon skulle flytta till Tingsryd.

Våren passerade och sommaren hade kommit och Anna-Martina var fortfarande kvar på barnhemmet. Johannas sorg hade lagt sig något, så livet gick nu mer eller mindre sin gilla gång. Hon hade sina pojkar som hon älskade över allt, och som båda artade sig, hon hade också sin Elin. Emanuel hade varit ganska oförarglig efter att han kommit hem från sin resa i samband med Anna-Martinas födelse. Om det var han som låg bakom att adoptionen drog ut så på tiden, så visade eller antydde han inget som på något sätt skulle kunna styrka hennes misstankar. Johanna hade inte kommit på något sätt att pressa honom på sanningen. Försöken med att få honom sinnessvag med hjälp av mjöldryga var avbrutna, dels hade hon fått dåligt samvete, dels var det viktigaste att han var fullt frisk, fram tills hon skulle köpa fastigheten.

Det stod klart att landet även detta år skulle drabbas av en förödande missväxt. Om förra året hade varit otroligt kallt och regnigt, blev detta år raka motsatsen, det rådde en förödande torka som förstörde skördarna. Bristen på utsäde var mycket stor och på vissa håll måste en tredjedel till hälften av alla kreatur slaktas. Torkan och missväxten var nu värst i södra halvan av landet. Den stora våg av människor som redan förra året valt att emigrera till Nordamerika blev nu mångdubbelt större. Denna emigration bidrog till att dödligheten på grund av svält inte blev så katastrofal, som man tidigare hade befarat. Missväxten bidrog ändå till många sjukdomar som dödade många människor.

När sommaren var som varmast, passade Johanna och hennes vänner på att ordna en liten picknick nere vid vattnet. De hade tagit med sig både öl och vin, så stämningen blev snart, lika hjärtlig och glad som på den goda tiden.

Magnus skojade och berättade historier från varvet.

"Ni vet väl att det aldrig har stulits en enda sak från varvet för privat bruk." De andra tittade lite undrande på honom, och drog lite på munnen. "Nej, det är nämligen så att på varvet i Karlskrona där *bärgar* vi lite olika saker då och då, Vårt elfte bud lyder nämligen. Det gäller att bärga innan någon annan kommer och stjäl"

Alla brast ut i skratt. Uppmuntrad av sällskapets reaktion toga han genast till orda igen

"Jag kan berätta en alldeles sann historia, Det är ju viktigt, att det virke som kommer till staden verkligen kommer till varvet och till fartygsbyggena. För att detta skulle ske rätt, blev en korpral beordrad av skeppsbyggmästaren att övervaka transporterna. Men skeppsbyggmästaren sa till honom att låta vart sjunde lass gå till Alamedan. Här byggde skeppsbyggmästaren själv ett hus.

Så småningom var det dags för taklagsfest på Alamedan och korpralen blev bjuden som tack för hjälpen. Skeppsbyggmästaren blev överraskad, när korpralen tackade nej med motiveringen: "Jag har själv taklagsfest." Skeppsbyggmästaren undrade hur korpralen haft råd att bygga ett hus. Korpralen svarade. "Det var enkelt jag lät vart sjunde av de sjunde gå till Björkholmen."

När hösten kom och adoptionen verkade vara minst lika avlägsen som tidigare, började Johanna alvarligt fundera på att hämta sitt barn, strunta i huset, arbetet och allt. Hon skulle kunna bo hos Elin, där de båda kunde åldras som två gamla fröknar som båda hamnat på glasberget. Att två kvinnor bodde ihop, var ingen ovanlighet. De andra lyckades till slut övertala henne att låta bli, det hade nu gått nästan ett år och om ytterligare ett år vid den här tiden, skulle hon ha rätt att köpa hela fastigheten av Emanuel. Hon fann sig, och tröstade sig med att Anna-Martina hade det bra. Nils såg till Anna-Martina så ofta han överhuvudtaget kunde. Han besökte barnhemmet, fjäskade och mutade personalen, främst med mat som Johanna stack till honom, men ibland stack han till personalen lite pengar också, detta var förvisso mer riskabelt.

Kapitel 21

Johanna

1869

Våren närmade sig och trots allt hade Johanna en förhoppning om ett bra år. Datumen då hon hade rätt att köpa Emanuels fastighet, till ett mycket förmånligt pris var nu nära.

Den hungersnöd som drabbat landet de senaste två åren, hade tärt på alla. Johanna hade lyckats skaffa mat till sin familj, mycket tack vare Emanuel. Även om priserna ofta varit skyhöga, så hade han inte snålat, utan uppmanat Johanna att handla hem det som behövts, när det sedan blev rester över så tog han ingen notis om hon försåg sig och barnen.

Men hennes vänner hade haft en hårdare vinter. Ständigt ont om pengar på grund av de höga matpriserna och ibland nästan tomma fat. Nere på stan hade det varit ännu värre och man hade inte kunnat undgå att bli varse nöden och svälten. Det hade till och med förekommit att folk helt enkelt dog av svält. Det enda som flertalet fattiga verkade haft råd med var brännvin, det hade supits hejdlöst, värre än vanligt.

Men nu var allt detta snart glömt och björkarnas ljusgröna blad, små som musöron, gav förhoppning om en bättre tid.

Det som gladde henne mest var brevet där far skrivit att han avsåg att åka ner till Karlskrona till våren, och varför då inte passa in hennes födelsedag. Orsaken till besöket var främst att det nu blivit dags för Carl-Magnus och Mathilda att lämna hemmet och söka lyckan i Karlskrona. Johanna log lite åt det faktum att far bara varit på besök, de gånger då det varit dags att låta någon av barnen flyga ut ur boet, först ut var hon själv 1860, sedan kom Nils-Johan fem år senare och nu var det alltså Carl-Magnus och Mathildas tur. Snart skulle de vara fem syskon bosatta i Karlskrona, förutom de som far skjutsat hit hade Maja-Lisa tagit sig hit på egen hand via Jämshög.

Det var uppenbart att far även denna gång förutsatte att hon skulle ordna både boende och arbete till sina syskon. När det gällde Mathilda hade hon en plan, hon kunde ta över hennes roll som piga, då hon förhoppningsvis snart skulle kunna ta hand om sin dotter och dessutom sköta sina affärer som fastighetsägare.

Carl-Magnus hade själv stakat ut sin väg som handlare, och att få in honom som biträde någonstans, skulle inte vara så svårt.

Återseendet blev både hjärtligt och känslosamt, det första Johanna noterade när hon rusade ut på gatan för att möta sin far och sina syskon, var att deras gamla häst, tydligen var död, eller åtminstone gått i pension, för vagnen drogs nu av ett betydligt yngre djur. Hennes pojkar, som hållit sig i närheten kom också springande. När ekipaget stannat, och både Carl Magnus och Mathilda vigt hoppat av, utbröt ett kramande, hon såg att far inte alls var lika vig, stel av den långa resan tog det honom en stund att komma ner från vagnen. De följde samma procedur som nio år tidigare, då hon anlänt hit för första gången, hästen togs in i gårdsskjulet och

packningen bars in till Johannas lägenhet. Hon hade
förberett middagen och de nyanlända gästerna som var
utsvultna kastade sig över maten. Hon fick lite dåligt
samvete, när hon studera de tre och insåg att de
säkerligen haft det mycket magert under vintern. Far
hade åldrats märkbart på de fyra år som gått sedan de
sist träffades, syskonen, var smala och spetiga som de
flesta tonåringar, men det var helt uppenbart att bristen
på mat, gjort dem ändå tunnare.

Hon serverade både öl och supar till sin far som lät sig
väl smaka. Mitt under middagen, knackade det på dörren
och Maja-Lisa med sin Nils och deras son Carl-Axel fyra
år kom in och kramandet tog ny fart. Peter klappade
kärvänligt på Maja-Lisas mage, det syntes tydligt att det
snart skulle bli tillökning. Återföreningen avslutades med
att Nils-Johan stövlade in, och alla syskonen, nu varande
i Karlskrona var på plats.

Johanna kände en stor glädje över sin familj, men
längtan efter Anna-Martina blev nu ytterst påtaglig. Hon
var den som faktiskt saknades. Förvisso en omöjlighet,
men hon saknade också Elin.

De få dagar som far stannade i stan gick med rasande
fart, de han fira hennes födelsedag, då hon åter fick visa
upp sin Elin. Att deras förhållande var djupare än vanlig
vänskap, var fortfarande en väl bevarad hemlighet,
åtminstone var det vad hon och Elin trodde.

Avskedet blev som vanligt sorligt, men nu hade hon helt
plötsligt två syskon till att ta hand om. Hennes första
tanke att Mathilda skulle hjälpa henne som piga hos
Emanuel, hade hon redan övergett. Dagen efter hon kom
på tanken, hade hon inne hos Emanuel serverat lunchen,
och trotts sina snart 67 år hade han tafsat på henne,
nästan som i början. Trotts hennes irritation hade hon

inte kunnat låta bli att småle, när hon för sin inre syn såg Emanuel tafsa på den nya pigan Mathilda, om hon uppfattat hennes inställning rätt, så hade det troligen varit det sista Emanuel gjort i livet, och sedan hade hon varit tvungen att besöka sin syster på krono fängelset Göta Lejon som låg alldeles nära, fast innanför varvsmuren. Fängelset var relativt nybyggt och hade invigts samma år som hon flyttade hit. Det hade plats för 300 livstidsfångar och hade 200 celler, som var avsedda som nattceller för korttidsfångar.

Innan hon lämnade Emanuel hade han undrat vad hon tyckte var så roligt, hon hade inte svarat. Johanna var nu övertygad om att hon måste fundera ut något mer passande arbete för Mathilda.

Bara några dagar senare fick hon en idé på ett arbete som passade Mathilda, det skulle inte vara självklart att hon skulle få det, men det skadade inte att försöka. Hon hade läst i tidningen om en kvinna i staden som hette Sofia Charlotta Wilkens och som var kusin till biskopen i Lund, Johan Henrik Thomander. Det stod att hon var socialt engagerad, målmedveten, handlingskraftig och viljestark. Hon tillhörde stadens förmögna medelklass och ägnade sig åt välgörenhet och socialt arbete. Det hela hade börjat med att hon fick vårdnaden om en dövstum flicka med utvecklingsstörning, sedan hennes enda barn en dotter, dött vid tre års ålder. Under 1850-talet hade hon drivit ett barnhem för fattiga barn, och 1859 öppnade hon sitt eget barnhem och skola för dövstumma barn. 1864 framlades ett förslag om att göra något för de dövstumma i landstinget, och eftersom Wilkens skola redan fanns, tillföll bidraget denna. 1865 öppnade hon med stöd av landstinget Dövstumsinstitutet i Karlskrona.

Alla lärare var kvinnor och Wilkens ansåg att eleverna skulle utbildas för ett liv som självförsörjande samhällsmedborgare. Hon praktiserade vad som kallas inkludering, att blanda barn med utvecklingsstörning med normalt utvecklade barn, för att de skulle kunna lära av dessa snarare än isoleras från dem. Hon tog emot utvecklingsstörda, döva, dövstumma, fysiskt handikappade och andra, de flesta dock enbart döva. Wilkens hade fått arbeta hårt för att samla in medel, och lyckades utverka permanenta statliga bidrag till verksamheten förra året.

Johanna hade klätt sig fin, och såg till det yttre ut att tillhöra samma samhällsklass som Wilkens. När hon kom till barnhemmet och skolan blev hon väl mottagen, och efter hon beskrivit sitt eget självständiga liv och även systerns brinnande engagemang i kvinnofrågan, fick hon löfte om att Mathilda skulle kunna börja som piga och vara allmänt behjälplig både i skolan och på barnhemmet. Med detta löfte gick hon med lätta steg hemåt.

Dagen efter berättade hon för Mathilda som tillsvidare bodde i hennes lägenhet, den glada nyheten om ett arbete på ett ställe som helt klart skulle passa henne. Mathilda hade blivit överförtjust, hennes första arbetsdag hade de haft sällskap till barnhemmet.

För Carl-Magnus som tillsvidare också bodde hos Johanna, hade det varit lite svårare. Johanna hade redan tidigare frågat hos alla handlare som hon regelbundet besökt under alla år hon tjänat piga, men det hade inte behövt någon mer personal. Hungersnöden hade tärt på alla, även handlarna. Den närmaste tiden blev rätt ansträngande, helt plötsligt var de två till som skulle bo i hennes lägenhet, och så stor var den inte. Sedan var Carl-Magnus dagdrivare, han försökte nog skaffa arbete, men utbudet var lite begränsat, han var liten och tanig, och det far sagt om hans sätt stämde, han uppförde sig faktiskt som en flicka emellanåt, så varvet, eller något annat grovarbete var inte att tala om. På de ställen han försökt få ett arbete för riktiga karlar, blev han utskrattad, typiska kvinnoarbeten vågade han inte ens försöka med. Det där med handlare hade nog passat väldigt bra. Det andra som började bli jobbigt, var att hon och Elin nu måste smyga för två personer till, även August hade kommit upp i den åldern att han började fundera på flickor och visste lite grann vad det gick ut på.

Det som underlättade en hel del var att det var sommar, allt var lättare då, och inte minst hade hennes pojkar nu blivit så stora att de klarade sig själva. Hon tillbringade många lediga stunder hemma hos Elin. Elin hade helt kommit över sin Elis, och hon hade fått ett arbete som sömmerska, och verkade trivas rätt så bra med att bo själv, och inte ha några barn. Hon var ett år yngre än Johanna, så det där med barn, började det bli ont om tid för, men visst skulle hon säkert kunna bli gravid ännu några år. Johanna kände ibland att det var hon som var lyckligast med deras förhållande, vid flera tillfällen blev hon svartsjuk då Elin träffade andra vänner, eller helt enkelt ville vara för sig själv.

Ibland höll hennes hjärta på att brista, det hade så mycket olycklig kärlek i sig. Först var det Johannes, sedan Elin, där hon ibland var osäker på om kärleken var besvarad. Om den var besvarad, så skulle de aldrig kunna visa den offentligt. Så naturligtvis Anna-Martina som fortfarande var på barnhemmet och nu hunnit bli ett och ett halvt år och Johanna hade varken sett eller träffat henne på hela denna tid.

I slutet av sommaren, kom hon in i sitt kök, efter att ha hjälpt Emanuel med städning och tvätt. Vid köksbordet

satt Carl-Magnus sprudlande glad med ett leende i hela ansiktet.
Innan hon hann fråga välde orden ur honom.

"Nu har jag ordnat ett arbete till mig. Jag träffade en man på torget som sålde varor i ett stånd, men det visade sig när vi pratat en stund att han hade en handelsbod i Ramdala, det är bara femton kilometer härifrån. Det ligger på vägen till Kristianopel och Kalmar." Han andades djupt som för att återfå luften efter sitt forcerade verbala utbrott.
"Han behövde en lärling och hjälpreda så jag erbjöd mig och fick arbetet på stående fot. Han har även en enkel bodkammare i anslutning till affären, där får jag bo för ett ynka avdrag på lönen. Låter inte detta som i en dröm."

Han reste sig upp från stolen och gick fram och kramade henne.

Carl-Magnus resa till sitt nya hem i Ramdala blev något alldeles extra. När Johanna hade börjat prata om häst och vagn, så hade Magnus kontrat med sin idé, vilken också genomfördes och blev ett glatt minne för livet.

Det var lördag och alla hade gjort sig lediga. Redan på morgonen gick alla ner till varvet. Det var Carl-Magnus, Johanna och hennes båda pojkar. Magnus och Sissa, Maja-Lisa och Nils, Nils-Johan och Elin. Magnus hade lånat en större slup från varvet och tanken var att ro från Karlskrona till Stennäset, sedan gå de fyra sista kilometrarna till handelsboden, lämna av Carl-Magnus och sedan ro tillbaka. De hade rikligt med mat och dryck med sig, så att de bara kunde njuta av en dag på sjön. Även om alla bodde i Karlskrona som hade landets största flottbas, så var ingen av dem speciellt van vid havet, men det var en vacker och klar septemberdag och inte en krusning på fjärden. Både Sissa och Magnus, Nils och Maja-Lisa hade lämnat de små i Mathildas vård, hon hade varit lite sur för att hon inte fick följa med, men det hade hon fått finna sig i.

Det fyra männen satte sig vid var sin åra, Magnus hade tagit på sig att föra befäl. De kom snart ut från hamnen och gjorde god fart. Även om alla var mer eller mindre nybörjare så lärde de sig snabbt att ro, och att ro i takt. Efter tre kvart kunde Johanna se att Carl-Magnus började se tagen ut. Hon tänkte erbjuda sig att ta hans plats vid åran, men innan hon hann säga något, smög August fram och gjorde precis det hon tänkt. Hon blev varm i hjärtat, dels för att han tydligen också lagt märket till att Carl-Magnus var trött och behövde avlösning, dels för att han uppträdde som en vuxen man. Han var tretton och rodde minst lika bra och kraftfullt som de andra, möjligen Magnus undantagen.

Johanna satt på en toft jämte Elin, men något verkade inte vara som det skulle. Visserligen kunde de inte på något sätt visa sin kärlek till varandra här i båten, men det var inte det, det var något som bara kändes.

Redan långt innan lunch var de framme vid Stennäset, där de förtöjde vid en brygga. Efter en kort diskussion enades man om att bara Johanna, Nils-Johan och förstås Carl-Magnus skulle gå den sista biten upp till handelsboden. De hade inte mycket packning att bära på och gick raskt. När de kom fram och träffade handelsmannen, Carl-Magnus nya arbetsgivare, kände Johanna en krypande olustkänsla, han hade något i blicken som sa henne att han inte bara anställt Carl-Magnus för att han behövde en hjälpreda, han hade nog räknat med att få något annat också. Hon slog bort tanken, de kramades och tog farväl, efter löften om att snart träffas igen. På vägen tillbaka till båten var hon tyst, inte heller Nils-Johan sa ett endaste ord. Om det sen berodde på hennes tystnad, eller att han hade liknande känslor, var något som hon aldrig fick veta.

Efter en överdådig lunch i båten, lade de ut och rodde hemåt. August satte sig direkt vid en av årorna och gjorde sitt arbete hela vägen hem, utan att varken knota eller se ansträngd ut. Väl framme i Karlskrona hade det hunnit bli sen eftermiddag, sällskapet förtöjde båten, lastade ur alla rester från lunchen och en stor mängd tombuteljer. De gick sakta upp mot staden, De två par som bestod av kvinna och man, höll varandra i handen. Elin och Johanna gick sida vid sida, och känslan hon haft på förmiddagen hängde på något sätt fortfarande kvar över henne. Alla tog vägen upp mot Johannas, men Elin tackade för sig, för att gå hem till sitt. Precis innan hon gick, vände hon sig till Johanna och frågade om hon inte skulle göra henne sällskap. Johanna kände sig plötsligt glad, och förstod att hon måste ha inbillat sig hela dagen.

När de andra var utom synhåll, stannade Elin till och vände sig mot Johanna och tittade henne djupt in i ögonen.

"Detta smärtar mig ohyggligt, jag håller verkligen av dig, jag kommer aldrig att kunna få en bättre vän, troligtvis inte heller en bättre älskare." Hon skrattade lite tillgjort, innan hon fortsatte. "Jag har träffat en annan, och vi skall gifta oss," hon tystnade. Johanna stod fortfarande upp, men det kändes som hennes knä när som helst skulle vika sig. Elin fortsatte med en röst som var full av gråt. "Jag vill nog egentligen inte att det skulle sluta så här, jag har drömt om att du och jag skall leva med varandra resten av livet och kunna visa vår kärlek öppet. Jag har träffat en man som jag tycker om, allt blir så mycket enklare, jag kanske till och med kan bli med barn. Jag hoppas sådana som oss i en avlägsen framtid kan leva helt öppet och att alla accepterar det." Hon tystnade, tårarna rann nu i floder ner för hennes kinder. Johanna tog henne om axlarna, vred henne lite mot sig och kysste henne rakt på munnen trotts att de stod mitt på gatan med fullt av människor omkring sig. Tårarna rann nu även ner för Johannas kinder, när hon utan ett ord vände på klacken och började gå hem mot sitt.

Kapitel 22

Johanna

Hösten 1869

Det hela slutade med att hon var tvungen att be Mathildas arbetsgivare fru Sofia Charlotta Wilkens om hjälp.

Det ironiska var att den relation som Johanna och Elin lyckats hålla hemlig under flera år, läckt ut samma dag som Elin lämnade henne. Visst hade det varit oöverlagt att stjäla till sig en sista kyss mitt på gatan, men på något konstigt sätt kändes det skönt att få göra en liten revolt, hur Elin tog allt skvaller hade Johanna inte den blekaste aning om.

Det problem som uppstått, var bankerna, vart hon än gick och beskrev sitt kommande köp, där hon ville låna 5000 riksdaler och lämna en fastighet värd 12 000 i pant, blev hon nekad. Detta berodde dels på att hon var en ensam ogift kvinna med två pojkar, dels alla rykten som florerade att hon var tillsammans med en annan kvinna. Det senare var olagligt och kunde ge straffarbete i två år, men det värsta var ändå det omoraliska och det högst okristliga i detta beteende.

Efter att fått nej från alla banker i stan, höll hela affären att rinna henne ur händerna. Till slut kom hon att tänka på Sofia Charlotta Wilkens som tillhörde den övre societeten och var väldigt nöjd med hennes systers arbete och inte minst hennes brinnande engagemang. Om det var någon som kunde förstå och hjälpa henne så var det fru Wilkens. Genom Matildas försorg lyckades hon se till att bli hembjuden till fru Wilkens en eftermiddag i början på oktober. Det faktum att hon fått prioritera bort och flytta August fjortonårs kalas, grämde henne, men nöden har ingen lag. August hade varit mycket vuxen och förstående när hon berättade det för honom.

Hon klädde sig fint och gaskade upp sig. Även om hon bildligt kom med mössan i hand, så ville hon på inget sätt visa sig underlägsen eller mindre värd. Fru Wilkens tog själv emot henne när hon ringde på dörren och hon kände sig varmt välkommen. Johanna hade länge funderat på vad och hur hon skulle lägga fram sitt problem, men slutligen bestämt sig för att ta tjuren vid hornen och berätta hela sanningen. Hon berättade allt från händelserna i Urshult som slutat med att hon flyttat till Karlskrona med två små pojkar och hur hon blivit kär i Elin. Hon berättade om hur Emanuel uppfört sig mot henne och att hon lyckats få honom till en eftergift mot att hon inte spred ut detta ryckte eller gick till polisen. Hon visade avtalet om det nära förestående köpet och beskrev hur bankerna behandlat henne. När hon slutligen tystnade, torr i munnen och tom i huvudet, såg hon hur fru Wilkens log mot henne. Inget av det hon berättade hade tydligen chockerat fru Wilkens.

Fru Wilkens som ville bli titulerad Sofia, började prata om hur svårt det var att vara kvinna, att det trots allt fanns en vag förhoppning att det skulle bli annorlunda.

"Försök tänka dig hur det är att vara kvinna om hundra år, då är det 1969, tror du inte att vi då är helt likställda med männen, Vi, och förstås även männen får visa sin kärlek även om det är till någon av samma kön." Johanna försökte föreställa sig hundra år framåt i tiden, fanns det järnväg över allt, och hur fort kunde man ta sig mellan olika städer, skulle verkligen kvinnor kunna sitta i regeringen. Sofia fortsatte. "Vi kanske till och med har en kvinnlig statsminister i Sverige eller kanske i något annat land som USA."

Vigdís Finnbogadottir blev värdens första kvinnliga statsöverhuvud 1980

Efter att de samtalat länge och det kändes att det var dags för uppbrott, började Johanna känna sig illa till mods. Sofia hade inte med ett ord nämnt något om att hjälpa henne med att låna pengar. Sofia log åter, hon måste ha läst Johannas tankar, för hon reste sig gick bort till en sekretär och satte sig. Hon skrev ganska länge innan hon återvände och sträckte fram ett ark till Johanna.

"Se så, jag har haft en synnerligen trevlig pratstund, och ert liv fascinerar mig. Det här skall vi lösa. Imorgon går du ner till Skånska Enskilda Banken, visar detta för bankdirektören, och sedan får du låna dina 5000 riksdaler, det garanterar jag."

Dagen efter var hennes lån beviljat, och hon gick med lätta steg hem till sig.

Emanuel var ovanligt vresig och sur, han hade åldrats mycket på de senaste två åren. Tack vare fru Wilkens hade Johanna fått en mycket bra kontakt på banken, de hade hjälpt till men lånen, men också med att upprätta ett kontrakt utifrån det avtal som hon och Emanuel slutit för två år sedan. Den 27 november var det slutligen dags och han som i nio år varit hennes arbetsgivare och "herre" gick nu jämte henne på väg ner till staden. Emanuel var flera gånger tvungen att stödja sig på henne, hon som känt honom så länge uteslöt inte att det delvis berodde på att han ville famla till det så att hans hand skulle snudda vid hennes bröst, fast idag brydde hon sig inte.

Det kunde inte bero på fru Wilkens, för det enda Johanna valt att inte berätta om var Anna-Martina. Johanna brydde sig egentligen inte om vem som låg bakom, men bara en vecka efter att hon blivit fastighetsägare, fick Magnus och Sissa veta att de med största sannolikhet skulle få adoptera flickan Anna-Martina som nu var två år gammal.

När de berättade detta för Johanna blev hon först överlycklig, så att det tårades, men hon sansade sig.

"Jag skall inte ta ut någon glädje i förskott, livet har gett mig tillräckligt många smällar, jag vill inte ha ytterligare en"

Johanna hade efter affären med huset, funderat på om hon själv skulle ta tillbaka sitt barn, men vågade inte starta denna process, nu när det ändå till slut såg ut som om deras plan skulle gå i lås. Hon var trotts allt en ensamstående mor med ett rykte som flata. När hon tänkte på det gjorde det ont. Johanna skulle troligen inte kunna adoptera sitt eget barn, trots att hon nu satt på en sådan förmögenhet att den hade räckt till för att kvalificera sig till att kunna bli invald i andra kammaren, under den lilla förutsättningen att hon varit född som man.

1870

Det snöade kraftigt, och gatorna var svåra att ta sig fram på. Johanna och August trotsade vädret och med böjda nackar, för att inte få snögloppet i ögonen, pulsade de sig sakta fram, ner mot staden, deras mål var Magnus och

Sissas lägenhet. När de till slut stod utanför dörren och den mesta snön borstats av från kläderna, kände hon att hjärtat slog, som om det var på väg att hoppa ut ur bröstet på henne, hennes händer darrade när hon knackade på.

Sissa öppnade dörren och med ett stort varmt leende släppte hon in dem i värmen. I kökssoffan satt en tvåårig liten flicka, hon hade en enkel men ren klänning på sig, det ganska långa mörka håret var ordnat i två flätor. Flickan hade ett ganska smalt ansikte, med en spetsig näsa. I de mörka ögonen fanns en nyfiken och samtidigt lite vaksam glimt när hon mötte Johannas blick.

Johanna stod helt paralyserad, så det var den lilla flickan som kravlade sig ner från soffan och gick fram till henne. Flickan sträckte fram sin lilla hand för att hälsa och när Johanna tog den i sin, neg hon fint.

Det kändes så svårt, hon ville ta sin lilla dotter i famnen och bara krama henne hårt, men hon var rädd att det skulle skrämma henne, hon var ju en helt främmande kvinna i den lillas ögon. Slutligen satte hon sig ned på huk, och tog henne försiktigt i sin famn, hennes kram besvarades, mer av artighet än av kärlek och tillgivenhet.

Åren på barnhem hade nog satt sina spår, flickan var ovanligt stillsam och lydig. Det var allmänt känt att barnhemsbarn fick en sträng uppfostran, och efter hårda bestraffningar, blev de lydiga och stillsamma, det var ju på det sättet de kunde undvika ytterligare bestraffning.

Johanna förstod att hon måste ha tålamod med Anna-Martina, de skulle självklart på sikt kunna bygga upp en riktig mor och dotterrelation.

De stannade kvar ganska länge, så det var sent när Johanna, August och Anna-Martina gav sig ut i snöovädret, för att bege sig hem till Björkholmen. Det hade pratat mycket om hur man skulle hantera

Anna-Martina utåt sett. Sissa och Magnus var formellt hennes adoptionsföräldrar, och inte ens ett barnhemsbarn kunde de bara ge bort hur som helst utan att barnhemmet, kyrkan, eller någon annan myndighet skulle lägga sig i. De hade slutligen enats om att det kanske trots allt vore bäst att Johanna gick till prästen, lät honom läsa brevet som han förvarade och som klargjorde att Johanna var barnets biologiska mor.

Några dagar senare, hade vädret lugnat sig, och det var nu istället en vacker vinterdag, snön låg djup, men gatorna var skottade så det gick lätt att promenera. Solen lyste från en helt molnfri himmel och det var vindstilla, men kallt. Johanna skyndade på sina steg, och kom snart ner till kyrkan, och in på pastorsexpeditionen. Efter att förklarat sitt ärende, började en ung pastorsadjunkt bläddra i en stor liggare, efter som datumen var känd, så skulle det gå lätt hade han lovat. Men han bläddrade fram och tillbaka flera gånger utan att hitta någon notering om att ett moderskapsintyg lämnats in den aktuella dagen. Han lämnade slutligen rummet för att be om hjälp och efter en lång stund kom han tillbaka i sällskap med prosten själv. Prosten såg mycket ointresserad och butter ut, han var inte alls glad att ha blivit störd i sin lunch, dessutom av att ett fruntimmer som hävdade något som tydligen inte var sant. Johanna försökte flera gånger fånga hans blick men han undvek henne och hon tyckte att hon kunde skönja en lite rodnad och ett uttryck av skuld. Efter att de båda letat i tre olika liggare, gått igenom ett skrin med brev, allt helt utan resultat, brusade prosten slutligen upp och mer eller mindre körde henne på porten. Johanna lämnade pastorsexpeditionen med anklagelserna om att hon med sina falsarier upptagit deras dyrbara tid ringande i sina öron.

Johanna kände sig sorgsen när hon gick hemåt, det var klart att Emanuel, eller vem det nu var som lyckats fördröja adoptionen, också sett till att moderskapsintyget försvann. Om det nu var Emanuel så kunde hon inte förstå hans motiv. Det som låg närmast till hands, var att han inte ville att hon skulle ha småbarn att ta hand om, och desto mindre bevis det fanns för att hon fött ett barn desto mindre var det som kunde koppla honom till detta. Att hon verkligen fått köpa huset utifrån deras överenskommelse var konstigt. Han borde kunnat lura henne på något sätt och hävt överenskommelsen, men det hade han inte gjort. Om nu moderskapsintyget var borta, och anteckningarna på barnhemmet inte nämnde Johanna vid namn, var chansen att hon officiellt skulle kunna bli godkänd som mor obefintliga. Johanna skulle aldrig kunna få tillåtelse för en adoption, inte ens Sofias inflytande skulle hjälpa här. Hon var och förblev en ensamstående mor utan man, nu också med ett tvivelaktigt rykte. Johanna insåg att Magnus och Sissa skulle vara Anna-Martinas lagliga föräldrar och hon skulle bara kunna ta hand om henne så ofta att inga andra lade sig i, eller skulle försöka häva adoptionen.

Till slut började vintern släppa sitt grepp, och våren närmade sig. Den 11 april, ordnade Johanna ett 11 års kalas för Johan. Anna-Martina hade börjat kalla henne mor och vårdnaden om henne delades mellan Johanna och Sissa. Detta arrangemang hade i stort fungerat bra, men det var inte okomplicerat och det slet på deras relation. Johannas minsta problem var Emanuel, visst var hon fortfarande hans piga, men han blev mer och mer inbunden, en enstöring som inte behövde så mycket hjälp. Johanna lagade mat och städade hans lägenhet, men mycket mer behövde hon inte göra.

Johanna tog sitt ansvar som fastighetsägare, hon gick till banken igen. Brevet från Sofia behövdes inte längre, så utan några problem lyckades hon få låna ytterligare 4000 riksdaler med fastigheten som pant. Huset hade under Emanuels tid förfallet, och det var mycket som borde förbättras. Hon ordnade med hantverkare som hjälpte henne att modernisera fastigheten och alla lägenheterna.

Johanna hade läst i tidningen att det kommit många nya uppfinningar som underlättade vardagsarbetet. I Stockholm fanns det nu vissa fastigheter där man dragit in ledningar så att man kunde få sitt vatten direkt från en kran i varje lägenhet. Så långt hade hon inte råd att gå, men hon såg till att det installerades en ledning och en vattenkran på gården, att slippa gå ner till vattenborgen för att hämta vatten var ett stort steg framåt. Hon hade också läst att det fanns fastigheter där varje lägenhet hade ett eget dass. Inte heller här kunde hon gå så långt, men längan inne på gården med dassen, skulle rivas och ett helt nytt hus byggas, det blev väl inte så mycket bättre men det blev nytt och finare. Det största var ändå att alla lägenheter fick en järnspis. Med dessa blev det lättare att laga mat, det gick åt mindre ved, och de värmde bättre. Johanna hade sett till att det blev en ny modell, där det också fanns en liten vattenbehållare, så efter att ha lagat mat, kunde man från en liten kran få varmt vatten.

Våren och sommaren gick fort, det var mycket med fastigheten och Anna-Martina var hos henne för det mesta. Men oron, att något skulle hända som gjorde att hon förlorade henne, var alltid närvarande.

Mot slutet av sommaren berättade Sissa att hon nu äntligen var med barn, nedkomsten skulle bli under april nästa år. Johanna funderade på om detta skulle påverka Sissas vilja till att vara fostermor åt Anna-Martina.

KAPITEL 23

August

1872

När August gick ur skolan, hade han haft skolgång i nio
år, vilket var mer än de flesta av hans vänner. Efter sju
år i folkskolan hade han bett mor om att få gå ytterligare
två år i fortsättningsskola, hon tyckte att det var en bra
idé och hennes allt bättre ekonomi tillät det. Så långt
tillbaka hans tydliga minnen sträckte sig hade han bott i
Karlskrona, även om han visste att han flyttat hit när
han var fyra. Han hade några svaga minnen om en röd
stuga och att han vid något tillfälle gått ner till sjön med
morfar, han mindes att det var väldigt tidigt på morgonen
och dagg i gräset som gjorde att han blev blöt om fötterna
och började frysa. Han hade ett minne till, det var när
han, mor, morfar och lillebror reste med häst och vagn
den långa vägen ner till Karlskrona, de hade sovit på
något ställe på vägen som luktade väldigt illa.

Nu var han vuxen, och skulle forma sitt egna liv. Han
drömde om att börja i flottan, de gånger han och hans
vänner legat och spejat in på flottbasen eller varvet var
otaliga. Det som alltid fångade hans uppmärksamhet, var
de ångpannor och ångmaskiner som började dyka upp
här och var.

August kunde det mesta om ångmaskiner och vilka fartyg
som var ångdrivna. Mycket hade han kunnat läsa sig till,
fast viss kunskap hade han fått när han pratat med
morbror Nils-Johan eller Magnus, vilka båda arbetade på
varvet. Han visste att i början av 1800 talet hade

ångmaskinerna börjat göra sitt intåg och redan 1823 hade man installerat ångmaskiner vid dockorna på varvet. Det fanns fortfarande en stor skepsis mot att använda ångmaskiner för framdrift av fartyg. De som förespråkade den moderna ångmaskinen framför segel hade slutligen vunnit, även om de flesta fartygen idag hade både ångmaskin och segel.

En gång för bara några år sedan när August och Johanna var nere på stan hade en officer artigt hälsat på dem och börjat prata med honom.

"God dag min unga herre, är det till att flanera på stan med mor, eller är det stora syster." Det sista sa han lite underfundigt och blinkade. August förstod inte riktigt vad han menade. "Vad skall en sådan liten man bli när han blir stor?" August ville säga att han skulle bli flottist och arbeta i maskin, men han fick tunghäfta.

Officeren skrattade och nu hade han en allvarsammare röst.

"Ni skall se till att läsa till maskinist i det civila, då kommer ni garanterat att kunna bli anställd i flottan. Det kommer så många nymodigheter, med ångmaskiner och allt vad det är. Vi i flottan har inte många som förstår sig på detta och vi har inte kommit oss för att utbilda egna män på den nya tekniken, så de får vi allt anställa från det civila." Han gjorde en liten honnör mot de båda, varefter han gick vidare, med en stram hållning.

Efter detta tog August reda på allt om hur man kunde bli maskinist. Han fick fram att det fanns en skola i Kalmar där man läste i ett år för att utbilda sig. Där skulle han söka in, det var en sak som var säker, han hoppades innerligt att mor skulle låta honom göra det och att hon hade råd.

Hans dröm gick i uppfyllelse, När hösten kom började August på teknisk elementarskola med inriktning mot maskinistutbildningen i Kalmar.

När han väl tagit mod till sig och frågat mor om han fick börja på skolan i Kalmar, hade han blivit överraskad över hennes reaktion. Johanna hade blivit glad och kramat honom hårt. Hon hade berömt honom för hans flit och ambitioner, visst hade hon pengar, det skulle inte gå någon nöd varken på honom eller de som fick var kvar hemma.

Resan från Karlskrona till Kalmar hade skett med båt och när han stod där på däck och såg hur mor och Johan blev mindre och hur även siluetten av Karlskrona sakta försvann, då kände han sig stor. För första gången hade han nu tagit ett stort och långt kliv rakt in i vuxenvärlden, och snart skulle han fylla sexton.

Studietiden hade blivit bättre än han någonsin vågat drömma om. Rummet där han bodde låg centralt, det var inte stort men det var rent och hyresvärden var hygglig. Han fick snabbt några goda vänner i klassen och de umgicks nästan jämt. Han lärde sig nya saker varje dag, och flitig som han var så satt han ofta i sitt rum och studerade till långt fram på kvällen. August försummade ändå inte helt nöjen. Han och vännerna var alla nästan jämngamla, och var för första gången långt hemifrån, med sitt egna liv i sina händer. Han och vännerna gick någon gång i veckan på lokal, där han snabbt lärde sig dricka pilsner, de tittade på flickor, och vid några tillfällen, hade de tagit mod till sig och börjat samtala med dem. Det blev inget mer än någon oskyldig flirt, och några veckor senare var det nya flickor och nya flirtar. Hans vänner var ombytliga av sig, men han fastnade för en flicka som han höll ihop med under flera månader. När studierna tillät träffades de och gick på kafé där de kunde sitta i timmar och prata om livet, vid några tillfällen lyckades de hamna så avsides, att de kunde kyssas utan att någon såg det. Det var helt enkelt underbart, att hålla en flicka i famnen och kyssa henne. Ibland hoppades han på lite mer, men hon lät det inte gå längre, och han som var helt oerfaren accepterade detta faktum.

Efter första terminen, kändes det spännande att få åka hem över jul, han hade så mycket att berätta för mor och sin bror.

1873

När August återvände till Kalmar efter jul och nyår, kändes det ännu bättre. Det hade varit roligt att träffa familjen, och på jul hade mor som vanligt ordnat ett överdådigt kalas. Men på något sätt hade det halvår han varit hemifrån gjort honom vuxen, det kändes att han var hemma på besök, och rummet här i Kalmar, det var här han bodde. Han funderade på hur det skulle bli till sommaren, när skolan var klar, och han skulle återvända till Karlskrona. Han hoppades och trodde att det skulle gå enkelt att få ett arbete, men skulle han verkligen ha råd att ordna en egen bostad, för att åter flytta in hos mor, det skulle inte kännas rätt. Han slog tankarna ifrån sig, och intalade sig själv att det säkert skulle lösa sig till det bästa.

Tiden gick fort och i slutet på maj var det examen. Han hade klarat sin utbildning, kanske inte med glans, men helt klart godkänd i alla ämnen. August och vännerna hade ordnat en riktig avslutningsfest, så när han dagen efter klev ombord på ångfartyget mot Karlskrona, kände han sig avslagen. Det var inte bara den vanliga dagen efter känslan, utan något större. Han tänkte på sina vänner som han troligen inte skulle träffa igen, kanske någon skulle, som han börja arbeta i marinen, men de flesta skulle enligt vad de sagt söka sig till den civila flottan. I den civila flottan var det bättre betalt och lättare att komma ut på någon båt som gick över världshaven och långt bort. I marinen, var det mest disciplin, och ofta korta turer runt landets kuster. Han lät sig inte påverkas, ända sedan han var liten hade han sett alla marinfartygen i hamnen, så det var på dessa fartyg han ville arbeta.

På eftermiddagen stävade de in i Karlskrona. August ettåriga äventyr i Kalmar var över och redan nästa vecka skulle han söka anställning i Kungliga flottan.

Det blev mycket riktigt som den där officeren sagt till honom för flera år sedan. Marinen behövde personal som var utbildade och förstod sig på ångmaskiner, och annan ny teknik.

August hade tagit på sig en fin kostym, och hade sitt examenspapper i handen när han klev in på marinens anställningskontor.
Han visste att arbetet i maskin på ett av marinens fartyg var en halvcivil anställning. Detta innebar att man inte hade de militära graderna och om man blev befäl, så gällde befälsrätt bara över de som tjänstgjorde direkt under och inga andra.

August blev genast antagen, och resten av dagen blev han visad runt på örlogsbasen. Efter rundvandringen som tog sin tid, var Agust helt slut, all denna information. Han hade bott jämte örlogsbasen i nästan hela sitt liv och sett det mesta, men nu insåg han hur stort det var och hur många olika yrken som måste finnas för att allt skulle fungera. När han gick hemåt var han omåttligt stolt, mor skulle säkert bli överförtjust när han berättade att han nu var anställd i kungliga flottan.

Kapitel 24

Johanna

1873

Det var inte mycket med Emanuel nu för tiden. Johanna skötte om honom, och kände sig nu mer som ett sjukvårdsbiträde än piga. Hon visste att han hade gott om pengar, de fem tusen riksdaler hon köpt fastigheten för, och ytterligare lite som kommit in när han med hennes hjälp avvecklade de flesta av sina andra lägenheter runt om i staden. Johannas känslor för honom var verkligen en enda röra, han hade i stort varit en bra och omtänksam arbetsgivare, som alltid sett till att hon och barnen hade det bra, han hade varit hopplös på att tafsa på henne och till och med våldtagit henne, om än bara vid ett tillfälle. Han hade också sålt fastigheten till henne för halva priset, och hon var nu övertygad om att han skulle kunna brutit deras avtal, vilket han inte gjort. Hon var fortfarande osäker på vilken roll han spelat när det gällde adoptionen av Anna-Martina och moderskapsintyget som var försvunnet. Men det som främst gjorde att hon ville honom väl, var nog det dåliga samvetet för att hon försökt förgifta honom med mjöldryga, och hon mindes tydligt den dag då han insinuerade att han förstod vad som pågick. Man kunde säga mycket om Emanuel, han var ett av stadens original, men dum var han inte.

Anna-Martina skulle fylla sex år till hösten, de hade fortfarande en ganska komplicerad relation, hon var fosterdotter hos Sissa och Magnus som också såg henne som sin dotter, fast de från början adopterat henne bara för att hjälpa Johanna. Deras egna barn Anna och Josef var 9 och 2 och de såg båda Anna-Martina som sin syster. I Anna-Martinas värld var Johanna bara en vän till mor Sissa som ofta brukade passa henne, hon trivdes bra på Wachtmeistergatan men hemma var hos Sissa och Magnus. Johanna förstod detta och hade ofta tänkt berätta hela historien för henne, men insåg att det var bättre att vänta tills hon blev större, hon behövde som alla barn en trygg och lugn uppväxt.

Johanna satt vid köksbordet och läppjade på en kopp kaffe. Mycket hade blivit till det bättre. Fastigheten gav en bra inkomst, trots att renoveringarna och de nya vedspisarna hade kostat på. August hade fått arbete i flottan, och Johan gick sista året i skolan, vad han ville med livet visste han inte. Helst skulle han nog vilja läsa vidare, han hade läshuvud, det var helt klart, men det var dyrt och trots allt så hade hon långt ifrån obegränsat med pengar. Att läsa på universitet, var bara något barn till riktiga borgare kunde göra. Även om det gick bra för alla hennes tre barn och sina syskon, så var hon ofta nedstämd. Det hade gått fyra år sedan Elin lämnade henne, men det såret hade inte läkt. Hon var själv förvånad över att känslorna inte gick över eller åtminstone suddades ut något. Johanna visste att Elin flyttat in till Trossö och hade en lägenhet på Ronnebygatan tillsammans med sin man. Elin hade också fött en liten dotter året innan. Johanna försökte vara glad för hennes skull, att hon äntligen fått ett barn vid 37 års ålder, men det gick inte.

Hon blev avbruten i sina tankar av att det knackade på dörren, det var en försiktig knackning, troligen en kvinna eller ett barn. Johanna kunde inte låta bli att bli orolig, var det något som hänt. När hon öppnade dörren stod det en ensam kvinna där, hon hade en stor koffert med sig. Hon var i trettio års åldern och prydligt klädd, hon log mot Johanna, och började sedan skratta.

"Du känner inte igen din egen syster eller. Det är åtta år sedan vi sågs, men det är ju ändå du som har hjälpt mig till världen." Johanna kände nu igen sin syster Eva.

Sist de träffades var på Chatarinas begravning, de hade suttit och pratat med varandra rätt länge. Johanna mindes att hon hade en fästman från trakten, en bonde som hette Nils någonting, var gjorde hon här ensam i Karlskrona.

Johanna bjöd in Eva och satte på nytt kaffe, medan Eva tog av sig ytterkläderna och slog sig ned i kökssoffan.

"Nu får du berätta varför du är här, jag har inte hört något skvaller från far, och hur är det med Nils, var det så han hette"

Johanna kände sig uppåt och frågorna sprutade ur henne, hon kom på sig med att det kanske fanns någon dyster orsak till Evas uppdykande, så en mer dämpad ton hade kanske passat bättre. Evas glada ögon och skratt vid dörren, talade mot att det skulle vara något hemskt som hänt och som var orsaken till hennes besök.

Eva såg nu faktiskt lite sorgsen ut. "Det hela har gått väldigt fort, far vet och han har säkert skrivit till dig, men tydligen kom jag före brevet." Johanna såg frågande ut. "Det är Nils han hette, men han är död nu." Johanna såg om möjligt ännu mer frågande ut, men fick inte ur sig något innan Eva fortsatte. "När du och jag träffades senast var jag och Nils fästfolk, vi gifte oss året efter i all enkelhet, och jag flyttade till hans gård, inte långt hemifrån. Jag var med barn, så det brådskade, man vill ju inte få några oäkta barn, eller hur." Eva log mot Johanna, som inte kunde annat än att besvara leendet. "Tyvärr fick jag ett sent missfall, det var hemskt, men man kommer över det mesta. Jag och Nils hade det väl ganska bra. Vi arbetade hårt på gården men jag blev inte med barn igen, fast vi försökte flitigt."

Johanna insåg att de skulle ha mycket att prata om, så hon reste sig och gick till skafferiet, för att plocka fram något att äta, Eva nickade mot henne som för att bekräfta att hon var hungrig och gärna fick lite i magen. Johanna tog fram två pilsner och en flaska brännvin, Eva nickade ånyo och log. När hon åter satte sig vid bordet, fortsatte Eva sin berättelse där hon slutat.

"Nils blev besviken av att jag inte kunde få barn, så han blev mer aggressiv och mindre omtänksam så att säga. Vi gled ifrån varandra, han hade andra kvinnor, söp ganska mycket och slog mig, mer än en gång." Johanna såg förfärad ut, även om systerns livsöde långt ifrån var någon ovanlighet. "Jag hade funderingar på att lämna honom, men visste inte riktigt vad jag skulle göra, jag tänkte på dig, nästan varje dag. Du har ju alltid klarat dig själv, och det har gått bra, eller hur". Johanna nickade nästan osynligt och Eva fortsatte. "Det gick så långt att jag funderade på att försöka ta livet av honom, det skulle vara på något bra sätt, så att jag inte blev misstänkt utan kunde ärva, sälja gården och få pengar för att emigrera till Nordamerika. Jag funderade på om det fanns något sätt att förgifta honom, något som inte skulle upptäckas." Johanna hickade till och började fnittra lätt hysteriskt. Eva tittade frågande på henne. "Jag berättar min historia sen," fick Johanna ur sig. "Men ibland kan ödet stå på ens sida. I julas, var han full för det mesta och en dag efter att jag fått mig en

rejäl omgång, skulle han ner till byn, jag bestämde
mig att det fick bära eller brista för nu skulle han bort.
Men det blev sena kväll och han dök inte upp. På
morgonen dagen efter kom landsfiskalen och
knackade på för att beklaga sorgen, de hade hittat Nils
ihjälfrusen i ett dike. Troligen hade han varit kraftigt
berusad när han skulle bege sig hem, halkat ner i
diket och inte lyckats komma upp, utan somnat och
sedan frusit ihjäl. Landsfiskalen beklagade sorgen
ytterligare några gånger, så jag var tvungen att spela
sörjande änka, trots att jag stod där men sprucken
läpp och en rejäl blåtira."

Johanna var lite förvånad att far inte skrivit något om
detta i de brev han fortfarande regelbundet skickade, han
började väl bli gammal och senil, när hon tänkte tanken
fick hon dåligt samvete, han hade ju nyss fyllt sextio och
hon hade inte hälsat på honom. Eva tog en stor klunk
från pilsnerflaskan, och lyfte sitt tomma snapsglas,
Johanna skyndade sig att fylla på både hennes och sitt
eget glas.

"Som sagt ibland är ödet på ens sida. Jag anordnade
en enkel begravning, och gården köpte Nils bror för en
spottstyver, men tillräckligt för att jag skall kunna
komma till Nordamerika och starta ett nytt liv. Jag har
några gamla vänner som redan emigrerat, de har lovat
att hjälpa mig tillrätta, och hitta en snäll karl till mig"

Nu var de sex syskon som flyttat till Karlskrona. Helgen
efter Evas uppdykande hos Johanna blev det som vanligt
en syskonmiddag på Wachtmeistergatan, även om Carl-
Magnus inte kunde vara med. Eva drog sin historia för de
övriga men utlämnade vissa delar om gift och spruckna
läppar. När hon berättade om sina planer på att emigrera
blev både Mathilda och Nils-Johan eld och lågor.
Johanna visste att Mathilda skulle bli exalterad, men att

Nils-Johan också gick med sådana tankar visste hon inte. Det mesta av kvällens diskussioner handlade om Nordamerika och om att emigrera. Alla i sällskapet kände någon, eller kände någon som kände någon som utvandrat, och i brev beskrivit hur bra det var där borta. Många hade emigrerat för att tillgången på bördig jord var enorm, man fick åkermark tilldelad sig bara man kom dit.

Mathilda bröt in i debatten och förklarade att det också fanns många som utvandrade för att slippa svenska kyrkans dominans, monarkins konservatism och kvinnoförtrycket. I Nordamerika respekterades kvinnor och det råder religiös tolerans och politisk frihet.

Eva flikade in, "jag har hört att det är lätt för ogifta kvinnor att ta anställning som hembiträde. Hembiträden i Amerika behandlas som familjemedlemmar och betraktas som damer "ladies" av amerikanska män. Männen bemöter dem med en artighet och en omtanke vi aldrig upplevt här hemma."

Nils-Johan hade suttit tyst, nu var det han som lade sig i samtalet. "De flesta svenskar som redan utvandrat har blivit bönder i Minnesota eller Iowa. I Amerika får man gratis jord enligt regeln "Homestead Act". Detta innebär att man tilldelas jord på villkoret att man lovar att bruka den i fem år, sedan blir man ägare av marken." Han fortsatte med en inlevelse och glöd ingen av syskonen sett honom ha tidigare. "Fast det är många som stannar i de stora städerna som Chicago, där finns det hur mycket arbete som helst. Om man är lite händig och villig att arbeta, får man bra betalt."

Johanna försökte få det något enkelspåriga samtalet att vända och att de skulle fundera på alla de svårigheter som väntade.

217

"Hur mycket kostar det egentligen att resa dit,"
frågade Johanna.

Nils-Johan hämtade andan. "Det har blivit både billigt
och enkelt att åka dit. För oss är det enklast att hitta
ett passagerarfartyg som går direkt härifrån till Hull i
England, eller så får vi åka till Göteborg och ta
Wilsonlinjens postångare därifrån till Hull och sedan
fortsätta med tåg till Liverpool. Därifrån går
Atlantångarna vidare till New York. Den resan tar bara
två veckor. Och priset för hela resan är säkert inte mer
än hundra riksdaler."

Eva log ett underfundigt leende och plockade fram en
liten bit papper, det var en urklippt annons från en
tidning. Hon skickade annonsen runt bordet så att alla
kunde se den.

AMERIKA. B. B. Peterson i Göteborg General-Agent för
The National Steam Ship Company som äger de största
och efter tidens fordringar bekvämaste Ångfartygen.

Befordrar genom undertecknad Emigranter till New York
och längre in i landet emot billigt pris. Varje passagerare
på detta bolag har sin egen sängplats och ogifta kvinnor
sina särskilda lokaler. Attester över god behandling från
personer som rest med denna linje finns till påseende och
för uppfyllande av ingångna kontraktet är hos
Kommerskollegium deponerat 60,000 Rdr. För att på
bestämd dag erhålla plats på denna linje är nödvändigt
att hos undertecknad lämna handpenning på 20 Rdr.

Carlskrona i april 1872. M A LUNDGREN

När alla läst annonsen fortsatte hon. "När fartyget
anlände till Amerika, så blir man skeppade till
emigrantmottagningar. Där får man genomgå flera
kontroller av tull, passpolisen och

hälsovårdsnämnden. De allra flesta klarar kontrollerna, sedan skeppas man vidare till New Jersey, där kan man ta järnvägen till Chicago."

Samtalen fortsatte både intensivt och länge, och mot slutet av kvällen hade Eva och Nils-Johan bestämt att de snarast skall emigrera och till början söka sig till Chicago. Johanna tyckte trotts allt att det kändes bra att Eva fick ressällskap. På något sätt lyckades Johanna bromsa Mathildas största engagemang i att emigrera, detta genom att hänvisa till att hon bara var nitton år och behövde ett intyg från far.

Johanna övertygar Mathilda att hon kan komma efter nästa år. Mathilda ger sig och verkar trots allt ganska nöjd med beslutet. Johanna känner sig nedstämd, kanske inte så mycket för att Eva och Nils-Johan nu bestämt sig för att emigrera, utan kanske mer för att hon själv inte fått eller tagit möjligheten, nu känns det försent.

1874

Augustivärmen var tryckande och det fanns inte ett moln på himlen. Det var feststämning i hela stan, alla på örlogsbasen som kunde avvaras hade fått ledigt och i stort sett alla andra i staden var ute på gatorna. Johanna hade på sig sina finaste kläder, och dagen till ära hade hon förbarmat sig över Emanuel och tagit med honom ut på stan. Han hade nu blivit 72 och han var inte så kry varken till kropp eller sinne. De gick nedför backen på Wachmeistergatan, och hon höll Emanuel under armen för att stötta hans stapplande steg, i andra handen höll hon lilla Anna-Martina. Anna-Martina hade nyligen börjat skolan men alla skolbarn hade också fått ledigt idag. Nere på stan träffade de Maja-Lisa och hennes man samt deras båda pojkar. Även Mathilda anslöt. Den lilla gruppen väntade på Johannas båda söner, August kom gående mot dem med rak hållning och finaste uniformen på sig, han hade nu varit i flottan i två år, och trivdes mycket bra. Johan var redan nere på stan med sina vänner, men hade lovat att ansluta till familjen. Efter en stunds väntan fick de se honom komma springande mot dem, när han kom fram till dem var han andfådd och svettades ymnigt. Han hade sin helt nya konfirmationskostym på sig, det var bara andra gången den kom till användning, den hade blivit både skrynklig och han hade även fått en fläck på sin vita skjorta, Johanna såg men varken orkade eller ville tillrättavisa honom. Hela det lilla sällskapet gick bort mot den helt nyinvigda järnvägsstationen, idag skulle man äntligen få tågförbindelse från Karlskrona. Från Karlskrona station gick järnvägen upp till Emmaboda, där kunde man åka mot Kalmar eller mot Växjö. Från Växjö fick man ta tåget till Alvesta, där gick södra stambanan mellan Stockholm och Malmö, Karlskrona var nu ihop knutet med resten av Sverige.

Det skulle bli en pampig invigning av Karlskrona - Wäxjö Järnväg (CWJ) och Kalmar Järnväg (KJ) av kungaparet Oscar II och drottning Sofia. Festtåget som skulle avgå från Karlskrona skulle dras av två lokomotiv, prydda med flaggor och blommor, tåget bestod av en öppen och tre täckta kungliga vagnar samt tretton vanliga passagerarvagnar och slutligen en godsvagn. Alla stationer längs linjen skulle vara smyckade med blommor och grönt och det skulle alldeles säkert myllra av folk på alla stationer man passerade.

Det blev inte riktigt så pampigt som de hade hoppats på, det var så mycket folk ute på stan att det nästan var omöjligt att ta sig någonstans. Värmen och att både lilla Anna-Martina och gamle Emanuel var med i sällskapet begränsade deras förmåga att tränga sig fram, de hörde förvisso både orkester och hurrarop på avstånd, men någon kung eller drottning fick de aldrig se, Mathilda tyckte att det var lika bra att slippa se det snobbiga och konservativa kungaparet. Johanna blev lite förskräckt över hur hon uttryckte sig ute bland folk, samtidigt som hon hejade på hennes rebelliska sinne. De lyckades inte komma riktigt nära järnvägsstationen, men den hade de sett förut och skulle snart få se igen.

Sedan Nils-Johan och Eva emigrerat förra året hade en strid ström av brev hamnat hos Johanna, de hade alla varit positiva och fyllda med glädjande besked. Resan hade gått alldeles utmärkt, och de bodde nu båda i en lägenhet i Chicago. Eva hade arbete som hembiträde och skulle kanske till och med kunna bli guvernant när hon lärt sig språket lite bättre. Nils-Johan arbetade i någon sorts fabrik, den var ny och förhållandena var mycket bättre än de varit på varvet i Karlskrona, även förmän och chefer var mycket lättare att ha och göra med. De tjänade båda två ganska bra och i senaste brevet låg en biljett för resa från Göteborg ända till Chicago. Mathilda hade blivit överlycklig. Hon trivdes bra hos Charlotta Wilkens och hade dragit sig för att säga upp sig. Men nu var det gjort och Mathilda hade själv köpt en tågbiljett från Karlskrona till Göteborg. Packningen var nästan klar och hon skulle resa redan nästa vecka. Johanna var glad på hennes vägnar, men samtidigt både ledsen och orolig för henne, hon var bara tjugo och vad kunde en sådan ung kvinna med hennes temperament råka ut för.

En vecka efter invigningen av järnvägen stod Johanna och Mathilda på perrongen. Det var bara de två systrarna där. När Mathilda klivit på tåget och det sakta började rulla ut från stationen, rann tårarna nerför deras kinder.

Först i november fick Johanna äntligen ett brev från USA. Det var från Chicago och hon öppnade det med darrande händer. Efter att ha läst bara några rader rann tårarna ner för hennes kinder, det var glädjetårar. Mathilda hade återförenats med Eva och Nils-Johan. Brevet var skrivet av Eva men sista raden hade Mathilda skrivit själv och där stod det. "Nu börjar det stora äventyret."

Kapitel 25

August

1875

August stod på kajen med sin sjömanssäck över axeln, han visste allt om fartyget som skulle bli hans hem under nästan tio månader. Han hade nu varit anställd i flottan i nästan exakt tre år och när han fått beskedet att han var uttagen att följa med på HMS Balders nästa långresa, hade han blivit så glad och stolt att han höll på spricka. Att som nittonåring få möjlighet att resa ut i världen och besöka en mängd spännande städer, det var få förunnat. När han berättat det för mor hade hon blivit minst lika stolt som han, även om det fanns ett litet mått av oro i hennes röst när hon gratulerade honom till utmärkelsen.

Nu stod han där på kajen och beundrade fartyget. Det var en ångkorvett, som hade både segel och ångmaskin. Normalt framfördes fartyget med segel, men vid strid och anlöp till hamn nyttjades ångmaskineriet. Vid segling sänktes skorstenen ner i däck och propellern hissades upp i en propellertrumma under aktern, allt för att förbättra seglingsegenskaperna. Hon var byggd och sjösatt 1870 på Karlskronavarvet, och var bland de modernare fartygen i den svenska flottan.

HMS Balder var 62 meter lång och 11,5 meter bred, med ett djupgående på 5,6 meter och ett deplacement på hela 1873 ton. Han var helt säker på varenda siffra. Maskinen var en två cylindrig liggande ångmaskin från Motala verkstad på 1380 hästkrafter och vid maskindrift kunde man komma upp i 12,5 knop. Han var en av den 218 man stora besättningen.

Resan skulle gå till England och därefter över Atlanten ner till Karibien med flera olika besök varav den svenska kolonin Saint-Barthélemy var ett. Efter detta skulle man gå upp efter Nordamerikas östkust och slutligen tillbaka till Sverige och Karlskrona.

Det var måndag den 18 oktober och August hade sett när HMS Balder kom in till Karlskrona i lördags. Hon hade då seglats ner från Stockholm med en minimal besättning. Här i Karlskrona skulle resterande besättning mönstra på. Man skulle proviantera och bunkra, varefter den riktiga resan skulle påbörjas på fredag. Han hoppades att mor skulle kunna komma ner till kajen och vinka av honom.

En stund senare stod han tillsammans med den övriga besättningen, uppställd i raka led på fartygets däck medan fartygschefen kommendörkapten Ulner och hans sekondkapten Osterman höll ett kort tal. August var menig maskinelev och hade flaggunderofficer Lidner som närmaste befäl.

På torsdagen den 21 oktober var det dags för en första provtur ute på fjärden. August stod nere vid ångmaskinen och såg hur den sakta, mycket sakta började röra sig när Lidner öppnade huvudångventilen och släppte på ångan. Augusts huvudsakliga uppgift var att smörja ångmaskinen och hålla rent från gammal olja och spill. Efter en liten stund ökades farten och han kände hur det vibrerade och darrade i hela fartyget när propellern drev fartyget framåt ut mot krono redden. Syftet med dagens korta tur var att ta ut kompassens deviation genom att styra olika kurser, man skulle också prova maskinen. På eftermiddagen hade han gått av sin vakt och väntade på att det skulle bli dags för middag. Fartyget gjorde en sväng mellan Hasslötorn och Utön med sakta maskin när han kände hur en kraftig stöt fortplantade sig genom skrovet och han var nära på att falla omkull. Det blev med ens liv och rörelse på däck och han hörde hur maskinen stoppades, fartyget fortsatte att sakta glida genom vattnet. Han förstod att man redan första dagen vid en enkel provtur lyckats gå på grund även om det inte verkat vara speciellt allvarligt. När de på kvällen kom in till kajen igen fick han veta att fartyget hade träffat grundet på babords sida någonstans mellan jack- och stormasten, man skulle vara tvungen att undersöka skadan så den planerade avresan imorgon skulle säkert bli senarelagd.

Det han gå nästan en hel vecka innan han åter stod i maskin och såg hur den sakta började röra sig. Nu var det dags för en andra provtur. Dagen innan hade de slitit som djur med att komplettera kolförrådet med 1200 kubikfot kol. Det var även tre ur besättningen som varit tvungna att bli avpolletterade och ersatta på grund av sjukdom, August var glad att det inte var han som tvingades iland just innan avfärd bara för någon förkylning eller annan bagatell.

Äntligen var det dags, åtta dagar försenade var de klara att påbörja det stora äventyret. På eftermiddagen lördagen den 30 oktober gjorde man klart för att gå till sjöss. Klockan 14.20 lättade man ankar och satte igång maskinen. Strax före avgång hade det varit uppställning på däck, August fick en skymt av sin mor och Anna-Martina som stod på kajen och vinkade, de hade sällskap av moster Maja-Lisa och hennes båda pojkar. August fick kämpa hårt för att inte visa hur rörd han var, det gick ju inte an att vara en liten lipsill i detta läge. Efter uppställningen skyndade han ner i maskinrummet och hade fullt upp. Han hade ingen möjlighet att se hur HMS Balder stävade ut i stora farleden mellan fästningarna och passerade kanonbåten Gunhild som gjorde honnör med relingsmanning. Långresan hade börjat. När han efter vakten kom upp på däck var man en bra bit ute till havs och siluetten av Karlskrona försvann akterut. Han och de andra i vakten bjöds på extra förplägnad i form av 4 centiliter brännvin.

August gick 12-4 vakten och nästa dag innan det var dags att gå på och infinna sig i maskinrummet, passade han på att stå och hänga över relingen, han samspråkade med en matros som förklarade att man just passerat Falsterbofyr och nu gick genom Flintrännan med lots ombord. Precis när han kom ner i maskin så saktade man in och lät maskinen gå väldigt sakta, han förstod att de höll på att lämna lotsen i Helsingborg. När man en dag senare gick in i Nordsjön blev det hektiskt, maskinen skulle stoppas, och man skulle hissa upp propellern och ta ned skorstenen. När de var klara blev det ett helt annat ljud i fartyget, seglen var satta och maskinen hade tystnat, nu stävade de fram med god fart och det forsade runt skrovet och ven i seglen, även denna kväll blev det extra förplägnad fast av öl.

Det blåste hård vind och var ganska grov sjö de kommande dagarna, man var till och med tvungen att reva seglen något. Fram på måndagen blev vinden väldigt byig och matroser och jungmän slet hårt med att ömsom reva och ömsom sätta segel. Slutligen blev maskinmanskapet nedkommenderade för att fira ned propellern, hissa upp skorstenen, sätta fyr i pannan och börja gå för maskin istället.

På tisdagen den 9:e november blev det lite spänning, de hade kommit in i engelska kanalen och där siktade man ett ångfartyg som sände nödsignaler. August hade inte gått på sin vakt utan kunde bevittna hela skådespelet. De ändrade kurs och stävade mot det nödställda fartyget som visade sig heta Fyenood, och var på resa från Rotterdam till London. Deras akterskepp och maskinrum var fyllda med vatten. Det beslutades att Balder skulle bogsera fartyget till Dovers redd.

Den kommande lördagen var de äntligen framme vid sitt första uppehåll. Efter fjorton dagar till sjöss var det skönt att få komma iland. De ankrade på Plymouths redd, men alla blev lovade att de under den kommande veckan skulle få tillfälle att komma iland minst en gång. August var spänd när han för första gången i sitt liv satte sin fot i ett främmande land, hela gruppen var uppsluppna, skojade och pratade högljutt, nu skulle det festas. Kvällen blev minnesvärd, de hamnade på en pub där det var gott om både öl och vackra engelskor. Flickorna tyckte det var spännande med alla dessa pojkar och män från Sverige. Vissa av de äldre besättningsmännen gick till en annan del av staden, där man kunde köpa sig lite kärlek. August funderade länge på om han skulle bli med det sällskapet, men till slut stannade han kvar. Det blev både öl, kyssar och lite tafsande under kjolen på en vacker flicka som hamnat i hans knä, men det slutade vid dessa oskyldiga förehavanden.

Efter en vecka i Plymouth var det så dags att lämna England och segla ut på Atlanten, August var lite besviken att han bara getts tillfälle att komma iland en enda gång, han skulle gärna försökt få träffat samma flicka en gång till, men så blev det inte.

Efter en seglats på nästan fjorton dagar anlände Balder Teneriffas hamn. I hamnen låg redan den svenska korvetten HMS Gefle. På fredagen blev det landgång för August och hans vänner, det var inte så mycket som skilde sig åt från Plymouth, utom möjligen att flickorna var vackrare, men betydligt blygare. Inte heller nu följde han med de äldre. På lördagen var det mycket att göra ombord, allt skulle skuras och ställas iordning för att kunna ta emot en spansk överste och Svensk-norska vicekonsuln ombord. När de fina besökarna senare lämnade Balder blev hela besättningen beordrad att ställa upp på däck. Besökarna blev hedrade med relingsmanning och salut med 13 skott från korvetten Gefle, vilket besvarades från ett batteri i land med lika många skott.

På måndagen tog man ombord en oxe och foder. På förmiddagen började man elda i två pannor och göra klart för att gå till sjöss. Vid lunchtid lättade man ankar, startade maskin och Balder gled sakta ut från Teneriffas hamn och man satte kurs 40 grader syd. Senare på eftermiddagen släckte man pannorna satte märssegel, bramsegel och undersegel samt klyvare och mesan. Firade ner skorstenen och tog upp propellern.

Under resan över atlanten blev livet ombord lite mer slentrian än det varit tidigare. Förutom den ständiga omsorgen av tackel, tåg och segel var det till och från "ställning till drabbning", övningar i sjömanskap, vapenövningar, tvätt, lappning och lagning, rengöring och tusen andra bestyr. Även den egna kroppen skulle skötas och en dag ägnades åt klippning av hår och rakning. Till jul slaktades oxen de tagit ombord, och på julafton fick alla en extra ranson av både brännvin och öl.

Måndagen den 27:e december efter 21 dygn i sjön, ankrade man på Barbados redd och satte jollen i sjön. August och några ur maskinbesättningen hade tänt upp en panna för att destillera vatten, man hade order om att tillverka 17 000 liter vatten, vilket skulle ta minst två dygn.

August blev mållös av att stå vid relingen och titta in mot den exotiska stranden. Vattnet var turkosblått och så klart att man såg ända ner till botten, även här ute på redden. På stranden syntes palmer och från staden spreds en lukt helt ny för honom.

Efter Atlantseglatsen var det mycket att göra ombord, det skurades och kopparen smordes. Det målades såväl inombords i maskin som utombords. På nyårsafton fick en stor del av besättningen, däribland August möjlighet att komma iland. När Han gick upp mot staden tillsammans med några av sina bästa vänner kändes det overkligt, allt var så annorlunda att det skulle vara svårt att beskriva det för de där hemma. Det skulle inte gå att beskriva lukten och känslan av att vara i ett främmande land nästan på andra sidan jorden.

De var alla stärkta av lite brännvin, och nu skulle de allt leta upp stadens glädjehus som de äldre pratat om. Väl där kändes det som man kommit till paradiset, det fanns både öl, vin och rom att köpa för en billig penning, och det fanns vackra flickor i mängder, Flickorna stod eller satt i små grupper och pratade med varandra på spanska, vilket varken August eller hans vänner förstod, och ibland brast flickorna ut i klingande skratt. Det tog inte lång tid innan flickorna kom, och väldigt oblygt satte sig i knät på de desto blygare sjömännen. Det hade inte hunnit gå lång tid, innan den flicka som valt August tog honom i handen och drog med honom bort, de gick upp för en trappa till den loftgång som gick runt hela husets fyrkantiga innegård. Innan han riktigt visste ordet av hade hon fått in honom i ett litet rum som luktade rent och där det fanns en bred säng men inte mycket mer. De fick båda av sig kläderna och hon lät sin hand smeka hans lem, vilket gjorde att den styvnade ännu mer. Han kände sig ovan och fumlig, helt klart berodde detta på att han nu var väldigt nära sin debut. Efter att han lyckats tränga in i henne gick det bättre, nervositeten släppte och han njöt, var det så här underbart att ligga med en kvinna, det var bättre än han drömt om. Efter att han fått sin utlösning låg han bara matt, svettig och lycklig på rygg och försökte supa in hela atmosfären och detta speciella tillfälle, så att han aldrig skulle kunna glömma det. En stund senare satt han åter vid bordet och den ena efter den andra av hans kamrater återvände med fåniga leende på läpparna.

1876

Nyår hade passerat och Balder låg fortfarande på Barbados redd, händelsen på nyårsafton var det som helt dominerade samtalen när han och hans närmaste vänner träffades på sin frivakt.

Det var fortfarande mycket som skulle göras och alla fick hjälpa till. Kadetterna var däremot ute med sluparna på segelexercis. De verkade ha det behagligt där de seglade fram och tillbaka i den lätta brisen under en stålande sol och på det turkosblå vattnet. En dag mitt i veckan skickades storbåten iland för proviantering. När den återvände lastades allt ombord, det var rom, socker, salt fläsk, kaffe, smör, torrt bröd, ärtor, risgryn och dessutom två järnkättingar till fallrepstrapporna.

Fredag den 7:e januari lättade man ankar och satte segel, lade fartyget bidevind för styrbordshalsar nord hän. Denna gång blev det en kort sjöresa och redan på tisdagen ankrade man på redden utanför Fort de France på ön Martinique. Här blev de liggande ända till slutet på januari. Det var en underbar tid för August och hans vänner, förvisso var det mycket och hårt arbete och en sträng disciplin rådde ombord, men på frivakten kunde de unna sig att bada och bara njuta i solen. Här fick de vid två tillfällen möjlighet att komma i land och även här hittade man snart ett glädjehus. Fast August avstod från mer intima umgänge, orsaken var enbart att han började få ont om pengar.

När de lämnade Martinique blev det ytterligare en kort seglats på bara två dygn till den svenska kolonin S:t Barthelemy och Gustavia. Besättningen informerades att det var planerat att stanna på S:t Barthelemy i nästan en hel månad.

På lördagen bjöds hela besättningen på middag med färskt kött och soppa, ett förhållande som var en välkommen omväxling till den vanliga i allmänhet salta skaffningen. Allt slit med fartyget, all exercis och det faktum att man nu varit hemifrån i fyra månader gjorde att det blev slitningar ombord. De bodda alla på en väldigt liten yta och ofta blev det hårda ord, kamraterna emellan, och vissa gånger gick det så långt att det även blev handgemäng.

Det var en lättnad för hela besättningen när man äntligen lämnade S:t Barthelemy, vände genom vinden och stävade sydvart hän. Vid solens nedgång tändes lanternorna och de gled fram i en varm tropisk kväll långt borta i Karibiska sjön, med destination La Guayara i Venezuela.

Många pratade om att man efter Venezuela skulle gå till Kingston på Jamaica och där var flickorna alldeles speciella. August hade fortfarande ont om pengar och gjorde gemensam sak med många andra i besättningen, genom att låta sin naturaportion brännvin förbli innestående mot att man fick kontant ersättning i stället. Även om August tyckte att det kändes bra med den dagliga supen så fanns det ett större behov av kontanter just nu. Väl i Kingston på Jamaica fick hela besättningen vänta med att gå iland innan fartyget lämnat sundhetsbevis. När sundhetsbeviset var klart, fick de äntligen möjlighet att gå iland. Efter att arbetet i maskin var färdigt, var det till att snabbt göra sig själv i ordning med ren uniform och nyskrubbad kropp. Det blev en repris på hans debut i Barbados, fast nu kände han sig världsvan både vad det gällde att beställa in romdrinkar och att ta ett större initiativ i sängen.

Nästa anhalt var Vera Cruz i Mexiko. Denna drömresa verkade aldrig vilja ta slut och August trivdes bra med arbetet i maskin, där han genom att visa flit och fallenhet ofta fick både bra och ansvarsfulla arbetsuppgifter. Det var underbart att segla fram och åter i Karibien från det ena paradiset till det andra, oftast med ett helt sagolikt väder. Efter några dagar var det åter dags att gå till sjöss och denna gång bar det av mot Havanna på Kuba. De äldre och erfarna som pratat så varmt om Jamaica var nu ändå mera översvallande och troligen ofta lite oärliga när de beskrev alla fröjder i Havanna.

När man så kom till Havanna på Kuba, hade de varit borta från Sverige i 162 dagar. Havanna var lite av en besvikelse, det var en råare attityd och flickorna han hittade var kvinnor, betydligt äldre och de lockade inte honom. Trotts allt vad kamraterna sagt om Havanna så blev det så att han sparade en del pengar och nöjde sig med att dricka sig riktigt full på rom.

En vecka senare lämnade HMS Balder Havanna och började resan hemåt. Först skulle de gå upp längs den amerikanska östkusten och anlöpa Philadelphia. På resan upp gick man ibland för segel och ibland gick man för ånga. August tyckte att det senare var att föredra då det blev en puls och ett liv i maskinrummet. Han tyckte att de perioder man seglade tenderade att bli lite trista, då arbetet främst bestod av rengöring och skötsel av utrustningen i maskinrummet. Efter 14 dygn i Atlanten ankrade man på Philadelphia River. En av matroserna som hette Olsson hade varit sjuk med hög feber ända sedan man lämnat Havanna. De hade varit många som inte trodde att han skulle överleva och så fort man nu låg till kaj, skickades han till sjukhus. Osämjan fortsatte och matrosen Matsson dömdes till tio dygn på vatten och bröd för att ha startat ett större slagsmål. En morgon upptäcktes att jungman Pettersson avvikit, han tillhörde de som August såg som sina närmaste vänner och han hade ofta pratat om att emigrera till Amerika, men ingen av kamraterna hade trott att han tänkt göra på detta sätt.

Det hade varit en upplevelse för August, att vandra runt inne i Philadelphia med alla höga byggnader, breda gator och alla människor i fina kläder. Det var inte utan att han började fundera på om jungman Pettersson ändå kanske gjort det rätta.

August hade ju både moster Eva och Mathilda samt morbror Nils-Johan i Nordamerika. Han visste att de alla tre bodde i Chicago som låg långt från Philadelphia, men han undrade och försökte föreställa sig hur de hade det, och om det fanns lika stora hus där som här.

I mitten på maj fortsatte resan upp längs kusten, nu med sikte på Halifax. När man i början av juni skulle avsegla från Halifax mot Boston, saknades båtsman Frisk efter sin permission. När man anlänt Boston fick August permission, och han gick iland för att bekanta sig med det amerikanska samhället. Boston var vackrare på något sätt, många av husen var av trä och det fanns vackra parker. Bara att promenera omkring i staden gav en känsla av att tillhöra överklassen.

Nu börjar de flesta längta hem och även August kände en stor och stark längtan efter att få träffa sin mor, sin bror och Anna-Martina. HMS Balder stävade åter mot Philadelphia som var den sista hamnen innan man skulle återvända till Karlskrona. När man ankom till Philadelphia för andra gången, låg den svenska korvetten Norrköping redan i hamnen. Tisdag den 4:e juli var det USA:s nationaldag, vilket var orsaken till att både Balder och Norrköping var på flottbesök. Vid soluppgången hissades flagg och alla örlogsfartyg i hamnen saluterade med 21 skott.

Några dagar senare lättade Balder ankar och gick till sjöss för ånga. Balder var nu på väg hem till Sverige och Karlskrona. Efter hemkomsten och ett varmt mottagande hemma på Wachtmeistergatan, kom en välbehövlig permission.

När August åter inställde sig till tjänstgöring, fick han ännu en dröm kommendering, han skulle ombord på kanonbåten HMS Blenda som var den första i sin klass. Hon var nybyggd på Lindholmens varv i Göteborg och hade bara varit i tjänst sedan maj förra året. HMS Blenda kunde gå med hög fart bara för ånga. Hon hade segel fast de användes mycket sällan. Hon var på 500 ton och 52 meter lång, hade sex eldrörspannor och två liggande compoundångmaskiner på tillsammans 590 hästkrafter, vilket gav en fart på 12 knop. Fartyget hade en besättning på 71 man och jämfört med HMS Balder var förhållandena ombord förstklassiga även för de med låg befattning. Inredningen var bekväm, kajuta, hytter och trossbotten men även maskinrummet var ljust och luftigt.

August trivdes bra ombord, och när hans tjänstgöring tog slut efter sju månader kändes det lite sorgligt, speciellt som det stod klart att HMS Blenda skulle iordningställas för att ge sig ut på ett 13 månader långt skarp uppdrag till medelhavet och Konstantinopel (Istanbul) för att bevaka Sveriges intressen under ryskturkiska kriget.

Kapitel 26
Inga-Cajsa

1877

Det var lördag eftermiddag och Göteborgsvädret visade sig från sin bästa sida, det varken blåste eller regnade. De tre flickorna gick glada och förväntansfulla nedför den branta Karl-Gustavsgatan uppe från Landala och ner mot Vasastan. Deras mål var Trätorget eller Bierhalleplatsen som många kallade det, trots att staden för tio år sedan beslutat att det skulle heta Järntorget.

Bierhalleplatsen kallades det sedan 1850 då man uppfört en friluftsservering med namnet Bierhalle. Där serverades öl av tysk härkomst, och det var åldermannen vid bryggeriämbetet, Johan Albrecht Pripp, som varit drivande i uppförandet av ölhallen. År 1867 hade staden döpt om platsen till Järntorget, men av allmänheten kallades den fortfarande för Trätorget. Detta på grund av att torget var saluplats för möbler och bearbetade trävaror, vilka främst kom från de berömda Lindomesnickarna. Orsaken till att detta var flickornas mål var det samma som oroade många äldre, nämligen torgets nattliv, synd och nöjen. I tidningen klagades på att "minst till sin fördel ter sig Järntorget på lördagskvällar och söndagar då väl frispråkiga sällskap samlas, på väg till eller från mer eller mindre alkoholhaltiga nöjen."

Den av flickorna som hette Inga-Cajsa hade flyttat till Göteborg 1868, då hon bara varit tio år. Hon mindes väl sin barndom och deras torpstuga i Öxnevalla i Västergötland. Hennes far hette Marcus och mor Anna-Britta och hon hade två syskon, Anna döpt efter deras mor var 21, två år äldre än hon var, och Henrik var nu 14 år. Det hade funnits en syster till, Lotta som nu skulle varit 17 om hon fått leva. Men några månader innan hon skulle fylla fem hade hon skadat sig så alvarligt när hon föll ned från höskullen att hon dog. Inga-Cajsa var sju år när olyckan inträffade, och hon mindes var enda sekund av händelsen. Alla tre systrarna hade lekt på höskullen, när plötsligt en planka i golvet brast och Lotta föll handlöst ner en våning och slog huvudet i golvet. Inga-Cajsa och Anna tittade ner genom hålet på Lotta som låg orörlig på golvet, med en blodfläck runt sitt ljusa hår. Blodfläcken växte sig större för varje sekund. De skrek efter far som kom springande och fann Lotta, han lyfte försiktigt upp henne och gick mot stugan. De båda systrarna grät och visste inte om de vågade klättra ner, eller ändå mindre gå in i stugan efter far, för att se hur det var med Lotta. När de slutligen kom in i stugan såg de sin lilla syster ligga på rygg på köksbordet, blodet var borttvättat, och håret vackert utslaget och böljade ner över hennes axlar och bröstkorg, hon såg lugn ut, men hon blundade. Far och mor satt i var sin stol, med tårar i ögonen, de tittade upp när flickorna kom in i rummet. Inga-Cajsa var så rädd att hon skakade, var Lotta död och var det hon som var skulden, de skulle aldrig tagit med sig lilla Lotta upp på höskullen, skulle de bli utskällda för sitt tilltag. Deras mor reste sig och gick fram mot dem och med tårarna rinnande nedför kinderna tog hon bägge flickorna i sin famn och kramade dem hårt och länge.

När de närmade sig Järntorget, ökade sorlet och mängden människor de mötte, både män och kvinnor, fast äldre kvinnor var i klar minoritet. De hade inget direkt mål utan syftet var att komma ut bland folk och titta på unga män. Just när de svängde runt ett gathörn och in på torget, mötte de en grupp på tre unga män, alla i flottans uniform, De kom så hastigt runt hörnet att en av männen råkade stöta till Inga-Cajsa så att hon nästan ramlade baklänges, han lyckades fånga henne och med sin starka hand runt hennes arm återfick hon balansen. Han tittade henne djupt i ögonen, och hon såg hur han rodnade när han bad om ursäkt för sin klumpighet. Han önskade henne en trevlig kväll, släppte taget om hennes arm och skyndade vidare efter sina kamrater. Det hade hörts på hans dialekt att han inte var från Göteborg, men i flottan fanns det folk från hela landet. Hon undrade var han kom ifrån, kanske Karlskrona, där fanns den största flottbasen i Sverige, det visste hon. Även hon var tvungen att småspringa för att komma ifatt sina två väninnor. De gick förbi några krogar där det var fullt med folk, även många yngre kvinnor i deras ålder hade vågat sig in i lokalerna. Inga-Cajsa visste att detta inte var den sortens kvinnor som sålde kärlek för pengar, de höll till nere på Ekelundsgatan innanför vallgraven.

Det tre unga kvinnorna gick runt torget ett varv, innan de gick upp en tvärgata och där in på ett kafé. De hade alla pengar i fickan från sin lön på spinneriet vid Almedahl, de lyckades få ett fönsterbord, där de kunde se alla som passerade utanför.

Efter att de alla tröttnat på att sitta och titta på flanerande par som gick förbi, beslöt de sig för att gå och dansa. De gick tillbaka ner till Järntorget, och längs torgets östra sida låg Arbetareföreningens hus, som invigts bara tre år tidigare. Där fanns både teater och samlingslokaler vilka på lördagarna nyttjades för dans. När de kom in i lokalen och hängt av sig sina kappor, var den första de mötte flottisten som nästan sprungit omkull Inga-Cajsa. Han som både lyckats stöta till henne och sedan räddat henne från att ramla, kände genast igen henne och kom artigt fram och presenterade sig.

"Godkväll min fröken, Jag heter August och ber så mycket om ursäkt för min klumpighet, tidigare i kväll. Är det så att ni vill följa med till vårt bord så kanske jag kan bjuda på något att dricka, alkoholfritt förstås."

Inga Cajsa kände hur hon rodnade och tydligen tappat sin talförmåga, hon nickade till svar, och lät sig villigt föras bort till ett bord långt in i lokalen, han hade ett kraftigt men ändå ömsint tag om hennes arm. Det satt bara en av August vänner vid bordet och han reste sig och hälsade artigt. August drog chevalereskt ut stolen och hon satte sig, hennes väninnor fick dra ut sina egna stolar. När de slagit sig ner flyttade han stolen lite närmare henne, kanske var det för att hon skulle kunna höra trots allt sorl och musik i lokalen, hon tyckte det kändes bra.

Inga-Cajsa såg hur uppspelt han var, och hans ord bubblade fram när han berättade. "Jag har bara varit i Göteborg en vecka, jag och några vänner är förlagda på Lindholmens Mekaniska verkstad. Jag har nyligen mönstrat av en kanonbåt som heter Blenda, och den är byggd här på Lindholmen. Nu skall jag vara med och lära mig mer om ångmaskiner och pannor, som man är i full färd med att bygga ute på Lindholmen. Dessa ångmaskiner och pannor skall sedan monteras in i några systerfartyg till Blenda, nere på Karlskrona varvet. Jag kommer att bli kvar här i staden i minst ett år. Jag glömde kanske säga att jag är från Karlskrona."

Hon hade inte haft möjlighet att ta in allt han sagt, men tyckte ändå att han hade en trevlig röst och berättade bra.

Hon tog mod till sig och började berätta om sin bakgrund. "Jag är från Öxnevalla i Västergötland, nära gränsen till Halland, vi har bott har i Göteborg i nio år nu. Efter att min lilla syster Lotta dog bara fem år gammal ville inte mina föräldrar bo kvar i torpet, far hade blivit missmodig och mor övertalade honom att de skulle bryta upp och skapa ett nytt liv. Genom en släkting lyckades hon ordna ett arbete åt far här nere i Göteborg, det var en tjänst som kusk på Almedahls spinneri."

Tiden bara rusade fram, Inga-Cajsa och August dansade flera gånger och där emellan satt de tätt ihop och pratade, främst om sin bakgrund men också om drömmar och ambitioner. Han verkade verkligen älska sitt arbete i flottan, där han fick pyssla om sina ångpannor och ångmaskiner. August hade pratat om att vara ute på de vidsträckta haven, se olika städer och umgås med sina kamrater ombord. Inga-Cajsa kände att hennes arbete på spinneriet bara var för att känna pengar, och det gav henne inge större tillfredsställelse. Hon hade förstås många vänner på arbetet, och att vara en del av denna gemenskap gav tröst i allt slit.

När klockan slutligen blev så mycket att det var dags att bryta upp, gick de hand i hand ut ur lokalen och i åsynen av sina väninnor gav han henne en puss rakt på munnen, de hade sedan länge bestämt både tid och plats för att träffas nästkommande lördag. När de skildes åt, visste hon att han absolut var något för henne, hon började till och med fantisera om bröllop och även lite om bröllopsnatten. Hon gick med lätta steg och vände sig om två gånger, båda gångerna stod han kvar och tittade efter henne.

När de tre kvinnorna sent på kvällen vandrade hemåt genom stan på väg till Landala, kunde de inte låta bli att förundras över hur fort deras stad förändrades.

Det hade redan år 1866 påbörjats en totalsanering, där högborgerliga bostadsområden skulle byggas i Vasastaden och Lorensberg, varvid befintlig bebyggelse revs och mer än 2 000 personer tvingades att flytta. Den nya staden som växte fram var tidstypisk med breda avenyer och planteringar. Genom Kungsportsavenyn med sina trädrader och monumentala hyresfastigheter på båda sidor, hade området kontakt med den gamla stadskärnan. Arbetarna slog sig ned i Landala, Annedal, Masthugget, Kungsladugård och Majorna, vilka redan var delvis bebyggda. Något som ofta kännetecknade arbetarstadsdelarna var att de återfanns i närheten av fabriker. Haga låg mitt emot Rosenlunds spinneri, i anslutning till Gamlestadens Fabriker återfanns flera kvarter med landshövdingehus, och Gårdas särskilda kännetecken var att bostäderna och fabrikerna låg tätt intill varandra.

Hyreshuset som bostadsform slog igenom när man började bebygga de nya bostadsområdena på 1870-talet. De första landshövdingehusen byggdes 1875 i Annedal och samma år rensades Slottsskogen för att bli en park för allmänheten. Året innan invigdes Fiskekyrkan vid Rosenlundskanalen, den hette ursprungligen "Göteborgs fiskhall"

Stora hamnkanalen som varit navet i Göteborg som hamnstad ersattes av nya industrihamnar längs med älven.

*Porter-bryggeriet vid Klippan, Margarinfabriken vid
Olskroken och Rosenlunds spinneri var tre stora
arbetsgivare i staden.*

Det kändes som en extra lång vecka på spinneriet, tiden
släpades sig fram och lördagen var långt bort, men till
slut kom den ändå. Inga-Cajsa tillsammans med sina två
bästa väninnor gjorde sig fina för att gå ner till
Järntorget. När de väl kom dit bara några minuter efter
den avtalade tiden stod August tillsammans med de två
andra flottisterna och väntade på dem. De hälsade artigt
på varandra.

"Jag vet ett ställe vi kan gå till," sa August. "Det är
inte så långt bort, precis efter Masthuggstorget, det
kallas för 35:an, eller Strykjärnet, är det något ställe
ni känner till." Alla de tre flickorna skakade på
huvudet, de var inte alls bevandrade i den göteborgska
nöjesvärlden, även om de bodde i staden.

August tog fram ett hopvikt exemplar av Göteborgs
Handel och Sjöfartstidning och visade en annons.

*RESTAURATIONEN i Lindska huset vid Stigbergsliden,
rekommenderas hos ärade kunder. Lokalen innehåller,
förutom matsal, flera enskilda komfortabelt möblerade
rum, i hvilka mottagas beställning å bröllop, middagar,
sexor o. s. v. Tvenne pianon finnes att tillgå.*

*Ytterst moderata priser. Table D'Hote, smörgåsbord, 2
rätter mat & 1/2 öl a 1 kr. från kl. 1-4 e. m. samt à la
Carte hela dagen.*

Sällskapet vandrade Första Långgatan fram förbi
Masthuggstorget och halvvägs upp i Stigbergsliden, där
gick de in på krogen.

Kvällen blev trevlig, även om de övriga i sällskapet
säkerligen tyckte att August och Inga-Cajsa var väl

mycket uppslukade av varandra. De satt tätt nära varandra och berättade om sina uppväxter. När de slutligen var tvungna att lämna krogen och bryta upp, följdes de alla åt ner till Järntorget, väl där tog August kamrater och tackade för sig. De båda flottisterna tänkte följa kajen bort till S:t Eriks hörn vid Lilla bommen och där gå över Hisingsbron. August valde att följa Inga-Cajsa hem till Landala, hennes två väninnor skyndade på stegen, så snart gick de båda hand i hand själva genom staden. När de närmade sig hemmet, smög de in under ett träd, där de började kyssas. Det var långa liderliga kyssar, båda hade svårt att slita sig, men efter att flera gånger lovat varandra att de nästa lördag åter skulle träffas, så skildes de åt. August vände om och gick ner mot de centrala delarna för att ta sig över till Hisingen. När han passerade bron, var han tvungen att betala den ordinarie broavgiften på tre öre. Nära brofästet på fastlandet låg en sim- och badanläggning, det vore inte fel att prova på den någon gång tänkte han, det var troligen hans enda riktigt klara tanke under hela promenaden, i övrigt var det bara Inga-Cajsa som fyllde hans huvud.

August trivdes med sitt arbete, visst saknade han att få vara ute på havet, men det var spännande att få vara på en mekanisk verkstad och där följa varje steg och moment vid byggandet av både ångpannor och ångmaskiner. De fick inte hjälpa till speciellt mycket med själva arbetet, utan var mest observatörer, och arbetarna tittade ofta snett på de tre flottisterna, som inte gjorde ett vettigt handtag, utan bara mest gick omkring. De fick också vara uppe på kontoret och studera ritningarna tillsammans med konstruktörerna. De hade bara varit här i tre veckor och det var lite svårt att tänka sig hur det skulle vara att gå här ett helt år. Alla tre var inneboende i ett och samma rum uppe på Slottsberget, deras värdinna,

en kvinna i 50 års åldern, var snäll och hjälpsam och
lagade god mat till dem.

På måndagen hade August svårt att koncentrera sig på
kolvar, cylindrar och slid, det var helt klart mest Inga-
Cajsa som han tänkte på. Han funderade på när han
skulle våga ta nästa steg och i så fall var. Hon kanske var
en sådan flicka som ville att de skulle vänta tills de var
gifta, skulle han kanske fria. August blev avbruten av att
en av hans vänner knuffade till honom så hårt på axeln
att han ramlade, de båda vännerna skrattade hjärtligt åt
honom där han låg på verkstadsgolvet. August skämdes,
för han förstod att de bara ville få honom uppmärksam
på arbetet. Arbetarna var just i färd med att passa in en
av kolvarna i cylindern.

*Lindholmens varv var ett av landets största varv och 1872
byggdes det första krigsfartyget, kanonbåten Blenda.
Under långa tider hade varvet Kungliga Svenska Flottan
som storkund. 1877 betraktades Lindholmens varv som
landets förnämsta skeppsvarv. Varvschefen Almqvist
försökte på alla sätt skaffa Lindholmen order. Han
lyckades med det, bland annat genom sina förbindelser
med Ludvig Nobel i Ryssland, och Lindholmen fick nu ett
stort antal beställningar på tankfartyg för transport av olja
på Kaspiska havet och Volga. Vid denna tidpunkt byggde
varvet så stora tankfartyg som på 3 400 ton. Även ryska
staten gjorde beställningar av olika slags fartyg hos
Lindholmen (bärgningsfartyg, isbrytare och minutläggare).
På det sättet möjliggjordes en hög sysselsättning och
arbetarantalet översteg under flera år 1 000 personer.*

Till helgen hade de träffats vid Järntorget som vanligt.
Men redan från början bestämde August och Inga-Cajsa
att de inte skulle följa med de övriga på restaurang, de
valde att ensamma flanera omkring och titta på staden.
När de gått runt i flera timmar, föreslog han att de skulle

gå in på något café. Det fanns många att välja på, både konditorier med finare bakelser och arbetarkaféer där det serverades husmanskost av enklare karaktär. Efter en stund slank de in på Rubenssons konditori, på Östra Larmgatan, det kallades tydligen även Javals. Innan de skiljdes åt på kvällen, lyckades de åter hitta ett undanskymt ställe där de kunde kyssas passionerat.

Lördagen efter träffades de direkt efter arbetet vid lunchtid. August och hans vänner hade från Lindholmsvarvet lyckats låna en roddbåt, de mötte upp flickorna vid kajen nära stenpiren. Flottisterna hade också lyckats övertala sin värdinna att laga lite mat som lämpades sig för damer och att ha med på picknick, hon var inte svårövertalad, utan tyckte att det hela lät spännande och hjälpte gärna till. De hade även ordnat både pilsner och rhenvin. Att ro båten var inga bekymmer för tre flottister. Augusts vänner satt vid var sin åra, medan han själv tagit på sig rollen som befälhavare och satt längts bak och styrde. De kom före flickorna och låg vid kajen och njöt av livet. Efter en stund kom de tre flickorna skrattande och fnissande, överlyckliga av att få ge sig ut på en rodd tur. August tog Inga-Cajsa om midjan och lyfte ner henne i båten som om hon inte vägt något alls. När alla var på plats och satt ner, stötte han ut båten i älven och de började ro med kraftiga och väl synkroniserade årtag. Båten fick upp en bra fart, dels beroende på de vana roddarna dels för att de hade medströms när de rodde ut mot havet. De hade inte bestämt var de skulle göra ett strandhugg för att avnjuta maten, utan tänkte att de skulle ro utåt tills de tröttnade eller hittade en trevlig plats att göra till på. Efter någon timma kom de ut till det som kallades Nya varvet.

August började berätta för Inga-Cajsa. "Här har det till nyligen varit Göteborgs örlogsbas, precis som den i Karlskrona. Under mitten av 1800-talet ifrågasattes behovet av en örlogsstation i Göteborg, då man ansåg att den norska flottan kunde försvara västkusten, och att förstärkningar vid behov kunde överföras från ostkusten via Göta kanal. Fångvårdsstyrelsen, hade behov av ett större straff- och arbetsfängelse, så 1870 blev det fängelse och fartyg och förråd har nu blivit överförda till Stockholm."

Det blev en trevlig picknick, de hade fortsatt en bit förbi Nya varvet innan de hittat en lämplig klipphäll där de förtöjde båten. De åt och pratade, tills det började kyla på och kvällsbrisen kom. Rodden tillbaka var i motström, men August och hans kamrater var både vältränade och vana roddare, så det gick fort. De lämnade flickorna där de plockat upp dem, tog farväl och rodde över älven till Lindholmen.

De tre flottisterna, Inga-Cajsa och hennes två väninnor fortsatte att träffas hela hösten, de var nu tre par.

Inga-Cajsa kände att de nu var fästfolk och vad vore då mer naturligt än att August träffade hennes föräldrar. August blev nervös när Inga-Cajsa föreslog att de båda nästkommande söndag skulle gå i kyrkan tillsammans med hennes familj. Efter gudstjänsten skulle det bli kyrkkaffe uppe i Landala hemma hos familjen Marcus Börjesson. Agust var spänd inför att möta hennes föräldrar och syskon.

Som maskinist var man först underofficerare av 2: a graden och sedan 1: a graden, därefter blev man flaggunderofficerare. Man hade rätt att bära uniform utifrån grad. Augusts ambitioner var tydliga för honom och han skulle inom något år bli maskinist och därmed officer. Men ännu hade han inte blivit befordrad, utan fick nöja sig med titeln korpral. Han var ändå stolt över sin uniform, trots att det inte var en officersuniform. Med ny putsade skor och nyrakad haka såg han mycket proper ut.

De skulle gå i Haga kyrkan, det var knappa 20 år sedan den invigdes (1859), så man kallade den allmänt för Nya kyrkan. Kyrkan var byggd på en liten kulle som kallades för Sprängkullen, vilket kom sig av att man i början av 1800-talet brutit sten där, då nya Haga skulle anläggas. Ritningarna till kyrkan hade tagits från England och bara minimalt omarbetats.

På planen framför kyrkan fick han syn på Inga-Cajsa, även hon hade lagt mycket omtanke på att se proper ut, hon var vacker. Han gick fram till henne och blev i tur och ordning presenterad för hennes far Marcus och mor Anna-Britta, hennes äldre syster Anna och lillebror Henrik. August hälsade artigt på samtliga innan de gick in i kyrkan. Som brukligt satt kvinnorna på vänstra sidan och männen på den högra.

Innan själva predikan började, annonserade prästen. "Vår ärade domprost Peter Wieselgren har avlidit den 10 oktober i en ålder av 77 år, han var vår prost och ledare sedan 1857 och tillika en nykterhetsförkämpe, litteratur-, kultur- och personhistoriker."

Marcus lutade sig mot August och viskade i hans öra. "Det var Peter Wieselgren som konfirmerade Inga-Cajsa 1873, nu lär han inte kunna viga er i alla fall."

Efter kyrkan följde August som planerat med hem till familjen Börjesson, de drack kaffe och alla frågade ut honom om det mesta. När August började berätta om sin långresa ombord på HMS Balder, tystnade alla och bara lyssnade. Efter kaffet när han och Inga-Cajsa stod ensamma ute på gatan, tog han slutligen mod till sig, gick ned på knä och friade. Inga-Cajsa tvekade inte ett ögonblick utan svarade ja och slängde sig runt halsen på honom.

Kapitel 27

August

1878

I början på året lyckades August och Inga-Cajsa vid
några tillfällen, få möjlighet att vara ensamma i rummet
August hyrde. Hans kamrater kunde enkelt övertalas att
vara nere på stan några timmar, det hade varit svårare
att smuggla in Inga-Cajsa utan att deras värdinna fattade
misstanke om att det fanns flickor på rummet. Första
gången de varit själva hade August varit så nervös att
han mådde illa, men Inga-Cajsa, var den som tog över
initiativet, och snart låg de på sängen. De kysste
varandra och han fick smeka henne under kläderna.
Redan vid andra tillfället de var i rummet, gick det hela
vägen. August var nästan novis på älskog, förutom två
besök på glädjehus i Västindien. Efteråt låg de båda
nöjda och tillfredsställda på sängen. Det hade blivit
ytterligare några gånger, men det krävdes alltid mycket
planerande för att hitta någonstans att vara. Det var nu
slutet av januari så ute kunde de inte göra det.

När August satt med telegrammet i handen kände han
sig illa till mods, han ville inte lämna Inga-Cajsa. Men
han hade nu fått en order. En order att tillsammans med
första leveransen av ångmaskiner från Lindholmen, följa
med fraktskutan ner till Karlskrona. Transporten skulle
påbörjas redan kommande vecka. Medan han funderade
på hur han skulle förklara detta för Inga-Cajsa, fick han

istället dåligt samvete för att han inte skänkt en tanke till sin mor och familj som han nu skulle träffa. Det var uppenbart att Inga-Cajsa betydde mer för honom än hans mor, som fött och uppfostrat honom gjorde.

Inga-Cajsa hade tagit det hela med fattning och inte verkat speciellt bekymrad. "Jag arbetar sex dagar i veckan och har mina väninnor, så tiden kommer att gå fort, även om du blir borta i två månader så är du tillbaka innan våren."

Han hade bara nickat och kramat henne. Hon tittade på honom med en blick som tydligt förkunnade att det inte skulle vara någon fara med henne, men det fanns något mer i blicken, eller i hennes leende som han inte kunde avläsa.

"Det finns en sak som jag faktiskt måste berätta för dig, nu när det blir att du åker bort ett tag. Jag hade tänkt vänta tills jag var helt säker, men jag är nästan helt säker och jag vill säga det till dig nu. Jag är med barn."

Han hade förstått att just denna stund med största sannolikhet skulle inträffa någon gång i hans liv. Han hade funderat på hur det skulle kännas att få veta att man skulle bli far. Känslorna som nu kom upp inom honom, var så mycket starkare och så mycket gladare än han någon sin kunnat föreställa sig, han brast ut i ett halvt hysteriskt skratt, kramade och kysste henne, så att hon slutligen fick freda sig. Hon log med hela ansiktet när hon stod där och såg in i hans ögon.

Han kände sig lycklig, enormt lycklig, där han stod lutad mot relingen, vinden var kall och ganska frisk så den gamla segelskutan gjorde bra fart genom vattnet. De passerade just Nidingens dubbelfyr på babords sida, han

skulle bli far, han var åter till havs och han skulle snart
få träffa mor.

August hade ingen uppgift ombord, utan reste som
passagerare, fast han kände sig själv som en äldre tiders
superkargör med ansvar för lasten. Båda hans vänner
var också med på resan, fast de satt nere under däck i
den varma salongen.

Det var gynnsamma vindar hela resan, så efter tre dygn,
stod de tre flottisterna på kajen i Karlskrona, de var
tvungna att övervaka och hjälpa till med att lossa
maskindelarna, och se till att de utan missöde
transporterades bort till varvet. I dockan låg det till stora
delar färdigbyggda fartygsskrovet av det som skulle bli
HMS Verdande. Ångpannor och ångmaskiner skulle
lyftas på plats och sedan skulle fartyget färdigställas.
August fick en klump i magen, när någon nämnde för
honom att fartyget skulle vara klar för sjösättning först
till hösten, sedan skulle det ta ytterligare ett och ett halvt
år innan man byggt henne helt färdig men bestyckning
och allt. Skulle han vara tvungen att vara kvar här ända
till sjösättningen i oktober. August räknade snabbt på
fingrarna och insåg att han skulle bli far i september.
Han skulle vara tvungen att prata med sina befäl, redan
dagen därpå.

När ångmaskiner och pannor stod jämte dockan klara för
att lyftas ner i det öppna skrovet, fick de order att gå hem
för dagen. De blev även lovade en dag ledigt, för att
kunna träffa och umgås med sina familjer. Arbetet med
att lyfta ner och montera maskineriet skulle börja först
nästa vecka, det var då deras nyvunna kunskaper från
Lindholmen behövdes.

De tre hade sällskap upp till Oskuldsparken, där skildes
deras vägar. August gick med lätta steg upp för backen

på Wachtmeistergatan, mor skulle allt bli överraskad, han hade mycket att berätta.

När Johanna en stund senare öppnade dörren, blev det ett kärt återseende, hon kramade sin store pojk hårt och han kunde se hur hon började gråta. Han hoppades det var av glädje, men fick inte för sig att fråga. Johanna snodde runt i köket och ordnade mat och dryck till honom. Efter att maten var uppäten, satt de båda där med var sin pilsner. De sa inte så många ord till varandra och han väntade fortfarande på rätt tillfälle att berätta om Inga-Cajsa, att han friat och att han skulle bli far.

Hans mor såg åter lite ledsen ut, och han började misstänka att tårarna som tidigare runnit ner för hennes kinder inte bara varit glädjetårar.

Efter en lång tystnad började Johanna prata. "Det känns som om jag börjar bli gammal, jag är inte mer än 44, men livet har på något vis blivit så annorlunda, jag har det bra, äger huset och får in pengar från hyresgästerna, jag sköter fortfarande Emanuel, men det är inte så betungande. Anna-Martina är nu elva, och en duktig flicka, hon är här för det mesta men just idag är hon hos Magnus och Sissa." Hon tystnade.

Efter en lång tystnad fortsatte hon. "Det är inte lika roligt längre, förut när ni var små, och jag var piga då var det hårdare att leva, men vi hade så roligt, Sissa, Magnus, Maja-Lisa, Nils, jag och Elin." När Johanna räknade upp alla sina vänner, såg hon mer sorgsen ut än hon gjort tidigare. "Vi umgås inte alls lika ofta, ja jag och Maja-Lisa och hennes Nils umgås förstås. Men Elin har jag inte sett på många år, och det blev tomt när Eva, Nils-Johan och Mathilda flyttade till Amerika."

Han försökte sätta sig in i hennes känslor, att från att ha varit familjens medelpunkt, gick livet nu bara i sin vanliga lugna lunk. Det var vänner, små barn och syskon som saknades. För att få sin mor på lite bättre humör började August berätta om livet i Göteborg, han drog med flit ut på berättelsen, och pratade mycket om sina kamrater, rummet de hyrde, arbetet på Lindholmen och att de ofta var ute på lokal i staden. Han berättade att de träffade flickor och att han hade träffat en som han tyckte mycket om. Han tittade noga på sin mor för att se hur hon reagerade, hon blev helt klart mer intresserad och såg lite gladare ut.

Precis när hon skulle ställa en fråga, så fortsatte han. "Mor jag har friat till henne och hon har sagt ja." Johanna såg rörd ut och det såg ut som om tårarna skulle börja rinna igen. Johanna reste sig och gick fram och kramade honom. När hon åter satt sig, tog han mod till sig och sa. "Vi skall ha barn, i september tror jag, men jag skall se till att vi gifter oss innan, jag vill inte att min son blir oäkta."

Han skrattade som för att visa att det var ett skämt, fast det egentligen inte var det. Han hade haft en underbar uppväxt på många sätt, men det faktum att han var så kallad oäkta hade då och då ställt till det för honom. När hans mor inte drog på munnen, ångrade han djupt att han sagt det där sista.

Han skyndade sig med att fråga, "hur är det med Johan och med morfar och mormor"

Glädjen i samtalet återfann sig inte, men Johanna berättade att Nils hade ordnat arbete åt Johan på garnisonssjukhuset och att mormor nu var väldigt sjuk och morfar ägnade sig mest åt att vårda henne.

Någon timma senare kom Johan hem, han hade varit på krogen efter arbetet och var inte helt nykter. De båda bröderna tog var sin pilsner, medan mor drog sig tillbaka i salongen. De blev sittande och pratade länge med varandra. När August berättade om Inga-Cajsa och att hon var gravid såg Johan uppriktigt glad ut. Efter ytterligare en pilsner började Johan berätta om sina planer på att emigrera.

På måndagen uppsökte August ett högre befäl för att få veta vilka planer de hade för honom, och om, och i så fall när, han skulle få åka tillbaka till Göteborg och arbetet på Lindholmen.

Befälet skrattade åt honom. "Har ni hittat en flicka där borta. En som ni inte kan var utan," August kunde inte låta bli att rodna, då hans befäl träffat mitt i prick. "Ni behöver inte vara orolig, jag vill att ni åker tillbaka så fort maskineriet är monterat, sedan skall ni övervaka det som byggs till nästa fartyg HMS Skuld." Befälet bläddrade i några papper som låg på skrivbordet. "Ni åker tillbaka nu i april och stannar där till nästa leverans, vilken beräknas blir i februari nästa år, efter det får vi se." "Jag tackar kapten." Han gjorde honnör och lämnade med lättat hjärta kontoret.

Han skulle tydligen bli kvar här en månad längre än han först trott, men han skulle vara tillbaka i Göteborg innan våren, så de skulle kunna gifta sig till sommaren. När han kom hem den kvällen till Wachtmeistergatan satte han sig och skrev ett långt brev till Inga-Cajsa, han skrev att han tyvärr inte fick åka tillbaka förrän i april, men han skulle vara i Göteborg resten av året. Han skrev med darrande hand att han ville att de gifte sig så fort som möjligt efter att han kommit tillbaka.

Tiden gick fort, det var mycket att göra nere på varvet och det var väldigt spännande att se hur ett helt nytt maskinrum växte fram på det nya fartyget. Han brevväxlade flitigt och Inga-Cajsa hade tyckt att giftermålet var en bra idé. Det som gjorde vistelsen i Karlskrona långtråkig var längtan efter Inga-Cajsa och att mor för det mesta var väldigt tystlåten, något som var väldigt olikt henne.

Strax innan påsken, var de klara med att bygga upp det mesta av maskinrummet på HMS Verdande. Båda hans vänner skulle vara kvar för att så småningom börja arbeta på henne. Han skulle få med sig två nya kamrater till Göteborg. De tre tog tåget, och när han steg av på centralstationen i Göteborg stod Inga-Cajsa där och de slängde sig i varandras armar. Han lade handen på hennes mage, men kände inget annorlunda, hon skrattade och log.

Från centralen gick de till närmaste kafé och med var sin kaffekopp och en bulle framför sig, började de planera bröllopet. Det var Inga-Cajsa som började. "Jag tycker att om vi har råd, så skulle vi kunna ordna festen på Henriksberg." När han såg frågande ut, log hon bara. "Förlåt, jag menar 35:an. Han som var föreståndare där hette Josef Henriksson och har nu köpt hus med restaurang och allt, och döpt om den till Henriksberg."

De pratade glatt om var och när de skulle gifta sig, efter en stunds räknande och funderande kom de fram till att den 30:e juni här i Göteborg skulle passa bra. De skulle hinna planera och han skulle också hinna få hit sin mor, och kanske sin bror. Redan dagen efter gick de till prästen och begärde lysning. Det syntes inte på Inga-Cajsa att hon var gravid, men vid bröllopet skulle hon vara i femte månaden, denna detalj nämnde de inte för prästen. Våren och försommaren gick i rasande fart, varje ledig stund försökte de träffas. Ibland hemma hos honom, men det blev oftare och oftare hemma hos henne. August kände att han måste ordna en lägenhet där de kunde bo tillsammans när de gift sig eller senast när barnet kom.

Söndagen den 15 juni, var de som vanligt på högmässan i Haga kyrkan, det var högtidligt att höra prästen förkunna lysning mellan August Petersson och Inga-Cajsa Börjesson. Det var nu bara två veckor kvar till bröllopet och det var mycket att stå i, Inga-Cajsa skulle bland annat ordna med bröllopsklänning. Det tidigare modet att använda sockendräkt hade blivit omodernt, speciellt i städerna så det kom inte på fråga och hon ägde inte heller någon sådan dräkt. Det senaste modet hos finare folk var en brudklänning i vitt, men att köpa en klänning som inte kunde användas vid andra tillfällen var inte aktuellt. Det skulle dessutom vara högfärdigt att använda vitt, rentav skrytsamt. Slöjan skulle däremot vara vit och myrtenkrona skulle hon ha, även detta var en nymodighet hos vanligt folk. Men det som Inga-Cajsa tyckte var finast var ändå att de bestämt att hon skulle hålla i en brudbukett. Detta var en helt ny sed som kom från Frankrike, det vanliga var annars att bruden höll i sin brudnäsduk och en psalmbok.

August hade sedan länge skrivit ett brev till mor Johanna och önskat att hon och Johan skulle komma upp till Göteborg, han skulle hjälpa till med både tågbiljetter och husrum om så behövdes. Hans mor svarade att de skulle komma och att även Anna-Martina skulle följa med, det skulle bli en spännande resa för henne. När det nu bara var tio dagar kvar till bröllopet, fick han ett kort brev från sin mor.

Kära August

Jag måste meddela den tråkiga nyheten att min mor, din mormor Christina är död. Hon somnade stilla in i söndags den 15 juni. Jag måste hjälpa far med begravningen, så jag kan inte komma på ditt bröllop, utan är tvungen att åka till Urshult i stället.

Johan kommer med all säkerhet till ert bröllop.

Hoppas på snart återseende och möjligheten att träffa din fru

Johanna Petersdotter

Karlskrona den 17 juni 1878

Det gjorde ont i hjärtat att hans mor inte skulle komma till bröllopet, men han förstod att hon inte hade någon möjlighet att göra annorlunda. Det var ändå en tröst att hans bror skulle vara med på hans absolut viktigaste dag.

Den stora dagen var kommen och August hade inte kunnat sova, utan gick upp redan vid femtiden på morgonen, det var en underbar dag, solen värmde redan, där han satt på en bänk utanför sitt hyresrum och putsade sina finaste skor för, han viste inte vilken gång i ordningen. Han hade under sin vistelse i Karlskrona, begärt att få låna en finare uniform inför sitt stundande bröllop. Den var nystruken och allt annat var också ordnat, festen var bokad på Henriksberg. Det skulle inte bli så många gäster, det var naturligtvis hela Inga Cajsas familj och hennes två bästa väninnor. Han hade bjudit in sina två kamrater från flottan, som fortfarande låg och sov uppe i rummet. Hans bror skulle komma, men han var orolig, han hade inte hört något från honom och började misstänka att han inte skulle dyka upp. Det fanns förstås en möjlighet att det hänt honom något

257

allvarligt, men han trodde inte det. Kanske han kommit till Göteborg, men hamnat på någon krog där det blivit sent, han sov kanske bara ruset av sig och skulle dyka upp lagom till vigseln.

När August ett par timmar senare stod i kyrkan och lovade sin Inga-Cajsa kärlek i nöd och lust, skänkte han inte en enda liten tanke till sin bror som fortfarande inte dykt upp. Efter vigseln, stod alla gästerna utanför kyrkan i den underbara juni värmen, som mildrades av en skön svalkande bris. August fick på långt håll syn på Johan som kom gående mot dem. Hans kläder var skrynkliga och han gjorde ett allmänt ovårdat intryck. När han kom fram till dem, märktes det tydligt att han inte var nykter, han såg skuldmedveten ut men försökte skärpa sig när han artigt hälsade på sällskapet.

August hade aldrig haft någon djupare relation med sin halvbror, men de hade vuxit upp tillsammans, hade samma bakgrund och förutsättningar. Johan hade varit duktig i skolan, men han hade ingen uthållighet, så fort något gick emot honom så tröttnade han. När Johan blev lite äldre så hade nog spriten påverkat honom mer än någon i familjen inklusive han själv ville tro. Det gick ändå inte att komma ifrån att han kände en lättnad att det inte hänt honom något allvarligt. Trotts att Inga-Cajsa och hennes föräldrar tittade lite snett på Johan, gladde det August att han nu hade sin halvbror med sig på den stora dagen.

Sällskapet tog spårvagnen bort till Henriksberg, där en buffé väntade dem. Det hade kostat på men både August och Inga-Caisa tyckte att det var värt pengarna. Stämningen steg snabbt, och han behövde bara säga till Johan en enda gång att han skulle sköta sig. Han hade tagit till sin militära auktoritet och det verkade fungera.

Inga-Cajsa var otroligt vacker i sin nya klänning, och den vita skira brudslöjan. En tydlig kula syntes på hennes mage, fast hon försökt att dölja den. Prästen hade inte sagt något, men det syntes att han såg och att han tyckte.

Kvällen blev precis så lyckad som de hoppats och den avslutades inte förrän sent. När hela sällskapet stod på hörnet Sprängkullsgatan, Haga-Nygata, helt nära Hagakyrkan, började Inga-Cajsa gå upp mot Vasagatan, men August stod kvar och log. De hade inte pratat om var de skulle tillbringa sin första natt som gifta, och varje gång hon fört det på tal hade han svarat undvikande, till slut var han tvungen att göra hennes far Marcus, till bundsförvant.

Inga-Cajsa stannade när hon märkte att det övriga sällskapet stod kvar, hon vände sig om och såg frågande ut. August förstod att hon snart skulle bli irriterad. Utan att dra ut på det ytterligare, drog han fram en nyckel ur sin ficka, och höll den framför sig i handen, när han gick mot henne.

"Här min älskade, låt oss gå hem till vårt, det ligger helt nära." Inga-Cajsa såg nu ännu mer frågande ut. August kramade henne ömt. "Jag har ordnat en lägenhet till oss, det är ett kort kontrakt, bara ett år, men vi har nu en egen lägenhet på Bergsgatan."

Hela sällskapet brast ut i skratt, när de förstod vilken överraskning Inga-Cajsa just fått. Efter ett hjärtligt avsked traskade de båda nygifta hand i hand in i stadsdelen Haga med riktning mot Bergsgatan. De övriga fortsatte upp mot Landala, förutom flottisterna och Johan som gick ner mot staden där de planerade att fortsätta festen själva.

I syfte att åtgärda den svåra bostadsbristen uppfördes under 1840-1875, hus särskilt avsedda för arbetare. I Haga byggdes först tio små envåningshus i trä, och senare med stöd av Dicksonska stiftelsen byggdes gedigna tegelhus längs Bergsgatan, vid foten av Skansberget.

.

Kapitel 28

August

1879

August satt vid vaggan och tittade på sin dotter, och kunde inte slita sin blick från henne, hon hade hunnit bli fyra månader.

När hon föddes den 20 september förra året, hade han gått med Inga-Cajsa till barnbördshuset som låg i början på Vasagatan, helt nära Hagakyrkan där de gift sig. Hon hade tagits om hand av några barska barnmorskor, och han hade blivit körd på porten med uppmaningen, att han kunde komma tillbaka dagen därpå och hälsa på. Det kändes olustigt att inte kunna göra något, men han hade skyndat sig upp till familjen Börjesson i Landala, där han berättat vad som var på gång. Mor Anna-Britta följde genast med honom ner tillbaka och efter att hon förklarat vem hon var, blev hon insläppt. Han kunde inte göra annat än att gå hem till deras lägenhet och vänta. Det blev en lång väntan, inte för än ett helt dygn senare, kom en trött Anna-Britta och knackade på hans dörr. August hade inte sovit en blund på hela natten, och det hade tydligen inte Anna-Britta heller gjort, hon var blek och hade mörka ringar runt ögonen, men såg glad ut. Det var ett bra tecken. Hon berättade att han nu hade en välskapt dotter. När han senare fick träffa Inga-Cajsa och sin dotter hade han svårt att hålla tårarna borta, men det gick med viss ansträngning. Han höll Inga-Cajsa ömt i handen, och nickade bara när hon sa.

"Jag vill att hon skall heta Ingeborg"

Det hade blivit februari och det var meningen att August skulle upprepa förra årets resa till Karlskrona, men årets vinter var betydligt kallare än förra, så isen var för svår och resan var nu framflyttad till mars. Det var lite att göra på varvet för alla maskindelar var ordentligt emballerade eller nedpackade i stora trälårar, man väntade bara på att isen skulle släppa sitt grepp. Det gick ingen nöd på honom, han hade sin betalning och kunde spendera mycket tid tillsammans med Inga-Cajsa och lilla Ingeborg.

Inte förrän i slutet på mars hade isen gått upp. Fartyget var lastat och klar för att avsegla till Karlskrona. Inga-Cajsa och lilla Ingeborg, sex månader följde honom till kajen vid Lindholmen. August tyckte det kändes tungt att ta farväl av de båda, men Inga-Cajsa såg karsk ut, och det hjälpte en del. Denna gång var det ett ångfartyg som ombesörjde transporten, ett ganska nytt fartyg, med bekväma hytter. August stod vid relingen när fartyget lade ut och han stod kvar tills han inte längre kunde urskönja personerna på kajen. Det var kallt och ruggigt så han gick in till hytten.

Resan blev långt ifrån lika behaglig som förra årets resa. Vädret var betydligt kallare, när de passerade Falsterbo och stävade österut försämrades vädret ytterligare, vågorna gick höga och fartyget låg bara och stampade i den höga sjön utan att komma framåt. De tre kamraterna från flottan som månade om lasten började bli oroliga för att någon låda eller tung maskindel skulle slita sig i lastrummet. Det krängde åt alla håll och surrningarna knakade oroväckande. Det var ett hårt och farofyllt arbete att klänga omkring nere i lastrummet och förstärka surrningarna så gott det gick, fartyget kastades hela tiden fram och tillbaka, så mer än en gång tappade någon av dem fotfästet och föll. De hade efter några timmar gjort vad de kunde, och samlades i hytten för att vila ut. De tog var sin pilsner och började jämföra blåmärken och skrapsår, inget värre än så hade de som tur var ådragit sig. Sent på kvällen hade fartyget lyckats ta sig till Rönne på Bornholm, där det sökt nödhamn. De blev kvar i Rönne under tre hela dagar, innan vädret var så pass bra att resan till Karlskrona kunde fortsätta.

Väl i Karlskrona var proceduren lika som förra gången, möjligen med det undantaget att när August steg in i sin mors lägenhet, så blev återseendet hjärtligare och konversationen vid middagen flöt bättre. August hade mycket att berätta om, främst när det gällde Ingeborg, men Johanna fick även en detaljerad redogörelse för bröllopet och den efterföljande festen. August passade på att be sin mor om hjälp, med att ordna en lägenhet i Karlskrona, det var tvunget att hyran var låg. Johanna lovade att se vad hon kunde göra, och hon var glad över att den nya lilla familjen planerade att flytta hit. Johanna kände att hon saknat sin son och såg fram mot att få träffa och hjälpa till att ta hand om sitt första barnbarn.

Dagar, blev till veckor och sedan månader. Han saknade både Inga-Cajsa och Ingeborg så att det värkte i bröstet, han skrev många och långa brev, och fick lika långa och många svar. De hade det bra i Göteborg, Ingeborg växte för varje dag och de längtade båda, fast hur mycket Ingeborg kunde längta var han lite osäker på. Han arbetade hårt på varvet med att montera och bygga upp maskineriet, denna gång på HMS Skuld. När de var nästan klara hade det blivit maj och våren var kommen, längtan hade blivit om möjligt ännu större. Han var orolig hur hans familj klarade sig ekonomiskt, men han skickade i stort sett alla pengar han hade till Inga-Cajsa. August sov i kökssoffan, fick mat varje dag och slapp betala så honom gick det ingen nöd på. Han var hoppfull när han blev uppkallad till sitt befäl, nu var det nog dags att åka tillbaka till Göteborg för en sista omgång. Ytterligare ett fartyg skulle byggas efter Skuld och det var HMS Edda. När han en stund senare lämnade kontoret, var han skakig i knäna och hade nära till tårarna. Han var beordrad att stanna kvar och arbeta vidare med Skuld, det var några andra maskinister som denna gång skulle till Lindholmen.

En olycka kommer sällan ensam. När han väl hemma hos Johanna öppnade brevet som nyss kommit från Inga-Cajsa kom nästa bekymmer, det korta kontrakt han hade på lägenheten hade inte gått att förlänga, hans fru och dotter skulle den sista juni vara tvungna att flytta ut. Inga-Cajsa verkade ändå inte ta detta så hårt, hon skulle alltid kunna flytta hem till familjen i Landala, och hennes far skulle hjälpa till med flytten, det hade han redan lovat. August kände att det började brådska med att få en lägenhet här i Karlskrona, han bad åter mor göra vad hon kunde.

Av någon anledning som inte gick att förklara, tog August upp sitt fiolspelande, som han inte ägnat sig åt på många år. Det gick ganska fort att få tillbaka den skicklighet han haft i sin ungdom, och det skänkte honom lugn att stå i köket och spela för sig själv. August började tänka på sin far Johannes som han inte mindes. Han funderade på hur livet hade blivit för honom, och hade hans liv blivit annorlunda om han och mor gift sig och levt som en familj.

Brevväxlingen fortsatte. August lovade att de snart skulle ha en lägenhet i Karlskrona, om hon ville flytta hit. Inga-Cajsa berättade att hon nu lämnat deras lägenhet och att hon nu bodde hemma hos sina föräldrar. Själva flytten hade gått bra, men att komma tillbaka hem efter att ha haft något eget, var inte alls lika lätt som hon trodde det skulle vara. Så att flytta till Karlskrona, var en bra idé. Efter sista meningen hade hon skrivit ett, "ha ha," som för att poängtera det lustiga i hennes plötsliga omsvängning i frågan om att lämna Göteborg.

Efter att järnvägen till Karlskrona invigts hade staden fått ett uppsving, varvet gick för högtryck och många andra industrier och verksamheter etablerade sig i staden. Inflyttningen ökade i takt med efterfrågan på arbetskraft. Detta i sin tur medförde att det uppstod en bostadsbrist och priserna för att hyra en lägenhet steg kraftigt. August började känna sig missmodig, och tjatade på Johanna att hon verkligen skulle göra allt hon kunde för att hjälpa honom. Visst kunde han känna sig lite dum att nu som vuxen behöva be mor om hjälp, men nöden hade ingen lag. Att mor skulle kasta ut någon av de nuvarande hyresgästerna på gatan för att hjälpa sin son, var inget som han funderade på, och inget som han heller förväntade sig. De båda hade ett patos över vad som var rätt och fel och en känsla av att enkla människor måste hålla ihop och hjälpa varandra.

Juli månad hade passerat och det var nu fyra månader sedan han lämnat Göteborg och senast sett sin fru och sin dotter. Om man jämförde med de sjömansfamiljer han kände till, var detta ingen lång tid. I kungliga flottan var det sällsynt att vara hemifrån så länge, men inom handelsflottan fanns det de som kunde vara borta över ett år. Det var föga tröst för honom att det fanns andra som hade det värre.

På kvällen hade Johanna samlat sin familj, de åt middag och pratade om allt mellan himmel och jord. Hans halvbror Johan som nu var 20 verkade lugnat sig något med spriten, och pratade om sitt arbete på garnisonssjukhuset, vilket han inte trivdes så bra med. Han ville helst av allt emigrera till Nordamerika som två mostrar och en morbror gjort. Utifrån de brev mor fick så verkade de alla ha det bra i nya landet. Johannas fosterdotter, eller egentligen Sissas och Magnus fosterdotter Anna-Martina som oftare var hos Johanna än hos sina föräldrar hade börjat bli en stor flicka och skulle fylla tolv till hösten. August mindes hur mor fött ett barn när han bara var 11 år gammal, mor hade varit tvungen att lämna bort henne, han förstod då inte varför, men nu kunde han förstå hennes situation lite bättre. Var det som en kompensation för detta som mor hade engagerat sig så i sina vänners dotter, eller var det så att. Han stannade mitt i tanken, han visste att Anna-Martina inte var Sissas riktiga dotter utan att hon var adopterad från barnhemmet. Han var nu snart 23 år och Anna-Martina var snart 12, detta innebar att han måste varit 11 år när hon föddes, samma år som mor födde det barn hon lämnade bort. Var det så att han hade en halvsyster också. Detta skulle han prata med mor om, så fort de blev ensamma.

Dagen därpå infann sig tillfället, det var söndag och August var ledig. Johanna satt vid sin chiffonjé och tittade på den liggare där hon förde in allt om huset, hyresgäster, inbetalda hyror, utgifter och reparationer. Ingen annan var hemma så han gick in i rummet och ställde sig bakom henne och lade sina händer på hennes axlar. Hon vred på huvudet och tittade på honom. Han tog mod till sig och frågade rakt ut om de tankar som dykt upp i hans huvud kvällen innan. Johanna varken rodnade eller slog undan blicken utan nickade bara lätt, och såg lättad ut.

"Säg inget till henne ännu. Jag vill berätta själv när hon blir lite större." Nu var det hans tur att nicka.

Johanna vände sig åter mot liggaren, bladdrade några blad bakåt och pekade. Han böjde sig fram och tittade.

Fastighet Wachtmeistergatan 12, Ägare Johanna Petersdotter

Lgh 84   Bokhållare Emanuel Jönsson

Lgh 85   Kofferdisjöman Mattson

Lgh 86   Skräddare Otto E Svensson

Lgh 87   Bryggare Gustaf Olsson med fru och dotter
          (äldre bror till Anton)

Lgh 93   Fastighetsägarinna Johanna Petersdotter

Lgh 19   Bryggmästarlärling Anton Olsson
          (yngre bror till Gustaf)

Johanna rynkade pannan och såg fundersam ut, "vi får väl nästan hoppas att Otto eller Emanuel går och dör, de är de som är äldst menar jag. Det är klart att Emanuels lägenhet är stor, så jag kan inte hyra ut den till vilket pris som helst, även om du är min son."

Det blev inte mer sagt, men August kände sig på något sätt hoppfull, dels hade han idag fått veta att han hade en halvsyster, dels kändes det på något sätt som det där med lägenhet skulle lösa sig.

Dagen därpå var en måndag vilket innebar arbete och slit nere på varvet, HMS skuld började blir klar för sjösättning. Någon hade nämnt att den skulle äga rum den 4 oktober, det var en passande dag då det var hans födelsedag. När August på eftermiddagen kom hem från arbetet, var det ett fasligt ståhej utanför porten till Wachmeistergatan 12. Det gick folk in och ut, och när han fick se en man i polisuniform komma ut och vandra ner mot stan blev han riktigt orolig. Han skyndade på stegen, men lugnade sig när hans mor plötsligt kom ut från porten, efter henne kom två likbärare som drog på sin vagn, där det helt uppenbart låg en människa övertäck med ett lakan.

Johanna såg sammanbiten ut, men så fort likbärarna kommet en bit ner för backen, såg han hur hon log. När han kom fram fick han en kram.

"Se så, ta hit din fru och mitt barnbarn nu, du har en lägenhet, den är inte gratis skall du veta, men jag kommer inte att skinna dig på något sätt. Lägenheten är liten och ligger i anslutning till butiken, det finns inget riktigt kök, men Inga-Cajsa får låna mitt så mycket hon vill." Johanna var tyst, som för att samla sig. När hon fortsatte var tonen betydligt allvarsammare. "Det var Skräddare Otto Svensson som du såg bäras ut, han dog av slag eller något. Det var jag som fann honom. Hans lägenhet ligger jämte min, så när jag hörde en duns och tappat porslin där inifrån, rusade jag naturligtvis dit, han låg på golvet och var helt död. Jag skickade efter polisen, och resten såg du ju med egna ögon. Han var ingen ungdom, säkert närmare de åttio."

Trotts att hon hade en allvarsam ton, så såg han att hon var mycket nöjd med händelseutvecklingen.

En vecka senare steg han av tåget på centralstationen i Göteborg, Inga-Cajsa mötte honom och de kramades som aldrig tidigare, hennes mor Anna-Britta var också med, hon höll lilla Ingeborg. Det lilla sällskapet gick upp till Landala. Den kvällen flödade känslorna på många håll.

Han hade äntligen fått återse sin kära Inga-Cajsa och sin dotter. Inga-Cajsa skulle dagen efter lämna den stad hon vuxit upp i och även lämna sina föräldrar. Marcus och Anna-Britta skulle mista sin dotter, då hon skulle flytta långt bort. Fast i denna nya tid med järnväg och telegraf så hade avståndet krympt.

Den 26 augusti kom hela den lilla familjen till Karlskrona och flyttade in i lägenhet nummer 86 på Wachtmeistergatan 12.

Den 4 oktober på August födelsedag sjösattes HMS Skuld.

Kapitel 29

Johanna

Vintern 1880

Tåget saktade in och stannade slutligen vid perrongen, Hon svepte schalen om sig, satte på sig mössan och öppnade dörren, kylan slog emot henne. När hon konkat ner sin reskoffert på perrongen, ljöd tågvisslan och ett moln av ånga från loket svepte in henne så att hon inte såg mer än en meter framför sig. Tåget stånkade sakta ut från perrongen och ångmolnet skingrade sig sakta. Mindre än tre meter bort stod hennes far.

Johanna slängde sig i hans famn och kände sig för en kort stund som den lilla flicka hon varit för så länge sedan. Far skulle fylla 67, hon 46, och det hade gått 20 år sedan hon lämnade Urshult med sina två små pojkar. Hon rös till vid tanken på att det var nästan 40 år sedan hon och far åkt med första flyttlasset till Sjöalycke. Johanna mindes tydligt hur full av förväntan och spänning hon varit.

Efter att mor dog för ett och ett halvt år sedan, hade hon känt att hon ville åka hem till far och ta hand om honom, de hade alltid stått varandra så nära, visst bodde hennes bröder Andreas och Gustaf kvar, men Gustaf var klen till hälsan.

De sa inte många ord när de gick bort mot släden, när far slängde upp reskofferten där bak, såg hon att han fortfarande hade mycket kraft i sina armar, de satte sig

270

på kuskbocken och han svepte en stor päls över benen på dem båda, sedan bar det iväg från Emmaboda, hem mot Urshult. Det var en resa på fem mil, som säkert skulle ta tre timmar att tillryggalägga. Vädret var bra, även om det var mycket kallt, solen sken och snön gnistrade, det knarrade under medarna, och hästen hade fått upp en bra fart. Pälsen värmde gott, det var kinder och näsa som det var värst för.

Det hade hunnit bli mörkt innan de äntligen var framme vid stugan. Hennes bror Andreas kom ut så fort de svängde in på gårdsplanen. Hon hade inte sett honom sedan Catharinas begravning. Han hade då varit femton, nu var han trettio, Johanna rös igen. Andreas tog hand om häst och vagn så att hon och far kunde gå direkt in i stugan för att försöka få tillbaka värmen i sina stelfrusna kroppar.

Väl inne i stugan såg hon direkt att det fanns att göra. Mor hade varit sjuk i många år innan hon dog, och ingen av hennes systrar hade bott hemma sedan Mathilda flyttade ner till Karlskrona för elva år sedan. Stugan behövde helt klart en kvinnas hand, fast det fick anstå tills imorgon.

Tiden hemma hos far gick fort, Johanna röjde i stugan och domderade sin lillebror Andreas så att han vid flera tillfällen surnade till ordentligt. Att Johanna kunde lämna Karlskrona under så lång tid, berodde på att hon lejt Inga-Cajsa att se efter Emanuel. Johanna hade ganska snabbt insett att hon och Inga-Cajsa var rätt så lika till sätt och kynne. Emanuel var nu ganska stillsam av sig, han klarade sig ganska bra trots att han inte var så klar i huvudet. Det kunde fortfarande hända att han skrek och domderade för sig själv, när hans hallucinationer var som värst. Inga Cajsa tog gärna emot lite extra pengar och hade inga större problem med att hantera den gamla gubben, dessutom tyckte hon att det var underbart att få ha köket för sig själv.

Efter en vecka tyckte Johanna att stugan började kännas bebolig igen. Vädret var fortfarande bra, solen sken från en klar himmel och det var nästan helt vindstilla, de senaste dagarna hade det blivit lite mildare, så hon beslutade sig för att gå ner till Urshult, handla och leta upp sin gamla vän sy Elin.

Johanna och Elin hade haft sporadiska brevväxlingar under de gångna åren, mest till början, men det hade blivit mer och mer sällan. Hon mindes nu inte vem av dem som skickat det sista brevet, något sa henne att det var hon. Det var säkert fem år sedan, så hon visste inte ens om Elin levde. När hon kom fram till Urshult började hon med att höra sig för. Det var som hon befarat, Elin som hjälpt henne så mycket var inte längre i livet. Det kära återseende hon sett fram mot, ersattes av ett stilla besök på kyrkogården, där hon blev stående en lång stund framför Elins grav och tänkte på allt hon gjort för henne, Johanna hade ibland nästan sett henne som en mor. Varför hade de tappat kontakten, hon grät inte, men kände sig sorgsen.

När hon ändå var nere i Urshult passade hon på att besöka doktorn, för att få veta lite mer om vad hennes bror Gustaf led av och vilken prognos han hade. Doktorn hade varit vänlig och berättat att Gustaf hade tuberkulos, han var allvarligt sjuk och borde läggas in på sjukhus. Hon hade lovat att inom några dagar ta med honom till Karlskrona och där se till att han fick sjukhusvård.

Johanna, far, Andreas och Gustaf satt alla i släden på väg mot Emmaboda, det kändes sorligt. Far och mor hade levt ett helt liv i Urshult, gift sig, bildat familj, och fått inte mindre än 11 barn. Snart skulle det bara vara

Andreas som bodde kvar, och det bara så länge att han kunde sälja gården för att sedan flytta till Nordamerika. De hade alla spridits för vinden och ingen hade tagit över och fört gården vidare, även om Martha och hennes Olof gjort ett tappert försök många år tidigare.

Allt var så förgängligt, Johanna sneglade på sin far som satt jämte henne, han var tyst och hon visste inte om han tänkte i samma banor som hon, men hon tyckte sig se en liten tår i ögonvrån, men det kunde bero på vinden. När släden lämnat stugan, hade hon vänt sig om flera gånger, lika dant var det när de for genom Urshult, var detta sista gången hon skulle få se sin barndoms byggd, far tittade rakt fram hela tiden.

Två dagar senare satt Johanna och Gustaf som var blek, tärd och hostade lätt, jämte varandra inne hos en doktor på Garnisonssjukhuset. Johanna kunde inte låta bli att tänka på hur lite hon kände sin minsta bror, han hade bara varit tre år när hon lämnade hemmet, och till skillnad från Mathilda och Carl-Magnus som hon tagit hand om, var det mor som tagit hand om Gustaf. Doktorn som satt mitt emot dem, förklarade med en myndig men ändå vänlig röst.

"Tuberkelbakterien kan angripa de flesta av kroppens organ, vanligast är lungorna. Vi skall vara försiktiga för helt nya rön tyder på att det är en smittsam sjukdom, och vad jag förstod så hade även er mor tuberkulos." Han tittade med vänliga ögon på de båda, de nickade unisont. "Det är troligt att sjukdomen överförs genom droppar från saliv och hosta, vilka sedan kan komma ned i lungorna, läker sjukdomen inte, kan man under månader eller år utveckla kronisk lungtuberkulos." Han tystnade åter och tittade på dem, han förväntade sig inget svar men ville säkerställa att de förstod. " Symtomen vid lungtuberkulos är till en början måttliga, senare kommer tecken som trötthet, avmagring, nattsvett samt hosta, vilken kan vara varig eller blodtillblandad" Och tyvärr måste jag meddela. Doktorn vände sig till Gustaf. "Ni har en ganska långt gången kronisk lungtuberkulos."

Johanna försökte se hur Gustaf tog beskedet, han verkade förvånansvärt oberörd. När han såg hur hon tittade på honom sade han med tyst och svag röst.

"Du skall inte vara orolig och bekymra dig, jag vet vad som väntar och är inte rädd, till skillnad från far så tror jag att det finns en bättre plats som vi kommer till efter döden"

Johanna ryste till, trots värmen från kaminen som står jämte henne, det är inte bara orden, utan det lugn och självklara sätt han säger dem på, är det så det kanske känns när man vet att det är nära. Johanna kommer inte på något svar utan kramar bara hårt hans hand. Strax efter kommer ett sjukbiträde och tar med honom till den speciella delen av sjukhuset där de vårdar tuberkulos patienter. Precis när han lämnar rummet vänder han sig om och ser på henne med en lugn och lycklig blick.

Johanna tar doktorn i hand och lämnar sjukhuset. Hon går sakta genom staden på väg hem, det är många tankar som snurrar i hennes huvud. Vad skall hon säga till far, han vet förstås hur det är fatt, men på något sätt skulle hon vilja förmedla samma känsla som Gustaf nyss förmedlade till henne, en känsla av lugn.

Johanna och hennes far fortsatte regelbundet besöka Gustaf, och varje gång visade han upp samma lugn och samma tillförsikt med sitt grymma öde.

Kapitel 30

Johanna

Våren 1880

Uppe på Wachtmeistergatan satt Inga-Cajsa och Johanna
i köket och pratade medan Ingeborg lekte på golvet.
Johanna sneglade på sin svärdotter. Hon känner sig glad
att hennes August dragits till denna typ av kvinna, hon
är ung, men helt klart finns både kraft och beslutsamhet
i henne, ingen liten fjant. Hur kan det komma sig att
kvinnor har så lite att säga till om i samhället, när det
finns så många starka duktiga och drivande kvinnor.
Johanna skäms, alla de gånger hon och Inga-Cajsa
kommit att prata om hennes liv, så har hon utelämnat
den viktigaste detaljen. Visst har hon berättat om
vänskapen mellan henne, Sissa, och Elin, men hon har
inte förmått sig att berätta hela sanningen om Elin.

De är fortfarande kvar i köket när de hör hur någon
klampar in i lägenheten intill. Det måste vara August, för
han går vidare när han funnit den tom och sekunden
senare står han i Johannas kök. Han ler och är
sprudlande glad.

"Jag har blivit befordrad, och är nu
underofficerskorpral." Både Johanna och Inga-Cajsa
lade upp en frågande min, även om de såg ut att
glädjas med honom. Han kände sig tvungen att
förklara. "Jag har fram till nu varit menig och inte
någon maskinist, men nu kan jag kalla mig maskinist

och dessutom underofficerare, jag får lite bättre betalt och får det också lite bättre ombord. Jag kan om jag är flitig och duktig stiga i graderna till Underofficer av 2: a graden och sedan även Flaggunderofficer." Han slängde en tidning på köksbordet och pekade på en liten notis, de båda kvinnorna lutade sig fram och läste.

Kunglig Majestät har i extra ordenskapitel den 24 d:s behagat utnämna Frans August Pettersson till svärdsman, maskinistunderofficerskorpral vid flottan.

26 april anno 1880

Inga-Cajsa reste sig upp och kramade sin man hårt. De stod tätt ihop, och han försökte med sin kropp känna om det fanns en liten bula på hennes mage, han kände inget, men vet att hon är i fjärde månaden.

Inga-Cajsa sätter sig igen, innan hon frågar. "Vad är svärdsman, det låter krigiskt på något sätt." Han ler mot henne. "När man tilldelas något som kallas för svärdstecknet kallas man för svärdsman, det är en utmärkelse till underofficerare som på något sätt gjort något extra. Det är tydligen så att jag lärt mig ett och annat om ångmaskiner och ångpannor uppe på Lindholmen, och det har varit till stor hjälp när vi färdigställde HMS Skuld. Jag har både blivit befordrad och fått en utmärkelse. Det var i förrgår, men jag höll tyst tills det stod i tidningen."

Måndagen veckan efter, blev en omtumlande dag för Johanna. Hon försökte hålla tillbaka tårarna för hans skull, men till slut så lyckades det inte, utan de rann i floder nerför hennes kinder. När konduktören blåste i visselpipan var Johan tvungen att dra loss sin hand från hennes, för att inte missa tåget. Det var bara de två på stationen, August och de andra hade tagit förväll av honom kvällen innan, då de alla samlats hemma hos Johanna.

Johanna tyckte att hennes Johan var allt för ung för att helt själv göra den långa resan ända till Nordamerika och Chicago. Visst hade det med åren blivit så mycket enklare. Tåg till Göteborg och sedan stora moderna ångfartyg ända till New York. Hon var medveten om att han var ett år äldre än Mathilda varit när hon helt ensam gav sig iväg. Johanna visste att han väl där borta skulle träffa sina mostrar och sin morbror, så han hade det säkert mycket bättre förspänt än många andra som gav sig av.

Efter att tåget rullat ut från stationen, stod Johanna kvar och såg det rulla bort efter spåren och slutligen försvinna bakom en krök. Hon vände sig om och gick med långsamma steg ut från stationshuset. Johanna gjorde sig ingen brådska hem, utan passade på att gå in på ett kafé. När hon satt där och funderade på livet, kom en välklädd kvinna in genom dörren, hon hade en lite flicka i åtta års åldern med sig. Johanna tittade förstrött på paret. Kvinnan tittade sig runt om i lokalen i jakt på ett ledigt bord åt sig och flickan. När hon vände sig åt det håll där hon satt började Johannas hjärta bulta helt ohejdat, det var Elin.

Deras blickar möttes, och det var tydligt att de båda känt igen den andre. Det fanns inget anständigt sätt att undvika åtminstone en kortare artighetskonversation. Elin hade helt säkert känt lika dant för hon styrde stegen mot hennes bord. Johanna reste sig upp och sträckte fram sin hand för att hälsa artigt, hon ville helst av allt slänga sig runt halsen på Elin och kyssa henne djupt och innerligt. Vad Elin kände och tänkte avslöjade hon inte, men hennes ögon var sorgsnare än Johanna kunde minnas att de någonsin varit, kanske undantaget dagen då de gjorde slut.

Det blev ett ganska kort och krystat samtal dem emellan, innan Johanna urskuldade sig med en vit lögn och lämnade kafét. När hon gick hemåt värkte hjärtat, det var fyllt av sorg både för sin son som nu var på väg till Nordamerika och att hjärtesorgen efter Elin rivits upp.

Dag lades till dag och sensommaren blev till höst. Inga-Cajsa var nu väldigt rund om magen, men Johanna hade svårt att känna den sanna farmorsglädjen, trots att både Inga-Cajsa och August var sprudlande glada nästan varje dag. Det var nästa som om deras glädje gjorde hennes vemod svårare. Framåt slutet på september började hon planera en middag ihop med Anna-Martinas trettonde födelsedag. Middagen blev inte riktigt som de tänkt, för mellan förrätten och varmrätten gick vattnet för Inga-Cajsa, och det bar iväg till barnbördshuset. Sent på kvällen hade hon fött sitt andra barn, en liten pojke som skulle döpas till Frans Arvid.

Kapitel 31

Johanna

1881

Brevet var ingen munter läsning. Johanna och hennes far satt ensamma i köket, och som så många gånger förut var det hon som läste högt. Peter hade alltid haft svårt för att läsa och nu var han dessutom lite skumögd, och hade svårt att se de små bokstäverna.

Kära far och syster

Nu har jag till slut lyckats sälja vårt torp med mark, kreatur och allt, det blev inte så mycket pengar över när banken fått sitt. Jag blev tvungen att låna lite för att kunna köpa mig en biljett till Nordamerika, men jag lovar att betala tillbaka till far, när jag kommit över och fått mig ett bra arbete. Jag skickar ändå 500 riksdaler till dig far, så att du kan unna dig lite. Jag hade hoppats på att åka ner till er i Karlskrona och ta farväl, men det hinns tyvärr inte med. Jag reser redan om två dagar, med tåg till Göteborg och sedan vidare med båt. Jag har skickat ned en koffert med personliga saker och lite minnen som jag inte lät gå med i köpet, den kommer nog inom kort.

Jag önskar er allt väl och skriver igen, men då från USA.

Din son Andreas

När Johanna lade brevet ifrån sig tittade hon på sin far, han hade verkligen åldrats, han sa inget men såg sorgsen ut, om det var för Andreas eller om det var för Urshultsbygden som nu inte längre var hemma, kunde hon inte gissa sig till.

Dagen efter begav de båda sig till prästen. När det nu inte fanns något kvar uppe i Småland så var hon tvungen att se till att Peter blev skriven i Karlskrona. Prästen skrev med sirlig text.

Änkling Peter Nilsson född 25 mars 1813, Inneboende hos dotter Johanna Petersdotter den 15 juni 1881

När de efter besöket hos prästen gick upp för backen mot Wachtmeistergatan 12, såg de en liten pojke komma ut ur porten, han var svettig och såg lite villrådig ut. Han var runt sju och skulle säkert börja skolan efter sommaren. Han tittade på dem och när de kom nära, gick han fram, bugade artigt med mössan i hand

Med en stadig orädd röst sa han. "Ursäkta min dam." han hade vänt sig mot henne. "Är det ni som är Johanna." När hon nickade fortsatte han. "Ni har en bror som är på tuberkulossjukhuset, eller." Hon nickade igen. "Jag springer med bud, och de vill att ni kommer dit så fort som möjligt." Han sträckte över den papperslapp han hållit i handen, lappen var skrynklig och fuktig av handsvett. Pojken stod kvar en stund, men när han insåg att det inte skulle bli något betalt, vände han om och sprang snabbt iväg.

Både hon och Peter förstod vad det handlade om, och trots att far denna dag redan gått längre än han brukade, så uppbådade han nya krafter. När det båda med raska steg vände och gick mot garnisonssjukhuset, behövde Johanna inte anpassa sina steg efter sin far, utan hon var nu nästan tvungen att små springa för att hålla sig jämsides.

När de med svetten rinnande kom fram, möttes de av Maja-Lisa och Nils. Nils som nu arbetat på sjukhuset i över trettio år, gick före mot den avsides liggande byggnad där de tuberkulossjuka vårdades. De hade alla varit och hälsat på Gustaf flera gånger under det dryga år han vårdats och kände vägen väl.

Johanna fick åter den där underliga känslan när hon stod jämte sjuksängen och såg ner på sin lillebror, vem var han egentligen och hur kunde han se så lugn och samlad ut. Ögonen var stängda men det ryckte lätt i ögonlocken, det rosslade otrevligt för varje andetag han tog, men det fanns ändå ett lugn och en frid över hans bleka ihopsjunkna ansikte. Var det så att han hade en så stark gudstro att döden inte skrämde honom. Hade Johanna haft fel som nästan hela sitt liv tagit avstånd från gud. Peter smekte Gustaf över hans panna med sin grova hand, en tafatt smekning som ändå innehöll så mycket kärlek och smärta. Johanna rös när hon insåg hur det skulle vara att stå jämte sitt eget barn, sitt kött och blod och se döden komma. Hon hoppades verkligen att far också såg Gustafs lugna och till och med rofyllda anletsdrag.

En timma senare slutade plötsligt det rosslande ljudet och det blev tyst. Det var konstigt, men det som för en minut sedan varit en mycket sjuk ung man, var nu bara en död kropp, det var som om Gustaf på något sätt inte längre låg där. Det kändes bra. Peter, Johanna och Maja-Lisa kysste hans panna en sista gång innan de lämnade sjuksalen. Ingen fällde några tårar, de hade alla en fridfull känsla, när det kom ut i den ljumna sommarkvällen. Gustaf var borta, han hade blivit 24 år.

Kapitel 32

Johanna

1882

Det var första gången på många år som det var så många som samlats hemma hos Johanna. Stämningen var munter och det saknades varken mat eller dryck. I salongen satt hennes systrar Martha, Maja-Lisa, Helena, alla med sina män och hennes bror Carl-Magnus som fortfarande var ogift trotts sina 30. Det var fem syskon kvar här hemma, fyra bodde i Nordamerika och två var döda.

Anna-Martina hjälpte till med att bära in pilsner, vin och mat och bära ut tomma fat och flaskor, när Johanna tittade på sin dotter som nu var kvinna, kände hon både stolthet och sorg, denna dotter som hon burit i sin mage, men som var fosterbarn till hennes väninna och bara gick i huset för att Johanna tog hand om henne. Det var den bild som de flesta oinvigda hade, men förra året hade Johanna berättat hela historien för henne, om hur hon föddes, hamnade på barnhem och sedan adopterades av Sissa och Magnus, som också fostrat henne även om hon under alla år varit mesta tiden med Johanna. Hon hade tagit det hela med fattning och inte ställt så många frågor.

Anna-Martina var vacker och den nya svarta klänningen satt perfekt på hennes unga kropp. När Johanna sydde upp klänningen hade hon tänkt att den skulle passa utmärkt på den kommande konfirmationen efter sommaren, men Anna-Martina hade sagt att det planerades att alla flickor skulle ha vita klänningar. Nu för tiden ansågs det nämligen att svart inte var en lämplig färg för unga flickor. I de större städerna förutom Göteborg tydligen, var det vanligast att det skulle vara vitt till konfirmationen. Problemet var att alla flickor måste skaffa sig två klänningar då det helt självklart skulle vara svart på nattvarden. Detta var inget stort bekymmer för Johanna som hade tillräckligt med pengar för att köpa tyg och var mer än tillräckligt händig i att sy upp en klänning. Hon hade samtidigt som hon sytt upp Anna Martinas klänning sytt en ny svart klänning till sig själv

Stämningen steg och det hördes skratt inifrån salongen, det var svårt att föreställa sig att hela sällskapet bara några timmar tidigare varit i kyrkan och snyftande bevittnat begravnings-andakten för deras far Peter.

Peter hade kommit över Gustafs död bra, han hade börjat göra sig hemmastadd i Karlskrona och fått några egna vänner som han umgicks med. Strax efter julen förra året hade han blivit sjuk, han hade börjat hosta illa och de var tvungna att tillkalla doktorn. Det trodde alla att han fått tuberkulos, smittad av Gustaf men doktorn var säker på sin sak, detta var vattensot och då bröstvattensot. Detta orsakades antingen av undernäring eller på grund av njursjukdom eller långvariga diarréer. Den enda orsak som passade in på Peter var njurarna. Doktorn hade urskuldat sig och sagt att det då inte fanns något man kunde göra, man kunde hoppas på bättring, men hoppet var inte stort.

Peter hade blivit sämre för varje vecka och Johanna vårdade honom ömt, och Maja-Lisa hälsade på nästan varje dag. Johanna tyckte det var sorgligt att se den

människa som betytt mest för henne i hela livet ligga där
i sängen och sakta tyna bort. Söndagen den 12 mars
somnade han in för gått 69 år gammal.

1883

Snön piskade mot dem där de pulsade fram. August
stödde henne genom att hålla armen runt hennes axlar,
hon vaggade fram och de förflyttade sig bara långsamt
framåt. Det var tidigt på eftermiddagen, men det kraftiga
snöfallet och det faktum att det var mitten av februari
gjorde att det var skumt. De gick nära varvsmuren då
den ändå gav ett visst mått av skydd mot vinden och de
piskande snöflingorna. De hade inte långt kvar när Inga-
Cajsa skrek till och stannade. August ställde sig lugnt
framför henne och kramade henne. Syftet var dels att ge
henne skydd mot snön dels för att ge henne värme och
ömhet. Efter en liten stund gick de vidare.

När August och Inga-Cajsa slutligen klev in genom
dörren på barnbördshuset var de rejält nedkylda. En
barnmorska tog hand om Inga-Cajsa, medan August blev
lämnad. Detta var en plats där män behandlades som
luft, det var fullt naturligt att kvinnor var i fokus, men de
kunde väl ändå sett åt honom och kanske hälsat. August
satte sig på en bänk precis jämte dörren, det drog kallt,
och snön hade till och med hittat in genom några otäta
springor. Han var tvungen att värma sig en stund innan
han gick hem. August funderade på om han kanske
skulle stanna kvar. Det skulle väl inte få tag på några
småpojkar som kunde skickas som bud, när det hela var
över. Slutligen bestämde han sig för att gå hem. Han fick
väl finna sig i att pulsa hemåt och bege sig tillbaka dagen
efter.

På morgonen var det bättre väder, det var strålande sol
från en klar himmel, snöfallet var helt borta och vinden
blåste bara lätt. Däremot hade temperaturen fallit
kraftigt så det var nu åtskilliga minusgrader. När han
gick samma väg som dagen innan tog det inte mer än 20
minuter, det ångade av hans andedräkt och han gick
med raska steg. Det hade inte blivit mycket sömn under
natten, han tänkte hela tiden på hur Inga-Cajsa hade
det, och hur det gick med barnet, skulle det bli en pojk,
eller flicka.

Några timmar senare gick han åter samma väg, fast nu
på väg hemåt och med lätta steg och lättat hjärta. Han
hade tidigt på morgonen bliv far för tredje gången, det
hade blivit en liten välskapt pojke som de skulle döpa till
Otto Wilhelm, men han skulle säkert bara kallas för Otto.
Det var den 16 februari.

För Johanna var det fullt upp. Våren och försommaren
rusade förbi, det fanns tre barnbarn att hjälpa till med,
och gamle Emanuel som nu var 81 behövde ofta tillsyn.
Han var långt ifrån klar i huvudet så Johanna hade med
hjälp av en rådman upprättat ett avtal, där hon månatligt
från hans sparade pengar, kunde plocka ut tillräckligt för
att täcka sin lön samt mat och omkostnader för
Emanuel. Johanna hade pysslat om gubben i mer än 23
år, mycket hade hänt, inte minst Anna-Martina, men nu
tyckte hon mest synd om det som en gång varit en aktiv
och social, fast lite egen man. Nu låg han till sängs, eller
satt i en sliten fåtölj i sitt finrum, darrande och
dreglande. Det gick inte att föra någon form av samtal
med honom längre, men hon visste oftast vad han ville.
Ibland undrade hon om inte det skulle vara bäst för dem
båda, att hans liv ändades. Men han var seg och hade
inga fysiska sjukdomar över huvud taget.

Ganska ofta for en tanke genom Johannas huvud, kunde det vara den mjöldryga hon fått i honom som var orsaken till hans sinnessvaghet. Detta lede henne vidare till följdtanken att ge honom en rejäl dos, så att han slapp sitta där helt ensam med sina virriga tankar. Det stannade vid en tanke, det kändes fel, och hon varken vågade eller ville ända hans liv.

Det var i slutet på juli och Johanna och Inga-Cajsa satt som vanligt vid köksbordet inne hos Johanna. Det knackade på dörren, Inga-Cajsa öppnade och det stod ett telegrambud utanför. Efter att han fått klart för sig, att det var hon som var Inga-Cajsa, räckte han över telegrammet, tackade för sig och gick. Fortfarande stående vid dörren och med viss nervositet, vek hon upp pappret och läste högt.

Kära Inga-Cajsa
Henrik avlidit i olycka
Begravning den första juli

Far

Hon tystnade och såg på Johanna. "Du får åka upp till Göteborg, jag tar han om barnen, kanske bäst att du tar med dig minstingen, så att du kan amma. Jag ordnar tågbiljett redan i morgon." Inga Cajsa nickade tankspritt.

Vad hade hänt Henrik, han var inte ens tjugo år. Inga-Cajsas tankar gick till föräldrarna, de hade nu mist två barn i olycka. Det knöt sig i hennes hjärta när hon försökte föreställa sig hur hon skulle hantera om någon av hennes barn omkom i en olycka, tanken var för svår så hon försökte genast mota bort den.

August och lilla Otto följde med henne till Göteborg, begravningen var sorlig, men resan gav utrymme för

Inga-Cajsa att träffa sina gamla vänner och visa upp sitt tredje barn.

Henrik hade mycket tragiskt, fastnat i en maskin på väveriet där han arbetade, ingen hade av omtanke, gått närmare in på några detaljer. Tanken om att ett barn skulle dö ifrån henne, ville inte släppa taget.

Kapitel 33

Johanna

1884

Knackandet på dörren fick hennes hjärta att slå fortare. Först förstod Johanna inte, men sedan kom hon på att det inte var att det knackade, utan hur det knackade, som fått henne att reagera så kraftigt. Hon kände såväl igen de säregna lätta lite melodiösa knackningarna. Men det fanns ingen möjlighet att Elin skulle stå utan för hennes dörr och knacka på samma vis som hon alltid gjort förr, eller. Det hade gått femton år sedan den dagen då Elin sagt att det var slut. Johanna mindes fortfarande orden hon sagt. "Jag har träffat en annan, och vi skall gifta oss. Jag ville inte att det skulle sluta så här. Jag har träffat en man som jag tycker mycket om, och allt blir så mycket enklare, jag kanske till och med kan bli med barn." Hon hörde alla orden inom sig, som så många gånger förut. Det hade varit ett avsked, men ändå en antydan att de skulle kunna levt ihop för evigt, om de bara varit av olika kön.

Knackningarna på dörren upprepades igen, denna gång lite hårdare men med samma rytm. Det kunde inte vara någon annan en Elin. Johanna gick på darrande ben fram till dörren och öppnade den.

Det var Elin som stod där, hon såg hemsk ut, hennes ögon var rödgråtna. Vid hennes sida stod en liten flicka, uppskattningsvis i tio årsåldern. Johanna hade blivit helt

mållös och stod bara där och tittade, inte förrän Elin fick
till ett litet leende kom hon till sans och bjöd dem komma
in i köket.

Det var svårt att få igång en konversation, ingen av dem
verkade veta hur de skulle börja, hon erbjöd dem lite mat
som de båda artigt takade ja till. Johanna dukade snabbt
fram lite kalla rester på bordet, och även en flaska
brännvin och två snapsglas. Innehållet i flaskan löste
deras tunghäfta. Elin började berätta om sitt liv sedan
den dagen de gick skilda vägar. Johanna förstod att hon
ville berätta, så utan att avbryta en enda gång satt hon
bara där och lyssnade.

"Du minns den dagen då jag gjorde slut." Johanna
bara nickade. "Jag hade någon månad tidigare träffat
en man som hette Carl-Axel, Carl-Axel Hammarlund
men han kallades oftast bara för CA. Han bodde nära
mig på Chapmansgatan och var konstapel. Jag ville så
gärna ha ett vanligt liv och få barn, det var därför, jag
har alltid varit kär i dig." Elin tystnade, vände ner
blicken och en tår föll ner på bordet.

Johanna passade på att hälla upp var sin snaps, hon
tittade på den lilla flickan som bara satt helt stilla och
tittade på sin mor.

Medan Elin torkade sina tårar passade Johanna på att
prata med flickan. "Och vad heter du min vän."
Flickan tittade upp, såg med sorgsna ögon på henne,
men svarade med klar röst. "Jag heter Johanna,
samma som du heter eller." "Ja jag heter också
Johanna, vilket fint namn vi har."

När hon åter vände blicken mot Elin log hon blygt.

"Ja, när jag såg att jag fått en dotter, då var det självklart för mig att hon skulle heta Johanna och det är naturligtvis efter dig."

Nu var det Johannas tur att bli så rörd att det kom en tår i ögonvrån.

Elin hade torkat sina tårar, smuttat på snapsen och fortsatte sin berättelse. "Det började bra, vi var kära, gifte oss och flyttade till en större lägenhet nere på Ronnebygatan där vi fortfarande bor. Jag blev med barn efter något år och födde min Johanna, men sen blev det inga fler, jag vet inte riktigt varför. CA tröttnade nog ganska fort på oss, för jag vet att han hade andra, han var inte snäll heller, både jag och Johanna har fått känna av hans upptuktningar, men nu har han gått för långt."

Johanna tyckte att det kändes lite obekvämt att sitta och prata så öppet, när ett barn satt med och lyssnade, men det verkade inte bekomma Elin så hon släppte det. Bara Elin nu inte skulle berätta ytterligare hemskheter, men det skulle hon.

"Han gav oss ofta stryk, jag har fått både aga som ett litet barn och slag både i ansiktet och på kroppen, jag skulle inte vilja visa mig naken för dig igen."

Johanna kunde inte hålla sig. "Är det verkligen lämpligt att vi pratar så här när lilla Johanna lyssnar." Elin skrattade, "hon vet allt. Hon är bara tolv år, men en förståndig flicka och jag har inte haft någon annan att prata med. så hon är min förtrogna." Hon vände sig mot flickan och kramade henne ömt, Lill Johanna såg glad ut över sin mors ömhetsbetygelser.

Det uppstod en lång tystnad, Johanna kände att det var hennes tur att berätta sin historia om de senaste femton åren. Visst hade det hänt mycket i hennes liv, men först nu när hon tänkte efter så insåg hon hur tomt hennes liv egentligen varit. Hon hade köpt fastigheten av Emanuel, Anna-Martina hade blivit fosterdotter till Magnus och Sissa men bott hos henne, fyra av hennes syskon och hennes son Johan hade emigrerat, sonen August hade gift sig och hade nu tre barn, både hennes mor och far var döda. Men vad hade hänt i hennes inre liv under alla dessa år.

Det skymde utanför, så de var tvungna att tända ljus. Johanna urskuldade sig med att hon var tvungen att titta till Emanuel, men propsade på att de skulle stanna, Elin nickade trött.

När hon kom tillbaka sov Lill Johanna på kökssoffan, Elin hade hittat både en kudde och pläd för att bädda åt henne. De flyttade in i salongen, Johanna hade tagit med sig en flaska rhenvin uppe från Emanuel som de nu delade på.

Av Elins fortsatta berättelse förstod Johanna att CA nu gett sig på Lill Johanna, på ett sätt som var helt vidrigt, Elin trodde inte att han legat med henne, men han hade tafsat och pillat på ett högst oanständigt sätt, detta varvat med omfattande aga vid minsta förseelse. Elin hade nu fått nog och skulle se till att skilja sig. Det skulle kanske inte bli så lätt att få domstolen att tro på henne istället för en konstapel, men det måste bara lyckas. Johanna lovade att de båda kunde bo här hur länge de ville, och nämnde att hon visste en som kanske skulle kunna hjälpa till. Hennes tankar gick direkt till Sofia Wilkens på dövskolan där Mathilda arbetat, hon visste inte om hon var kvar eller levde, hon borde vara nära de sjuttio, men hon skulle säkert kunna hjälpa Elin.

291

Den natten sov Elin över hos Johanna för första gången på femton år. De sov i samma säng men hade inte rört vid varandra, mer än när de tog varandra i hand i dörren når hon kom. Johanna hoppades att det skulle bli som förut, men något sa henne att det säkert bara var hennes önskedrömmar. Elin hade det svårt och hon skulle stödja henne så mycket hon kunde. Johanna kände sig mer levande än på många år.

När Johanna och Elin satt i salongen hos Sofia Wilkens, lade Elin sin hand över Johannas och log mot henne. Sofia hade slutat som föreståndare på dövskolan, så de båda kvinnorna fick ta till allt sitt mod, när de en timma tidigare knackade på hemma hos Sofia i den fashionabla villan. En hushållerska hade öppnat dörren, men blivit lite avvisande när det visade sig att de inte hade ett inbokat möte, Johanna lyckades övertala henne att åtminstone fråga sin husmor om hon hade tid för ett mycket kort möte. Just då kom Sofia ner från övervåningen, hon gick fram till dem. Johanna hade inte räknat med att Sofia skulle minnas henne, men det gjorde hon. Hon log och kramade om Johanna som om de vore bästa vänner. Det syntes att åren gått och att Sofia nu var en äldre kvinna, de blev inbjudna till salongen, Sofia ursäktade sig och lämnade dem ensamma, där satt de nu och höll varandra i handen och tittade nervöst sig om i det vackra rummet.

Efter ungefär en kvart kom Sofia tillbaka och hon åtföljdes av hushållerskan som nu bar en bricka med kaffe och kakor som hon ställde ner på bordet framför dem, hon ordnade kopparna och hällde upp. Sofia satte sig mitt emot och log mot dem.

När de en timma senare lämnade huset var de sprudlande glada. Sofia hade rekommenderat en advokat och lovat att hjälpa till så mycket hon orkade. Elin hade först blivit orolig för kostnaden, men både Sofia och Johanna hade lovat att ordna den saken. Johanna hade tänkt att hon alltid kunde belåna fastigheten lite, det skulle bli lite mindre arv den dagen hon dog, men det låg förhoppningsvis långt bort, hon kände sig fullt frisk och skulle fylla femtio om en månad, vilken present det var att Elin var tillbaka om än lite stukad och i behov av stöd.

Rättegången hade gått bra, CA hade tydligen inte varit speciellt omtyckt inom poliskåren, så försvaret hittade ingen som ville vittna om hans redlighet och duglighet. Sofia hade sett till att den läkare som inspekterat både Elin och Lill Johanna vittnade. Sofia hade lyckats hitta en läkare som var duktig på att teatraliskt kunna beskriva för domaren vad de båda kvinnorna fått utstå, han hade till och med överdrivet något för att som han sa efteråt, det lät bättre.

Det slutade med att domaren, godkände skilsmässan och att kontraktet för lägenheten skulle överföras till Elin Niklasson. Konstapel CA lämnade rätten som en stukad man. Johanna och Elin var oroliga för att han skulle hämnas på något sätt, men bara veckor efter domen, fick de vetat att han emigrerat till Nordamerika.

Kalaset blev något att minnas, Johanna hade inte sparat på något. Hon ville fira sin femtioårsdag, fira att hon fått Elin tillbaka, delvis i alla fall. Hon hade bjudit alla sina gamla vänner, släktingar och till och med Sofia Wilkens, som gladeligen tackat ja. Johanna hade utan att fråga förlagt kalaset till Emanuels lägenhet, han var naturligtvis med på kalaset, även om han troligen inte förstod vad det var som firades hemma hos honom.

Sofia berättade inlevelsefullt för alla som ville lyssna. "Jag hjälper döva och mindre bemedlade barn att bli nyttiga samhällsmedborgare. Efter konfirmationen försöker jag ordna en anställning åt dem. Pojkarna får ofta anställning inom hantverk och som skeppsgossar i kronans tjänst. Flickorna har svårare att få anställning, så jag har grundat ett väveri, Skyddshem för abnorma flickor, en verksamhet som har stor framgång."

Det faktum att ogifta kvinnor nyligen fått samma myndighetsålder som männen, 21 år var också ett samtalsämne som passade både Sofia och Johanna bra. Tyvärr var det fortfarande så att gifta kvinnor förblev omyndiga.

Sent på kvällen när alla gäster gått hem gick Johanna och Elin över till hennes lägenhet. Lill Johanna låg redan och sov i kökssoffan, så de båda kvinnorna smög in i salongen och stängde dörren efter sig. De var båda onyktra och fnissiga, de stod där mitt emot varandra och kände sig tafatta. Johanna gick bort till ett vitrinskåp och tog fram en liten ask. Hon sträckte fram den till Elin som med förvåning i blicken tog emot den.

"Jag vill ge dig en liten present, bara för att du finns"

Elin öppnade den lilla asken och däri låg en ring i silver med en lila sten. De kysste varandra för första gången sedan tillfället på gatan då Elin gjorde slut.

1885

Johanna hade fått tillbaka glädjen, Elin var som förr, fast kanske lite skörare och det hade hittat tillbaka till varandra. I samband med julbestyren förra året hade de varit ensamma i köket och på samma ställe, nästan vid samma tid fast 19 år efter första gången hade de älskat med varandra igen. Det hade båda varit väldigt nervösa, men det hade följts av flera tillfällen, alla lika ljuvliga

Anna-Martina hade blivit 18 år och var nu en vuxen kvinna, hon arbetade som piga åt en borgarfamilj i stan. Johanna såg hur hon ofta träffade bryggare Anton Olsson som bodde i en av hennes lägenheter, det gladde henne även om oron för en oönskad graviditet alltid fanns.

Den 23 maj födde Inga-Cajsa sitt och August femte barn, en liten pojke som de döpte till Martin Hendrik, Hendrik var efter hennes bror som så tragiskt omkommit.

Livet gick vidare, och utveckling tog sina steg framåt, ångmaskiner fanns nu på många industrier och detta år revs stadens sista väderkvarn. Den stod på Kvarnberget, i korsningen Fregattgatan, Krister-Hornsgatan på Björkholmen.

Man påbörjade också sprängningen för järnvägstunneln under Stortorget och Klockstapelsberget. Järnvägen skulle nu ledas genom tunneln ända ner till Örlogsvarvet.

1886

De var en familj igen, runt bordet satt Johanna, Elin, Anna-Martina, Maja-Lisa och Nils samt August och Inga-Cajsa. Även Maja-Lisas båda pojkar Carl-Axel och Gustaf samt förstås Lill Johanna satt med. Det var bara August och Inga-Cajsas fyra barn som var för små och fick hålla till i köket under uppsyn av storasyster Ingeborg, en liten fröken på 8 år.

Orsaken till släktträffen var att August fyllde 30 år, hans halvsyster Anna-Martina hade blivit 19 år bara tre dagar tidigare och hon tillhörde nu familjen mer legitimt. Johannas relation med Sissa och Magnus hade sakta glidit isär och hon tyckte att det vore på tiden att få hand om sin egen dotter. Det hade inte gått så lätt, även om hon var nitton och skulle bli myndig om två år, så tycktes inte Johanna som hemmansägare som lämplig, hon var ogift och det fanns ingen man som kunde borga för försörjning och stadga i familjen. Det fick därför bli den näst bästa lösningen, nämligen att August och Inga-Cajsa adopterade henne, det var ren formalia och August tyckte det kändes konstigt att ha vårdnaden om sin halvsyster. Detta faktum bekom inte nämnvärt Anna-Martina. Hon var uppfostrad av Johanna så hon var inte den som någon hade vårdanden över.

Kapitel 34

Johanna

Torsdagen den 28 juli 1887

Det var en sydeuropeisk värme som spreds över staden med de kraftiga sydliga vindarna. Inne på gården på Wachmeistergatan, satt Johanna på en stol, med en kopp kaffe i handen, och vilade efter lunchen. Framför henne på marken satt två av hennes barnbarn, Otto och Martin och lekte. Inga-Cajsa var inne i lägenheten och pysslade troligen med lilla Anna som bara var en och en halv månad. För övrigt var det tomt och tyst på gården. De flesta lägenheterna var tomma, då många var på sitt arbete. Emanuel som för det mesta låg i sin säng, var säkert där nu också. Det var inte mycket med honom nu för tiden, med vad skulle man förvänta sig när man uppnått den aktningsvärda åldern av 85 år. Hon väntade på att hennes syster Maja-Lisa skulle dyka upp, de hade bestämt att de skulle träffas, just idag. De båda syskonen hade inte livet bakom sig, men de hade båda nu kommit i den åldern, att det inte fanns några små barn att ta hand om, förutom att Johanna ibland kunde ägna sig åt sina barnbarn. Johanna skulle fylla 53 till hösten och Maja Lisa hade helt nyligen fyllt 46. Maja-Lisa bodde fortfarande kvar nere på Ronnebygatan, fast inte i den lägenhet som Johanna ordnat till henne, när hon först flyttade hit. Hon och Nils hade fått en annan större lägenhet i samma hus. Elin och Lill Johanna bodde helt nära och det var enkelt för Johanna att hälsa på både systern och Elin när hon hade ärende neråt staden. Klockan hade passerat tre, den tid då de bestämt att träffas. Johanna började bli lite små irriterad på sin lilla syster, som hade så svårt att passa tiden. Just när hon reste sig för att gå ut på gatan och titta efter sin syster, började klockorna klämta nere från stan. När Johanna kom ut genom porten såg hon hur kraftig rök steg upp från stortorget. Klockstapeln som stod i korsningen Wachtmeistergatan och Fregattgatan började nu också ringa ihärdigt.

Maja-Lisa syntes inte till, och plötsligt var det liv och rörelse runt omkring henne. I sin iver att gå neråt stan för att hitta Maja-Lisa, höll hon på att glömma barnen. Hon rusade in på gården igen och ropade efter Inga-Cajsa som stack ut huvudet genom det öppna köksfönstret. Johanna fick snabbt förklarat att det troligen brann nere i stan, hon uppmanade henne att ta han om de små barnen, försöka finna ut var hennes båda större barn, Ingeborg och Frans höll hus. Det var sommarledigt från skolan, och i denna värme var det kanske nere vid vattnet någonstans. Johanna var inte så orolig för dem, de var 9 och 7 år och Ingeborg var en förståndig liten flicka. Innan hon hastade vidare ut på gatan igen, for några tankar genom hennes huvud och hon mindes en tanke och dröm hon haft när hon var nio år. På ett barns vis hade hon då trott att livet som låg framför henne var hennes liv och att hon skulle bli stark och fri att leva som hon ville. Livet hade inte riktigt blivit som hon tänkt sig, även om hon inte var den som borde klaga.

Johanna skyndade vidare nedåt gatan, hela tiden spejande efter Maja-Lisa men även efter de båda barnen, fick hon syn på dem skulle hon skicka hem dem till sin mor, och säga att de skulle bevaka brandförloppet, så att det inte spred sig upp mot Björkholmen. Risken var nog inte så stor för det blåste kraftigt från syd, och Wachmeistergatan låg rakt väster ut från den rökpelare som steg upp mot skyn. När hon kom närmare, var det så mycket folk på gatorna att det var svårt att ta sig fram. Johannas hjärta började banka lite extra när hon hörde förflugna ord från de hon passerade, någon högljudd kvinna nämnde Ronnebygatan, det var där både Elin och Maja-Lisa bodde. Hon snabbade på sina steg så mycket hon kunde.

August stod på kajen och plockade ihop några verktyg, när han hörde brandklockor och kyrkklockor ringa, han tittade upp och såg röken stiga upp över de centrala delarna av staden. Utan att vänta på någon order rusade han bort till förrådet, där flottans ångsprutor stod parkerade, det var moderna pjäser som inköpts för att få en effektiv brandbekämpning om det skulle börja brinna på något fartyg, eller i någon av varvets eller örlogsbasens byggnader. När han öppnat den stora porten insåg han att han inte skulle klara detta ensam. Flottbasen var nästan tom på folk då det pågick en flottmanöver utanför Blekingekusten. Det var bara han och några andra maskinister som var kvar, då de inte ansågs vara riktiga militärer, utan betraktades fortfarande som någon form av civil personal som bara var ombord för att sköta maskineriet.

När Johanna lyckats ta sig till sydvästra hörnet på Stortorget, såg hon hur eldsflammorna slog upp från hustaken ett kvarter bortom torget, det var helt klart husen på Ronnebygatan som brann, var skulle hon hitta sin syster.

Hon såg hon hur brandmännen rusade ut och in i kyrktornet på andra sidan torget. En äldre herre som stod jämte henne suckade, och berättade att slangarna till stadens ångspruta hängde på tork i kyrktornet sedan igår då de använts för spolning av rännstenarna. Han ondgjorde sig över att flottan inte heller hade kommit hit med sina brandsprutor.

I just det ögonblicket kom en grupp flottister, dragande på en stor och tung ångdriven brandspruta, hon såg på långt håll hur de svettades i värmen, hon hajade till när hon såg att det var hennes August som gick längst fram och drog. Johanna kände sig både orolig och stolt på samma gång.

Den äldre herrn vände sig åter till henne och berättade att branden börjat vid tretiden i apotekare Borgströms fastighet på Ronnebygatan, och i den hårda sydliga vinden spridit sig även till norra sidan av Ronnebygatan. Johanna kände sig knäsvag samtidigt som hon inte kunde förstå hur han fått all information,

Hon måste få tag på sin syster och på Elin. När hon fortsatte fram över torget, blev röken stundtals så tät att hon hade svårt att behålla rätt riktning och hon började hosta. Det var mindre folk här men de hon mötte verkade planlöst springa fram och tillbaka. Johanna misstänkte att flertalet säkert var boende i de drabbade husen, och ville se om just deras hus förstörts, eller om de hade någon som helst möjlighet, att rädda något av sina ägodelar. Det fanns även många barn som stod i små klungor och grät. Mitt i detta kaos, fick hon så syn på systern. Hon stod helt apatiskt och tittade bort mot de brinnande husen. Johanna gick fram till henne och kramade henne hårt.

"Var är Nils." Orden kom ur Johanna på ett tydligt och nästan militäriskt sätt. "Han försökte just gå tillbaka, vårt hus brinner för fullt." Johanna tittade på henne en kort stund, innan hon bestämde sig för att något måste göras. "Du försöker samla ihop så många barn du kan och ta med dig dem ner mot Amiralitetstorget, se till att de får vatten och blir lugnade, de kan inte stå kvar här i röken. Det finns några kvinnor där borta som kan hjälpa dig. Se till att barnen samlas på ett ställe, så att föräldrarna kan hitta dem, när allt detta är över." Maja-Lisa tittade lite förvånat på henne, men tog genast itu med uppgiften.

Johanna tänkte på Elin och Lill Johanna, det drev henne att fortsätta framåt, hon hoppades hela tiden få syn på dem bland allt folk. På grund av röken och nu även hettan från branden var det omöjligt att nå Ronnebygatan från Norra Kungsgatan som varit hennes första tanke. Hon gick runt kvarteret via Landbrogatan för att där vika in på den del av Ronnybygatan som inte eldhärjades och låg i rätt riktning för röken. När hon såg bort ut efter Ronnebygatan, var det som att se in i ett eldhav, det fanns några människor förutom brandsoldaterna och militärerna, Hon röt åt alla hon såg att de skulle bege sig till Amiralitetstorget, förutsatt att de inte kunde göra någon nytta med släckningen. Att springa omkring här och försöka rädda lite värdsliga ägodelar, nyttade inget till. Johanna hostade kraftigt i röken. Hon fick åter en skymt av sonen August. Flottisterna verkade retirera från själva brandhärden och dra sig västerut ner mot Stumholmskajen. Johanna trodde att de på något sätt gett upp att bekämpa själva branden. De måste ha beslutat sig för att försöka rädda de västligare delarna av Ronnebygatan och därigenom även begränsa brandens möjlighet att sprida sig åt det hållet.

Först fram på kvällen kände August och hans kamrater vid brandsprutan, att de började få branden under kontroll. De hade gått in på Ronnebygatan, och hade troligen genom ett ihärdigt vattenbegjutande på de hus som ännu inte fattat eld, lyckats begränsa branden. Man hade slutligen även fått hit den andra ångsprutan från flottbasen, och nu mötts de i korsningen Ronnebygatan, Norra Smedjegatan där de lyckades släcka åtminstone två hus. Brandkåren hade angripit branden från öster, en sann militär hade nog kallat detta för en kniptångsmanöver. Inte förrän solen var på väg ner, blev de avlösta av en annan grupp flottister, som tagit sig tillbaka från manövern. August ville hem till Wachmeistergatan, för att se att allt stod rätt till med familjen, mor och syster. Han var orolig för moster Maja-Lisa och hennes man Nils men också för Elin och Lill Johanna. Han hade sett båda husen med egna ögon och nu var det bara en rykande hög kvar.

När han sotig och svettig och helt utpumpad kom hem, var det stor uppståndelse inne på gården, hans fru stod omgiven av deras fyra barn och den femte höll hon i famnen. Både Maja-Lisa och Nils var där, de var sotiga och tårögda, hans syster Anna-Martina kom precis ut genom dörren med en stor karaff, oklart innehåll. Den enda han inte såg till var mor. Han tittade långt mot sin fru som kom honom tillmötes och kramade honom så gott det gick med en liten i famnen.

"Johanna är nere på stan, hon är välbehållen, och har gjort en stor insatts för att hjälpa alla barn som blivit drabbade, nu ser hon till att barn och föräldrar hittar varandra, Vi kommer säkert att få några nattgäster här på gården, så när du tvättat av dig och fått lite mat och något att dricka så får vi ordna med hö eller något de kan sova på." Han nickade kort och gjorde som han blev tillsagd.

Johanna hade lämnat Amiralitetstorget, de flesta barn hade nu återförenats med sina föräldrar, och det fanns många andra som hjälpte till att ta hand om skadade och

förtvivlade människor. Johanna hade ont i magen av oro
för Elin. Hon gick mot Ronnybygatan, det var egentligen
en underbar ljummen sommarkväll, men röklukten låg
fortfarande tung över staden och när hon gick längs
gatan kunde hon se glöd lysa både här och var under all
bråte. Det var fortfarande mycket folk på gatan och hon
hoppades förtvivlat att hon skulle möta Elin och Lill
Johanna välbehållna. Det var svårt att orientera sig på
den totalt förändrade gatan men till slut var hon säker på
att hon stod framför det som varit huset där Elin bott.
Det fanns inget kvar, bara en rykande hög. Två
brandmän klev omkring bland det som fanns kvar av
huset och lyfte på bråte för att hitta glödbränder som de
släckte för att branden inte skulle ta fart på nytt.
Johanna visste inte var hon skulle ta vägen, hon måste
väl bege sig hemåt så att familjen inte blev oroliga. När
hon till slut började gå hörde hon hur en av
brandmännen ropa högt och tydlig

"Fy fan, kom hit och titta, här ligger en döing"

Johanna vände sig om och utan att tänka sig för, rusade
hon in bland de pyrande resterna av huset med
fladdrande kjol. När hon kom fram till den brandman
som ropat tittade han förvånat på henne.

"Vad gör ni här människa, försvinn, detta är inget att
se på för kvinnfolk."

Elin såg ner på det som fått brandmannen att ropa, det
var mörkt och ljuset från glöden gav scenen ett rödaktigt
skimmer, rött som blod. Johanna stod på det som
troligen var en rasad vägg och i hålet som brandmannen
brutit upp såg hon en illa bränd kropp. En hårtofs fanns
kvar på den dödas sönderbrända huvud, det syntes att
det varit en kvinna. När Johanna lutade sig fram
ytterligare en bit såg hon att den döda kvinnans armar

303

kramade något som låg under henne, det var svårt att förstå vad det var, men plötsligt syntes det tydligt att hon kramade en annan fast mindre kropp. Johanna rättade på sig och tittade på brandmannen som stod mycket nära henne, men var tyst.

"Det är inte en död människa där nere, det är två"

Johanna lade sig på knä i bråten, hon kände hur något vasst skar in, men hon brydde sig inte. Nu var hon så nära att hon nästan kunde röra vid kropparna. Det var då hon såg handen. På ett av fingrarna satt en ring, den verkade nästan opåverkad av branden, den var av silver med en lila sten.

Hon sjönk ihop och tårarna forsade, hon grät tyst, men hennes hjärta skrek i bröstet på henne, som i en dröm kände hon hur hon bars ned på gatan av starka armar, hon blev satt mot det som var kvar av en lyktstolpe, hur länge hon satt där hade hon egentligen ingen aning om. Hon kom till sans först när hon såg Maja-Lisa stå böjd över henne.

När August vaknade nästa morgon var det redan full fart, både i kök och på gården. Kvinnorna, vilket inkluderade hans syster och hans nioåriga dotter, sprang fram och tillbaka för att ge de arma människor som sovit ute under natten en anständig frukost, smör, ost, saltsill, ja även brännvin bars ut. Han skyndade att klä på sig och begav sig sedan ner till örlogsbasen, han hade tänkt att be om ledigt, för att kunna hjälpa till där hemma. Väl på basen blev han uppkallad till sitt befäl som med sur min pekade på den tidning som låg framför honom på skrivbordet. August läste igenom artikeln.

Mycket värdefull tid förspilldes när flottan förflyttade en ångspruta från västra delen av brandområdet till Stumholmskanalen, just som släckningsarbetet pågick

som bäst.
Man kan med säkerhet säga att brandväsens och flottans
nuvarande förmåga med brandbekämpning måste
utdömas utifrån erfarenheterna man vunnit på
olycksdagen.

Facit blev att sexton hus brann ned vid Ronnebygatan,
fyra vid Norra Smedjegatan och två vid Stortorget.
Dessutom blev många byggnader så skadade att de inte
går att återställa utan säkerligen måste rivas.

August kände sig tom och trött, nu detta. Han förklarade,
så gott han kunde för sitt befäl att det var han och ingen
annan som tagit beslutet att omgruppera för att fokusera
på att förhindra spridning, kanske mer än att släcka
själva branden, ingen mer i gruppen borde ställas
ansvarig för detta. Hans befäl tittade länge på honom
innan han med myndig stämma sa.

"Ni gjorde helt rätt, det är mycket bra handlat av er.
Inte nog med att ni säkert räddade stora delar av
staden, ni drog igång insatsen direkt på eget initiativ.
Bra arbetat, strunt i vad någon fjantig journalist fått
för sig, ta nu ledigt idag och imorgon så syns vi på
måndag."

När August kom tillbaka hem fick han syn på sin mor,
det var första gången de såg varandra sedan branden
bröt ut. Hon satt på bänken utanför porten och tittade
rakt framför sig, han såg att kinderna bar spår av såväl
sot som tårar. Han kunde inte riktigt förstå vad det var,
allt hade gått bra för de nära och kära. Precis när han
tänkte tanken kom han på Elin och Lill Johanna. Han
satte sig jämte henne och slog armen om henne, han såg
att hennes hand var hårt knuten, som om hon höll i
något. Hon tittade på honom med en blick så tom att den
skrämde honom. Johanna lyfte sin hand, öppnade den

sakta och han såg en silverring ligga i hennes handflata, en ring med lila sten. De satt där i över en timma utan att säga något, till slut var han tvungen att resa sig, han förstod att mor skulle sitta där länge, han hade känt igen ringen.

August förstod att Elin måste ha omkommit och säkert Lill Johanna också. Han gick sakta in på gården där han möte sin fru, trött och svettig. Han tittade på henne utan att säga något, hon nickade.

"Ja både Elin och Lill Johanna dog i branden."

Kapitel 35

Johanna

Hösten 1887

Nu började i alla fall staden hämta sig från branden, det syntes tydligt var det brunnit, tomterna hade röjts av och gapade nu helt tomma. Alla som varit tillfälligt inhysta hade flyttat till släktingar, eller funnit andra lösningar. Johanna hade inte sagt många ord till någon sedan branden och hon satt mest och tittade rakt fram, försjunken i sin egna värld.

Det enda som tydde på hennes forna handlingskraft var engagemanget att ordna Maja-Lisa och Nils någonstans att bo. Johanna hade ingen tur med att någon av hennes hyresgäster var på väg att flytta eller dö inom kort, men en av hyresgästerna var nästan alltid sen med hyran och hade dessutom några obetalda hyror, hon fick helt enkelt gå emot sina medmänskliga känslor och få honom vräkt. Bläcket hade inte hunnit torkat på det brev hon skrivit, vilket innebar att en familj skulle sättas på bar backe, bara för att hon hade makten att sätta sin systers öde framför deras. Hon skrynklade ihop pappret och slängde det i papperskorgen, hennes hand hade färgats blå av bläcket. Det måste finnas en annan lösning tänkte hon.

Om Emanuel dog, kunde hon låta August och Inga Cajsa ta över hans lägenhet, och sedan kunde Maja Lisa och Nils få deras. Visst fick de byta ner sig, men de slapp

hamna på bar backe. Denna lösning kändes bra, men
när skulle Emanuel dö.

En och en halv månad senare den 15 oktober var
Emanuel död. På morgonen fann man honom liggande i
sängen, stel och orörlig. Han hade somnat in i sömnen.
Det visade sig att Emanuel fortfarande ägde två
lägenheter nere på stan. Johanna ordnade så att Nils och
Maja-Lisa fick köpa en av dessa. En lägenhet på hela 3
rum och med övriga bekvämligheter på Skomakargatan.
Hyresgästen från Skomakargatan fick flytta in i August
och Inga-Cajsas lägenhet, medan de flyttade in i
Emanuels stora våning. Johanna passade på att sälja
den sista av Emanuels lägenheter och alla pengarna
skänkte hon oavkortat till barnhemmet.

Genom att sälja allt Emanuels lösöre, kunde Johanna
ordna en fin och pampig begravning, till den man som
trots allt betytt mycket för henne under många år.
Johanna fällde inte en tår, men kände sig sorgsen och
tom, när kistan sänktes ned i graven.

När allt detta var ordnat återföll Johanna i melankoli.
Elins död, hade gjort att hon kände sig både trött och
håglös. Johanna insåg att hon var myndig, ägde ett stort
hus och hade tillräckligt med pengar, var bara 53 år, och
gjort en lång resa under sitt liv. Hon borde han många år
kvar att njuta av livet, med det var något som saknades
henne.

En kväll i början av november kallade Johanna till sig
Anna-Martina.

"Bli inte orolig nu, men jag vill att du hjälper mig att
skriva mitt testamente, jag har ju lyckats få ihop en
del under mitt liv trots allt." "Jag ser att mor inte mår
bra, du borde gå till doktorn." Replikerade Anna-

Martina utan att svara på frågan om testamentet. "Lilla vän, jag lovar att uppsöka doktorn redan i morgon, men nu skall vi skriva testamente." Anna-Martina, nickade och gick bort till sekretären, där Johanna hade sina skrivsaker.

När de var klara skrev Anna-Martina längst ned på pappret med sin finaste handstil, *Karlskrona den 5 november 1887.* Hon lämnade ett utrymme för namnteckning och lade ifrån sig pennan och tittade på det papper som nyss varit helt blankt men som under en timma förvandlats till hennes mors testamente. Johanna satt mitt emot henne vid det lilla slagbordet med hopsjunken ställning och matt blick. Anna-Martina sträckte över arket och pennan, så att Johanna skulle kunna skriva sin namnteckning.

Anna-Martina kände att nu var hon vuxen, Det var många frågor som irrade runt i hennes huvud och det var inte långt borta att hon skulle börja gråta. Hennes mamma var sjuk, hon trodde att hon visste diagnosen, brustet hjärta, men hon var osäker på om man kunde dö av det.

Anna Martina kände klumpen i halsen när hon tänkte på allt som de aldrig pratat om och snart var det kanske för sent.

"Mor berätta om ditt liv, berätta om mig."

Johanna som precis med darrande hand hade skrivit sin namnteckning på testamentet, tittade upp. Hon lade ifrån sig pennan och höjde blicken. Ögonen tycktes helt plötsligt lysa upp, hon harklade sig, och började sakta men med tydlig röst prata,

"Mycket har jag saknat men mycket har jag också fått, jag har haft ett bra liv, fått tre friska barn, men det har inte alltid varit lätt. Min far lärde mig att tro på mig själv, och det gör jag fortfarande, men det har inte alltid varit möjligt att välja sina egna vägar, det är så mycket och så många som hindrar en, speciellt om man är kvinna. När man har sitt liv, varför kan man inte få leva det som man vill. Medan vi lever, låt oss leva, nu är jag snart död, och då är det för sent."

Medan vi lever, låt oss leva. Anna Martina upprepade orden i sin tanke och tittade förvånat på sin mor. Hon pratade med en röst och med ord som hon aldrig tidigare hört. Var detta den kvinna som fött henne, som fött hennes halvbröder alla utom äktenskapet och var det hon som i alla år tjänat piga åt den egensinnig Emanuel. Anna-Martina insåg helt plötsligt sin ungdom och oskuldsfullhet och att hon hade en mycket lång resa framför sig, resan hette livet och alla här på jorden gjorde denna resa, men vart gick resan och kunde man välja väg och mål eller fanns det hela tiden hinder att nå dit man ville. Anna-Martina ställde sig samma fråga om och om igen.

1888

Det var tidig morgon och det var Johannas födelsedag. Hon gick ned till Saltösund och Kilströmshäll, det var fortfarande tidig vår och vattnet var kallt, men utan att tveka tog hon av sig skor och strumpor och satte sig på bryggan och doppade båda fötterna i det kalla vattnet. Så som vattnet omslöt hennes fötter så omslöts hon av minnen. Hon var bara 54 år men levde av minnen. Hon såg för sin inre syn, sina små pojkar leka vid vattenbrynet, en vacker kvinna komma gående emot henne, det var Elin. Tårarna började rinna i strida strömmar nerför hennes kinder. Hade hon inte trots allt fått ett bra liv utifrån de förutsättningar hon haft och utifrån de val hon gjort. Det kalla vattnet gjorde sig påmint och till sist var hon tvungen att ta upp fötterna, det värkte och pirrade i dem när värmen sakta återvände.

Johanna gick barfota hemåt, när hon passerade en fläck av gräs, blev hennes fötter våta av dagg, hon var nio år, stod jämte sin far på ängen där hemma och hörde hur han tydligt och med energi i rösten förklarade var nya huset skulle ligga och hur det skulle se ut. Hon vände sig om för att se om mor stod utanför stugan, men där fanns bara skärgården och havet. Hon var tillbaka.

Hon fortsatte sin barfota promenad, och valde att gå upp och följa varvsmuren och sedan svänga vänster in på Fregattgatan, det var här Elin hade bott när de träffades, hon tittade upp mot fönstret till lägenheten som sedan länge beboddes av någon annan. Hon fortsatte framåt och svängde vänster igen, nu in på Wachtmeistergatan, samma vy som när hon, hennes pojkar och far kom åkande med häst och vagn 1860. Det hade alltså gått 28 år.

När hon till slut kom in i lägenheten tittade Anna-Martina lite konstigt på henne.

"Går du barfota mor, fryser du inte"

Johanna skakade på huvudet, "Jag går bara omkring i mina gamla fotspår, det känns tryggt men också vemodigt."

Anna-Martina fortsatte inte samtalet. Hennes mor var oftast tyst och när hon väl pratade så var det med ord och meningar som var svåra att förstå

Johanna satte sig på en stol nära spisen och sträckte fram sina fötter för att värma dem. Hon hade inte mer än satt sig då det knackade. Innan hon hunnit resa sig upp, öppnades dörren och hennes lillebror Carl-Magnus som hon inte sett på många år stövlade in.

"Grattis på födelsedagen kära syster"

"Hej, kommer du ända från Ramdala, det var roligt att se dig."

De båda syskonen kramades, Johanna återfick för en stund gnistan, den gnista som branden för snart ett år sedan hade släkt.

Klockan hade inte hunnit bli tolv på dagen ännu, men Johanna såg till att duka fram bröd, fläsk och lite kall stekt strömming, hon var inte sen med att ställa fram både vin och pilsner. De båda åt med god aptit, även Anna-Martina hade anslutit sig.

Johanna försjönk åter i tankar. Det var 18 år sedan hon och vännerna rodde Carl-Magnus till Stennäset och sedan promenerade den sista biten till Ramdala, vilka idéer de haft på den tiden. Johanna stelnade till när hon kom på att detta var samma dag som Elin första gången gjort slut på deras förhållande. Denna andra gången var det den gud som var omöjlig att förstå sig på, som valt att kalla hem Elin och hennes dotter Lill Johanna. Johanna funderade på hur de som verkligen trodde att gud var god tänkte. Vad gjorde han för gott, det fanns många människor som gjorde ont och han verkade inte bry sig. Johanna rykte till när Carl-Magnus kärvänligt putte på henne.

"Nu var du allt långt borta i tankarna"

Johanna kom till sans och berättade om allt som hänt de senaste 18 åren för Carl-Magnus. När Johanna berättade hur hon hittat Elin död, glänste det som av tårar i Carl-Magnus ögon.

"Du älskade verkligen Elin, eller hur?" frågade Carl-Magnus.

Johanna blev lite förvånad över hans betoning på älskade, hon hade inte nämnt något som kunde tolkas mer än att de varit väldigt goda vänner, men han förstod direkt. Hon tittade på Anna-Martina som både rodnade och nästan började fnissa.

"Mor, jag blir faktiskt myndig i år, och jag förstår mer än du tror, jag vet hur du älskade Elin, och jag tror att jag tycker det är fint. Jag måste erkänna att jag varit lite orolig för att jag är lika dan men jag älskar verkligen Anton. Alla tycker att det andra är så fel och syndigt, men jag tycker inte det."

Johanna log vänligt åt sin dotter. Carl-Magnus började skratta.

"Nu när vi ändå blivit så öppna, och talar om det många anser syndigt och till och med sjukligt, kan jag berätta vad jag läste i tidningen på vägen hit. Det handlade om en doktor borta i USA som publicerat en artikel i någon sådan där vetenskapstidskrift. Doktorn heter John Harvey Kellogg och han har kommit fram till att onani är skadligt för kroppen och psyket. Han har kommit fram till att ren karbolsyra struken på klitoris har en dämpande effekt mot onani."

Johanna tittade generat på Anna-Martina som hade ungefär samma ansiktsuttryck när hon tittade på sin mor, sedan började de båda skratta.

När det blev Carl-Magnus tur att berätta, passerade hans frigjordhet alla de gränser som Johanna hade, och hon som själv ansåg sig frigjord. För sin inre syn såg Johanna hur alla pryda, högborgliga och kyrksamma kvinnor skulle förfärats om de hört det hon just nu fick höra.

"Jag var till början väldigt kär i handlaren och i mitt ungdomliga oförstånd förstod jag inte förrän långt senare att min kärlek inte var besvarad. Visst ville handlaren ligga med mig, men det var aldrig någon kärlek, mer av köttets lust så att säga. Han utnyttjade situationen och hotade mig, med att sprida ut historien om min avvikande läggning, hur han skulle undvika att själv bli inblandad tänkte jag inte på."

Carl-Magnus tog en paus och hällde artigt upp lite mer vin i Johannas glas, han såg frågande på Anna-Martina och när hon nickade diskret, for han upp, hämtade ytterligare ett glas och serverade henne, så fint som på den finaste restaurang.

Johanna tittade lite surmulet på sin bror, med det bekom honom inte och hon sa inget heller, utan lät det passera.

När han fortsatte sin berättelse, handlade det mer om våld och en arbetsgivare som bar sig illa åt och höll en anställd under slavliknande villkor. Han fick sällan någon lön för allt sitt slit och han hade många gånger funderat på att rymma.

"Jag hade tänkt att först ta mig till Karlskrona för att där få hjälp av min stora syster som i min barndom var som en mor för mig, och sedan skulle jag åka vidare till USA. Även om det finns sådana som doktor Kellogg där, så har jag hört att det skall vara lättare att leva där för sådana som vi"

Johanna tog lite illa vid sig, vad då sådana som vi. Hon ansåg inte att hon var annorlunda på något sätt, visst var Carl-Magnus lite annorlunda, men hon hade bara råkat bli kär i Elin. Det där att hon varit som en mor för honom var helt klart smicker som träffat där det skulle.

Alla tre runt bordet kände sig skamsna när Inga-Cajsa kom infarande utan att knacka, hon var svettig och hade mjöl på händerna och lite på ena kinden. Hon höll tydligen på för fullt med att förbereda sin svärmors födelsedagsfest. Och här satt födelsedagsbarnet med sin dotter och en ung man som hon inte kände igen och drack vin fast klockan inte ens slagit tolv. Om man utgick från färgen i deras ansikte och det lite fåniga leende var det säkert inte nyktra, till och med lilla Anna-Martina hade ett glas framför sig.

Johanna lyckades få henne att sansa sig, bad om ursäkt och presenterade sin yngre bror och presenterade henne som August fru för Carl-Magnus. Det blev en lång dag, men en bra födelsedag. En glad dag.

Carl-Magnus blev härbärgerad i hennes gamla pigkammare, han var glad och spred glädje omkring sig, åtminstone varje gång han smakat starkt och det var i stort sett varje dag. Johanna kände sig till början upplivad av att han honom hos sig, men när hösten närmade sig, hade glädjen ebbat ut och hon kände sig oftast trött och nedstämd.

Inga-Cajsa åkte ensam till Göteborg för att hälsa på familjen och träffa sin syster som nyligen gift sig. Fyra av barnen lämnade hon hemma och tog bara med sig minstingen Anna. Hennes syster hade gift sig i Öxnevalla kyrka med deras kusin Hendrik, De båda hade fått en lägenhet i Göteborg i en stadsdel som kallades Vassnöden, eller ibland Burgården.

Johanna hade inte haft någon större kontakt med Sissa och Magnus på många år. Han hade tagit avstånd från henne då han förstod att hon och hans före detta svägerska Elin var mer än bara vänner.
Johanna tog därför inte nyheten om att de skulle lämna Karlskrona så hårt. Magnus hade hunnit bli 56 år gammal och en skada han ådragit sig på varvet gjorde att

han valt att pensionera sig. De hade köpt en liten gård som hette Sillhövda och låg några mil upp i Småland i Wastanmåla.

Anna-Martina som legalt varit deras fosterdotter under många år, men nu såg dem som nära släktingar, som hon bott hos under perioder av sin uppväxt tyckte att det var sorligt att de flyttade.

Hon visste inte att hon skulle återse dem, och det tidigare än hon kunde ana.

Kapitel 36

August

1889

Doktorn lämnade Wachtmeistergatan 12 och gick med hukande hållning ner för backen mot Trossö. Det var snö i luften och temperaturen och blåsten gjorde att gatan för övrigt var helt folktom. Några minuter senare kom August ut ur porten och begav sig ner mot stadens centrum. Han skyndade på sina steg, men först nere på stortorget lyckades han hitta en droska som trotsade vädret, han bad kusken skjutsa honom tillbaka upp till Björkholmen, för att där hämta hans son och hustru och sedan köra dem vidare till epidemisjukhuset ute på Stumholmen. Kusken blev tveksam, när August nämnde ordet epidemisjukhus. August hade varit förbered på detta och visade upp tillräckligt med pengar, så att kusken direkt ändrade uppfattning och istället såg positivt på körningen.

När de kom upp till Björkholmen stod Maja Lisa färdig innanför porten och spanade ut på gatan genom en liten glipa, bakom henne väl påpaltad mot kylan satt Frans i farmor Johannas knä. Hon höll honom så tätt mot kroppen det gick, för att ge honom all värme, han var tyst och blek. Johanna stod kvar på gatan och vinkade när de åkte iväg.

Efter tjugo minuter körde de över bron som ledde ut till stumholmen. Framför dem låg den stora byggnaden från

1700-talet som byggts som fyrverkare, en lokal där man tillverkat artilleriets krutladdningar och det var därför byggnaden låg lite avsides. När koleran hade kommit till staden runt 1830 hade de framstående läkarna inom flottan, förstått att isolering av smittade begränsade spridningen. Detta var orsaken till att huset byggdes om och blev ett av Sveriges första epidemisjukhus.

Det hade börjat för någon vecka sedan. Frans hade fått feber, ont i halsen och väldigt röda kinder. Först hade varken August eller Inga-Cajsa varit speciellt oroliga. Men när det inte gick över, utan blev värre med fortsatt feber, halsont och han började kräkas och fick kraftig huvudvärk, var det dags att kalla på doktorn. När doktorn satt jämte Frans där han låg i sängen kände Inga-Cajsa en ilande känsla av rädsla, skulle hon vara tvungen att uppleva det hennes föräldrar upplevt att ett barn dog ifrån en. Tanken var så svår att ta in och Inga-Cajsa bad ständigt till gud att det inte skulle vara något allvarligt utan gå över.

Minnet tog henne tillbaka till när hon var sju år, de hade lekt på höskullen då hennes lilla syster Lotta föll så olyckligt att hon dog. Hon såg framför sig hur lilla Lotta låg på rygg på köksbordet, blodet var borttvättat, och håret vackert utslaget och böljade ner över hennes axlar och bröstkorg, hon såg lugn ut, men hon blundade. Far och mor satt i var sin stol, med tårar i ögonen.

Doktorn hade inspekterat Frans kropp och när han tittade i armhålorna och såg röda utslag, suckade han. "Jag tror han fått schalakansfeber, det är alvarligt och smittsamt, speciellt för småbarn och barn i tidig skolålder, spädbarn brukar inte få det." Inga-Cajsa var i tredje månaden, men det var inget doktorn visste. "Ni får genast ta honom till epidemisjukhuset.

Ni skall inte vara oroliga, det är många som blir
friska."

Dagar blev till veckor och Frans låg kvar på sjukhuset.
Både August och Inga-Cajsa var där så ofta de kunde.
När August satt jämte sin son och strök honom över
armen kunde han känna utslagen på huden, små
upphöjningar stora som knappnålshuvuden, det kändes
som att stryka med handen på fint sandpapper. Ansiktet
var rodnat men kring munnen var huden blek. När
August hjälpte honom att få i sig lite vatten kunde han se
att tungan var glänsande röd, med svullna små
upphöjningar, det påminde om ytan hos ett smultron.
De var inne i slutet av februari och Frans hade legat på
sjukhuset i sex veckor. Han hade inte tillfrisknat utan nu
hade huden börjat fjälla.

Det var den sjunde mars och de satt i deras finrum, släkt
och vänner. Begravningen var över, men det kändes inte
lättare att andas. Johanna satt ensam borta i ett hörn
med ett glas rhenvin. Han hörde hur hon muttrade, han
hörde inte alla ord, men av de ord han kunde urskilja så
förstod han att hon förbannade gud. Han ville göra
detsamma, det kan inte finnas någon mening i att låta en
liten pojk på nio år, först ligga sjuk i månader för att
sedan dö. Att det händer kunde han förstå, men att det
skulle finnas en högre mening med det, där brast
resonemanget.

Trots det mörka, kom våren som vanligt, det blev ljusare
och varmare och på många sätt lättare att leva. Inga-
Cajsa hade med tanke på att två av hennes syskon dött i
unga år, varit skräckslagen för att hon själv skulle mista
ett barn så som hennes föräldrar gjort. Nu hade det hänt
och Inga-Cajsa hade varit totalt förkrossad.

August kunde inte låta bli att fundera på hur människan var skapt, man klarade det mesta, även den allra djupaste sorg bleknade. Inga-Cajsa hade trots allt gått vidare, och tog hand om familjen på samma sätt som innan Frans blev sjuk. Snart skulle ett nytt liv födas, hennes mage var inte stor, men när han såg henne naken märktes det tydligt.

Den 8 april var det stora festligheter i staden. Den stora begivenheten var att kung Oscar II invigde tågtunneln under Stortorget. Det hölls även ett kungligt dop i och med att kungen bevistade sitt barnbarns dop. Det var kungens son prins Oscar Bernadotte, som döpte sin dotter Maria. Orsaken till att det hölls i Karlskrona var att prinsen var förlagd på flottbasen som sjöofficer.

Strax innan midsommar den 14 juni födde Inga-Cajsa sitt sjätte barn, det blev en liten pojke. August var inte helt med på idéen, men han lät ändå Inga-Cajsa få som hon ville när det gällde pojkens namn. Han fick samma namn som den bror han aldrig han träffa, Frans Arvid.

Sommaren gick och August såg att hans mor, drog sig undan på ett sätt som var ovant, hon hade nog fortfarande inte kommit över Elins död. Hon umgicks med moster Maja-Lisa men i övrigt hade hon inte några vänner, August förstod att hon kände sig ensam och kanske till och med överflödig, hon hade inte ens Emanuel att titta till.

Anna-Martina bodde fortfarande hemma fast hon var 22. Han tyckte det kändes skönt att mor hade lite sällskap i alla fall. Fast Anna-Martina var väl som alla andra flickor i den åldern, hon arbetade mycket och när hon var ledig var det vänner och inte minst bryggare Anton som gällde.

Klockan var strax före sju på morgonen torsdag den 15 augusti, August gick sin vanliga väg ner till flottbasen.

Vädret var underbart, det skulle bli en fin dag, det var redan tjugo grader varmt, och bara en lätt bris kom från havet. Han skulle nästa vecka ut på en längre övning, det kändes bra, han längtade ut på havet, men samtidigt visste han att det skulle bli både tungt och ensamt för Inga-Cajsa. Ingeborg skulle snart fylla elva, så hon var till stor hjälp därhemma, vilket kändes skönt.

Under den kommande övning skulle han tjänstgöra på kanonbåten HMS Verdande. August hade just gått ombord och var på väg ner i maskinrummet, när någon på kajen ropade hans namn. Han vände om och gick fram till relingen, det var hans dotter Ingeborg som stod där och ropade, tårarna rann nerför hennes kinder och hon ropade så att rösten skar sig. Han blev orolig, skyndade sig iland och lyfte upp henne i sin famn.

"Vad är det, vad är det som hänt?" August försökte prata så lugnt han kunde, för att få sin dotter att lugna ner sig. Hon snyftade men lugnade sig något. "Det är farmor, hon är död."

Kapitel 37

Anna-Martina

1889

Det var mitten av oktober, den 14:de närmare bestämt
och det blåste kraftigt ifrån havet. Rådman Otto
Pettersson hukade sig och skyndade på sina steg den
sista biten upp för backen mot Wachtmeistergatan 12.
Han kände till adressen väl, där hade den mycket udda
handelsbokhållaren Emanuel Jönsson levt sitt liv fram
till för snart två år sedan. Han hade då lämnat denna
värld vid en aktningsvärd ålder av 85 år. När Otto tänkte
på detta kunde han inte låta bli att småle för sig själv och
klurade på om Emanuels goda hälsa hade något att göra
med att han haft en 30 år yngre kvinna som
hushållerska, piga, hjälpreda, affärspartner och kanske
älskarinna. Emanuel hade levt ett gott liv, det var han
helt övertygad om, ganska välbeställd hade han varit med
ett hyreshus på Björkholmen, samt flera lägenheter och
rum runt om i staden. Emanuel hade inte heller slitit ont
utan tagit varje chans till att flanera runt i staden, prata
med folk, kanske ta ett glas och en bit mat när det bjöds
och enligt vissa rykten hade han långt upp i åldern även
kunnat få unga kvinnor i säng.

Nu gick Otto där i blåsten och skulle förkunna
bouppteckningen över "Emanuels kvinna" som många i
staden kallat henne, åtminstone bakom hennes rygg.
Han tänkte att kvinna var nog rätt ord, hon var inte

hustru och han ville verkligen inte heller kalla henne älskarinna, även om många i staden som kände Johanna och Emanuel nog ville tro att det var ett riktigt epitet. Otto visste lite mer än vad de flesta visste, då det var han som två år tidigare gjort bouppteckningen för Emanuel Jönsson, han kände till de ekonomiska förehavande som ägt rum och att hon nu, så död hon var, lämnade efter sig en ganska ansenlig förmögenhet, hon hade ägt fastigheten på Wachtmeistergatan i över tjugo år, så han var helt övertygad om att deras förhållande var striktaffärsmässigt. Johanna var inte en kvinna som låg med en gammal gubbe, bara för att få lite vinning, det var hon som under många år styrt Emanuel och inte tvärt om.

När han kom fram till dörren rätade han på sig efter att länge ha kurat i blåsten. Han knackade tydligt och myndigt. Det var en ung kvinna som öppnade, Otto visste vem det var. Han sträckte artigt fram sin han för att hälsa och den unga kvinnan tog den i ett varmt men för att vara kvinna mycket kraftfullt handslag. Detta var nog lite typiskt. Han kunde inte säga att han känt Johanna, men att det varit en kraftfull och stark kvinna det hade han förstått, och att hennes dotter skulle brås på henne var ingen överraskning. Otto var lite av en fritänkare när det gällde kvinnor, han var helt övertygad att de i många stycken, kanske de flesta inte var männen långt efter. Han hade läst en del av vad engelsmannen John Stuart Mill skrivit. Det han kom att tänka på när han stod öga mot öga med denna bestämda unga dam, var ett stycke från Mills där han utvecklade sina tankar kring ett citat. "Vi vet inte vad kvinnorna duger till, för vi har inte låtit dem pröva sina krafter. Hindren måste undanröjas så att erfarenheten kan visa hur kvinnornas krafter bäst kan tjäna allas lycka."

Den unga kvinnan log vänligt och tog ett steg åt sidan så att Otto kunde komma in genom dörren och in i värmen. Kvinnan, Anna-Martina var dotter till Johanna och Emanuel. Detta var inte den officiella sanningen men alla visste att så måste det vara. Det testamente som Johanna skrivit två år tidigare och som han nu fått del av styrkte detta mer än väl.

När han kommit in i lägenheten och visats in i finrummet, såg han att alla berörda redan var samlade. Johannas systrar, Martha, Maja-Lisa och Helena satt längs det stora bordets ena kant, de var alla medelålders kvinnor, som trots sitt enkla ursprung, var klädda i strikta, men ändå vackra klänningar i svart, ett tecken på sorg. På bordets ena huvudända satt brodern Carl-Magnus, även han var uppklädd i kostym, men den avvek från den gängse färgskalan, då den var mörkt lila. Att Carl-Magnus inte var grovarbetare syntes och Otto visste att hans värv under många år varit handelsman borta i Ramdala. Borta vid fönstret stod en av hennes söner, han hade flottans uniform på sig och även om Otto inte var helt bekant med alla gradbeteckningar var han relativt säker på att han var maskinunderofficer. Vid hans sida stod en vacker ung kvinna, som han inte träffat förut men som måste vara hans hustru. Johannas andra son hade flyttat till Nordamerika för åtta år sedan, det viste han. Anna-Martina ledsagade in honom i rummet, men stod kvar jämte honom, bered att stå till tjänst. Han tittade på hennes anletsdrag för att se om han kunde se något av de kantiga drag och spetsiga näsa som kännetecknat Emanuel. Han såg en antydan, men hon påminde mycket om sin mor men med en mörkare hårfärg lite smalare ansikte. Hon var lik Johanna över ögonen.

Efter att alla hälsat artigt, och tagit i hand, slog han sig ner vid bordet och plockade fram en bunt med papper ur sin portfölj.

Han tog fram bouppteckningen och läste med hög, klar och myndig röst.

År 1889 den 14 oktober förrättades av undertecknad rådman i Karlskrona laga bouppteckning efter husägarinna Johanna Petersson som den 15:de sistlidna augusti 55 år gammal och som dödsbodelägare efterlämnat:

1 *brodern Nils-Johan Petersson, vistas i Amerika*
2 *brodern Andreas Petersson vistas i Amerika*
3 *brodern Carl Magnus Petersson, handlare bosatt i Ramdala*
4 *systern Martha Petersson gift med stationsföreståndare Olof Olsson i Grimslöv*
5 *systern Maja-Lisa gift med sjukvaktare Nils Petersson*
6 *systern Eva änka efter jordbrukare N Nilsson bosatt i Amerika*
7 *systern Helena gift med nämndemannen Johan Petersson boende i Tingsryd*
8 *systern Mathilda ogift, myndig bosatt i Amerika*

Boet uppgavs under edlig förpliktelse av fröken Anna-Martina Petersson samt värderades av stadsvärderingsman/ rådman Otto Pettersson, antecknade sålunda

Guld, silver och nysilver	*145,00*	*kronor*
Koppar	*50,00*	*kronor*
Järn och blecksaker	*3,70*	*kronor*
Glas och porslin	*109,25*	*kronor*

Fastigheter

hus och tomt nr 85, 86 och 87 samt del av 93 och 19 här i staden som den avlidne köpt av handelsbokhållare Emanuel Jönsson enligt fastighets brev den 27 december 1869.

Taxerad till	12 100,00	Kronor

Fodringar

av bryggare Olsson	200,00	kronor
Uppburna av F A Petersson	64,75	kronor
Summa tillgångar	**13 100,28**	**kronor**
Skulder	**9 027,23**	**kronor**
Summa behållning	**4 073,03**	**kronor**

Efter han avslutat uppläsningen, blev det tyst i rummet. Det var en stor summa pengar det rörde sig om. Behållningen på 4000 kronor motsvarade ungefär tio årslöner för en bra avlönad arbetare.

Han frågade om det fanns någon som hade något att invända mot själva bouppteckningen, han fick bara huvudskakningar till svar utom från August borta vid fönstret som replikerade med ett tydligt "nej".

Otto började känna sig lite obekväm, för nu var det dags att läsa upp testamentet, och därefter fördelning av eventuellt kvarvarande till de övriga dödsbodelägarna. Han var osäker på hur Johanna hade tänkt med sitt testamente, Det fanns en kunglig förordning från 1866 som kungjorde att oäkta barn ärvde sin mor. Nu var både August och Johan oäkta barn och Anna-Martina var formellt fosterdotter till August, så hon ärvde inget. Detta upphävdes av testamentet, där det var hon som fick den största delen. Johannas söner var inte omnämnda och skulle bara få dela på det som var kvar efter att de testamenterade beloppen fördelats, och han hade räknat och sett att det bara rörde sig om småsmulor i jämförelse med systern. Han hade läst testamentet flera gånger, och hade en idé om att det ändå fanns en logik som passade Johannas sätt att se på livet och rättvisa. Den största delen skulle gå till dottern, som var både kvinna och ännu ogift, hon hade livet framför sig och var den som mest behövde en stabil ekonomisk grund att stå på, för att inte bli helt beroende av en man. Den näst största delen gick till Mathilda som var hennes syster, även hon ogift, men myndig och nu bosatt i Nordamerika, men även där behövde väl en ogift kvinna, en stabil ekonomi. Alla hennes övriga barn och syskon, stod på egna ben eller hade fötts som män, vilket automatiskt gav dem en betydligt stabilare grund att stå på än om de varit kvinnor. Det enda som inte stämde i mönstret, var att brodern Carl-Magnus, han med den lila kostymen skulle få ärva 500 kronor. Han var för visso också ogift, men man, och skulle säkert klara sig här i livet. En annan förklaring som han fått berättad för sig från Anna-Martina var att både Carl-Magnus och Mathilda hade växt upp nästan som Johannas egna barn när hon fortfarande bodde i Urshult. Han hoppades att August som var den som kunde känna sig mest förfördelad inte tog illa vid sig.

Otto tog mod till sig och läste med samma tydliga och myndiga stämma upp testamentet som Johanna och Anna-Martina upprättat två år tidigare.

TESTAMENTE

*Med sunt förnuft och fri vilja förklarar jag härmed min
yttersta vilja vara den att när Gud behagat mig genom
döden hädankalla skal, sedan begravningsomkostnader
och övriga skulder blivit gäldade av behållningen först
utgå.*

*1 till flickan Anna Martina två tusen kronor samt mitt
guldur med guldkedja och en bolster, två långdynor, två
par lakan, och två bordsdukar.*

*2 till min yngsta syster Mathilda ett tusen kronor samt min
säng en bolster, två långdynor, två par lakan, ett täcke och
två bordsdukar.*

*3 till min broder Carl Magnus Petersson fem hundra
kronor. Vad boet sedan återstår skall delas enligt lag.*

Karlskrona den 5 november 1887
Johanna Petersson
själv vid pennan

*För boets redliga uppgifter ansvarar under edlig
förpliktelse*
Anna-Martina Petersson

Medan han läste blev han lite full i skratt, varför hade
hon testamenterat en säng, en bolster två långdynor,
lakan och täcken till Mathilda som flyttat till
Nordamerika för mer än femton år sedan, och
testamentet var bara två år gammalt.
När han läst färdigt, lyfte han blicken och tittade först
mot August borta vid fönstret, han såg helt lugn och
samlad ut, när Otto lät blicken vandra runt bordet,
möttes han av idel lugn, ingen verkade ha känt att
testamentet på något sätt varit orättvist, men de kände
alla Johanna bättre än vad han gjorde.

"Det enda jag har att tillägga, är att när Johannas tillgångar fördelats enligt testamentet återstår 560 kronor, dessa bör fördelas lika mellan August och Johan." Han gjorde en paus. "Jag kan tillse att pengarna förmedlas till berörda, även då till Johan och Mathilda borta i Nordamerika. Den fråga jag har är hur vi skall göra med sängen och de bolster, långdynor, lakan och täcken som Mathilda nu ärvt." Han drog på munnen och hade nästan lite svårt att hålla sig för skratt.

Kapitel 38

August

1892

Det var söndag den 14:e augusti, dagen efter skulle det vara exakt tre år sedan Johanna dog. August hade vaknat tidigt, kysst Inga-Cajsa på pannan, hon vaknade till och tittade undrande på honom.

"Det är söndag, passa på och sov så länge Frans gör det. Jag smyger ut och tar mig en promenad."

Han gick genom en stad som började vakna, det var varmt, trots den tidiga timmen. Han visste inte vart han skulle, men han blev inte förvånad när han märkte att han var på väg uppför backen på Wachtmeistergatan. Han slängde bara en kort blick när han passerade nummer 12. Han fortsatte gatan fram och nerför backen mot havet. Han kom fram till Saltösund och Kilströmshäll, en platts han visste att hans mor tyckt om och där han och hans bror ofta badat när de var små. Han fann en bänk där han slog sig ner.

Han tänkte på allt som hänt sedan mor gått bort. För bara två månader sedan hade de för andra gången mist ett barn. Den 23:e juni hade deras Martin lämnat dem bara sju år gammal, denna gång var det mässlingen, som tog ett barn ifrån dem. Och trots den hjärtslitande sorgen gick livet vidare. Solen gick upp och solen gick ned.

Efter mors begravning och bouppteckning, hade han och Anna-Martina varit överens om att fastigheten skulle säljas. Det var rent juridiskt oklart vem som ärvde Johanna, men för att kunna uppfylla testamentet var de tvungna, dessutom var det ingen av dem som ville bo kvar.

På begravningen hade Magnus och Sissa varit med, de hade efteråt passat på att erbjuda Anna-Martina att flytta hem till dem och bli piga. Hon hade stora funderingar på hur det skulle bli mellan henne och Anton, men kände sig inte redo att vid 23 års ålder gifta sig, eller bo själv. Anna-Martina beslutade sig för att ett år uppe i Småland skulle göra henne gott. Det hade nu snart gått tre år, och hon var fortfarande kvar upp i Sillhövda

Huset som i närmare 30 år varit så centralt för familjen, såldes tidigt på våren 1890. De fick ut hela 14 000 riksdaler, vilket innebar att han och Johan fick lite mer än 1 000 riksdaler var. På uppmaning av Inga-Cajsa hade han passat på att köpa mors säng, bolster, två långdynor, två par lakan, ett täcke och två bordsdukar till ett rättfärdigt pris och sedan sett till att pengarna skickades till Mathilda borta i Nordamerika.

August och Inga-Cajsa hade snabbt fått tag på en modernare och bra lägenhet som låg på Gasverksgatan 12, nere på Trossö.

I november samma år, hade han och Inga-Cajsa gått på invigningen av det nybyggda stadshotellet. Hotellet hade byggts på de avbrända tomterna nere vid Ronnebygatan.

Augusts tankar virvlade iväg och fastnade på Carl-Magnus. Det hade tagit honom hårt när han strax efter nyår fått beskedet vad som hänt honom. De två var nästan jämgamla, och hade umgåtts en hel del de senaste åren. August trivdes, när de med en pilsner eller två satt och pratade. August hade lärt sig tänka annorlunda och inte vara så fördomsfull.

Carl-Magnus hade efter försäljningen av fastigheten bott hos olika vänner i Karlskrona. August förvånades lite över att Carl-Magnus hade så lätt att få vänner, vist förstod han vad vänskapen gick ut på, men att det fanns så många i staden som var villiga och vågade ha denna typ av vänskap förvånade honom. När han pratade med sina arbetskamrater i flottan, verkade det som om en sådan läggning inte bara var högst omoralisk och sjuklig utan också väldigt sällsynt.

Carl-Magnus levde detta bohemiska liv ända fram till december förra året, då hade han äntligen tagit mod till sig att emigrera. De femhundra riksdaler han ärvt hade i stort tagit slut. Hans plan var nu att köpa en biljett till Köpenhamn, arbeta där ett litet tag för att sen ta sig vidare till Nordamerika. När August vid ett tillfälle frågade Carl-Magnus vad han skulle arbeta med för att få ihop pengar, fick han bara ett skälmskt leende och ett skratt till svar.

August hade varit den enda som följt Carl-Magnus ner till stationen när han skulle ta tåget till Malmö för att sedan åka över sundet till den danska huvudstaden. Det hade varit första advent och vädret hade varit ruggigt, den fuktiga kalla vinden från havet gjorde att man frös hur man än klädde sig.

August kände ett vemod när han tänkte på morbrorden, som varit så annorlunda, alltid glad, men innerst inne en mycket ensam och sorgsen figur.

Bara fyra veckor senare hade polisen knackat på hos August och Inga-Cajsa för att meddela att Carl-Magnus var död, och att han dött på självaste julafton.

Poliserna gav August en redogörelse över vad som hänt. Redogörelsen innehöll både värme och empati, vilket var lite förvånande.

"Vår uppfattning är att när Carl-Magnus anlände till Köpenhamn, uppsökte han vissa barer på Istergade, där sådana som han träffar likasinnade." Polismannen gjorde en kort paus.

"Vad vi har förstått, började han umgås med en vänkrets i Köpenhamn, Dessa så kallade vänner hjälpte honom i en hård och hemlig värld. Han tjänade säkert ganska bra med pengar, även om hans vänner tog en hel del för sina tjänster med att ordna kunder och skydda honom från såväl polis som de gäng som hatar bögar."

August erbjöd polismannen komma in, men han avböjde och fortsatte sin redogörelse. "På själva julafton hade hans nya vänner ordnat en lägenhet där de kunde få vara i fred och bara fira en fridfull jul. Det var minst tio män i olika åldrar. På julmiddagen serverades det mycket mat och mycket att dricka. Sent på kvällen har tydligen Carl-Magnus gått ut ur lägenheten utan att någon såg honom. När han kom ut på gatan, blev han troligen överfallen av något gäng, vilka tvingade i honom karbolsyra. Carl-Magnus måste ha lyckats undkomma och ta sig tillbaka till lägenheten. Ingen hade saknat honom. Troligen kände han sig berusad och valde att gå och lägga sig. Dagen efter försökte en av hans vänner väcka honom, men gjorde då upptäckten att han var död. Den danska polisen kallades till lägenheten och förhörde samtliga närvarande. Det är dessa förhör som gett oss bilden av hans sista veckor i livet. Man förde Carl-Magnus kropp till Rikshospitalet, där en läkare konstaterade att han varit död i minst 12 timmar, och utifrån lukten var läkaren helt övertygad att han på något sätt fått i sig karbolsyra. Något som används för att lindra klåda eller för att balsamera lik. Det används även i utspädd form som desinfektionsmedel, men koncentrerat och i stora mängder är det dödligt. De hitta hans pass i en västficka och tog kontakt med oss, polisen i Karlskrona." Polismannen bugade artigt och beklagade sorgen, innan han vände och gick.

Det hela hade slutat med att August själv fått se till att få hem kroppen från Köpenhamn och på begravningen var det bara han och Inga- Cajsa förutom prästen.

Solen hade kämpat sig lite högre på himmelen, det värmde skönt, och August insåg att han suttit där på bänken en lång stund, det började bli dags att gå hem.

Men innan August hunnit resa sig upp gick tankarna åter till hans mor, hon hade gått bort bara 55 år gammal, hon hade på många sätt varit en enastående kvinna, fött och uppfostrat tre barn helt själv, det hörde inte till vanligheterna att en enkel kvinna lyckades förvärva en fastighet, sköta en verksamhet, hela tiden kämpande mot konventionerna i samhället.

Här nere vid havet kände han sig lugnare och mer tillfreds än han gjort sedan han fick beskedet att mor dött. Det hade nog behövts denna tid att komma över det.

Den fråga som länge tyngt honom, var hur mor egentligen dog.

Anna-Martina hade hittat henne död i sängen när hon kommit in till hennes sovrum på morgonen. Ingen visste om att hon varit sjuk, visst hade hon varit dämpad och melankolisk sedan branden, men det var väl inget man dog av. Anna-Martina hade i förtrolighet berättat att när hon fann mor död hade det stått en tom kaffekopp på det lilla bordet jämte sängen. Hon hade tagit med sig den ut i köket, varför hon fokuserade på en smutsig kaffekopp i en stund som denna kunde hon inte förklara. När hon diskade ur koppen såg hon spår av pulver på botten. Kanske var det bara den medicin, mor brukade ta för att kunna sova, men det kändes ändå inte rätt. Att mor skulle tagit sitt liv var svårt att tänka sig. Hon var inte sådan.

August mindes väl det samtal han och Anna-Martina haft bara dagar efter deras mors död. Anna-Martina hade tittat på honom med sorgsna ögon, och han hade lagt armen om henne och försökt trösta henne.

"Vi kommer att minnas henne som hon var i sin krafts dagar, vara tacksamma för den mor som uppfostrat oss till de vi ändå har blivit."

Anna Martina svarade honom med ett lugn i rösten

"Jag mins några ord hon sa när jag hjälpte henne med testamentet. Hon sa att det är inte alltid är möjligt att välja sina egna vägar, det är så mycket och så många som hindrar en. Varför kan man inte när man har sitt liv, få leva det som man vill. Medan vi lever, låt oss leva."

August lyssnade noga och citerade den sista frasen.
"Medan vi lever, låt oss leva. Det är tänkvärda ord."
Han tittade ömt på sin halvsyster och fortsatte.
"Frågan om hur mor dog, kommer nog aldrig riktigt att lämna oss, men den kommer inte heller att få sitt svar."

EPILOG

Livet gick vidare. Den 13 januari 1893 dog Inga-Cajsas mor Anna-Britta Börjesson 69 år gammal.

August trivdes och fortsatte sitt arbete som maskinist i flottan, han var från och till ute på längre kommenderingar, men Inga-Cajsa var van och det bekom henne inte. 1894 befordrades August från underofficerskorpral vid 1: a eldare- och hantverkskompaniet till underofficer av 2: a graden maskinist staten.

Året därpå 1895 den 30:e januari fick August och Inga-Cajsa sitt sjunde barn som de döpte till Ingeborg Martina Augusta, hon kom att kallas för Inga.

Samma år 1895 gifte sig så äntligen Anna-Martina med sin bryggare Anton Olsson. Hon hade hunnit bli 28 år. Hon hade under de fem år som gått från uppbrottet i Karlskrona, bott och arbetat hos Magnus och Sissa i Sillhövda. En månad efter bröllopet flyttade hon in hos Anton på Witthusgatan 2. Under åren som gick fick de tre barn men endast ett av barnen fick uppleva mogen ålder. Anton dog 1935 och Anna-Martina 1945.

August och Inga-Cajsas äldsta barn, dottern Ingeborg flyttade till nord Amerika 1896 bara 18 år gammal, hon hade fått sin far Augusts skriftliga tillstånd.

År 1897 flyttades Inga-Cajsas far över till fattigvården, han dog sinnessvag 1915.

År 1900 blev August åter befordrad, nu till Flaggunderofficer.

1902 3:e januari får August och Inga-Cajsa sitt åttonde och sista barn. Det är en dotter som de döper till Elisabeth. Många år senare kommer hon att bli min farmor. Hon dog den 19 augusti 1992.

Den fjärde april 1912 går August i pension och familjen flyttade till Tjurkö och Herrgårdsviken utanför Karlskrona.

Inga-Cajsa dog den 14/5 1933 75 år gammal. Efter hennes död flyttar August runt bland sina barn. När han dog den 28 september 1938 var han 82 år gammal och bodde vid tillfället i Kallinge hos sin dotter Inga. Fram till sin död, tyckte han om att spela fiol på sitt aviga sätt. Han begravdes i Karlskrona.

PERSONGALLERI

Peter och Christinas familj

Hemmans-ägare	Peter Nilsson	* 1813 25/3 † 1882 13/3	
Hustru	Christina Arvidsdotter	* 1814 17/6 † 1878 15/6	Födde elva barn
Dotter	Johanna	* 1834 16/5 † 1889 15/8	Barn, August, Johan och Anna-Martina
Dotter	Martha	* 1835 2/9 †	Gift med Olof Olsson, tog över gården 1860
Dotter	Chatarina	* 1838 15/11 † 1865	Tog sitt liv 27 år
Dotter	Maja-Lisa	* 1841 14/6 †	Gift med sjukvårdare Nils Petersson
Dotter	Helena	* 1843 2/3 †	Gift med nämndeman Johan Petersson
Dotter	Eva	* 1845 2/3 †	Änka till Nils Nilsson. Emigrerar 1873
Son	Nils-Johan	* 1847 1/10 †	Flyttar till Karlskrona 1865. Emigrerar 1873
Son	Andreas	* 1850 22/1 †	Sista kvar i Urshult. Emigrerade 1881
Son	Carl-Magnus	* 1852 29/2 † 1891 24/12	Handlare i Ramdala. Dödad i Köpenhamn
Dotter	Mathilda	* 1854 29/4 †	Emigrerade bara 20 år gammal 1874
Son	Gustaf	* 1857 18/8 † 1881	Dog 1881 av tuberkulos 24 år

Johannas Familj

Son	August	* 1856 4/10 † 1938 28/9	Fader Johannes Gustafsson född 1825. Gift med Inga-Cajsa
Son	Johan	* 1859 10/4 †	Fader Bengt Olsson född 1820. Emigrerar 1881
Dotter	Anna-Martina	* 1867 1/10 † 1945 1/3	Fader Emanuel Jönsson född 1802

Maja-Lisas familj

Sjuk-vaktare	Nils Petersson	* 1829 2/4 †	
Son	Carl-Axel	* 1865 26/1 †	
Son	Gustaf	* 1869 †	

Övriga

Bok-hållare	Emanuel Jönsson	* 1802 8/5 † 1887 15/10	Fader till Anna-Martina
Timmer-man	Magnus Niklasson	* 1832 8/11 †	Bror med Elis och vän till Johanna
Hustru	Sissa Andersdotter	* 1828 25/9 †	Gift med Magnus och vän till Johanna.
Dotter	Anna	* 1864 †	
Son	Josef	* 1871 †	

Timmer-man	Elis Niklasson	* 1834 † 1864	Bror med Magnus, gift med Elin. Omkom 1864
Änka	Elin Niklasson	* 1835 † 1887	Änka 1864, vän med Johanna. Omgift 1869
Konstapel	Carl-Axel Hammar-lund	* 1833 †	Elins nya man 1869-1884
Dotter	Johanna	* 1872 † 1887	Dog i branden 1887 15 år gammal
Bryggare	Anton Olsson	* 1835 19/2 †	Gifter sig 1895 med Anna-Martina
Före-ståndare	Sofia Wilkens	* 1817 † 1889	Föreståndare för en dövskola 1859-1877

Familjen Börjesson

Torpare/ Kusk	Marcus Börjesson	* 1828 30/10 † 1915 21/1	Från Öxnevalla, flyttar till Göteborg 1868
Hustru	Anna-Britta Börjesdotter	* 1824 21/2 † 1893 13/1	
Dotter	Anna	* 1856 23/2 †	
Dotter	Inga-Cajsa	* 1858 1/4 † 1933 14/5	Gift 1878 med August. De fick åtta barn
Dotter	Lotta	* 1860 10/6 † 1865 20/2	Omkom i en olycka 5 år gammal
Son	Henrik	* 1863 12/9 † 1883 20/9	Omkom i olycka på arbetsplatsen, 20 år

August och Inga-Cajsas familj

Dotter	Ingeborg	* 1878 20/9 †	
Son	Frans	* 1880 1/10 † 1889 7/3	Dör 9 år gammal
Son	Otto	* 1883 16/2 †	
Son	Martin	* 1885 23/5 † 1892 23/6	Dör 7 år gammal
Dotter	Anna	* 1887 16/6 †	
Son	Frans	* 1889 14/6 †	Får samma namn som sin döde bror
Dotter	Inga	* 1895 30/1 †	
Dotter	Elisabeth	* 1902 3/1 † 1992 19/8	Min Farmor

EFTERORD

Flertalet personer, datum och platser är hämtade från min farbror Lennart Johanssons släktforskning, "Från Urshult och Öxnevalla till Karlskrona", men berättelserna om vad som egentligen hände är fiktion, detta gäller inte minst Johannas förhållande med Elin.

Flertalet av alla historiska faktauppgifter i boken kommer från Wikipedia

Kapitlet om Augusts långresa på HMS Balder 1875 är fiktion, men händelserna är baserade på loggbok från Balders långresa 1875, skriven av okänd författare och förvarad på Blekinge-arkivet.

Vissa namn och historier har hämtats från Sven-Öjvind Swahns bok "Björkholmen i Karlskrona" ISBN 9197115215.

Ulf Parkell